貴婦人として死す

カーター・ディクスン

JN170484

スリー，長らく医者をやっている。旧知のアレックは六十，妻のリタと年は離れているが，バリー・サリヴァンという若造が来るまでは平穏だった。リタは私に言ったのだ，バリーに惚れた，諦めきれないと。カード遊びに呼ばれアレックを訪ねた夜，海へ真っ逆さまの断崖まで続く足跡を残してリタとバリーは突如姿を消した。思い余って身を投げたのか。遺体は二日後発見されたが謎は多々残っている。その話題で持ちきりの村を電動車椅子で暴走中の男は警察関係者らしいが，てんで頭が回らないとみえる。ふむ，ヘンリ・メリヴェール卿とやらに私が真相を教えてやるか……。

登場人物

ルーク・クロックスリー……本編の語り手。医師
トム・クロックスリー……ルークの息子
アレック・ウェインライト……〈清閑荘《モン・ルポ》〉の主《あるじ》
リタ・ウェインライト……アレックの妻
バリー・サリヴァン……車のセールスマン
スティーヴ・グレインジ……弁護士
モリー・グレインジ……スティーヴの娘
ポール・フェラーズ……画家
クラフト……警視
ヘンリ・メリヴェール卿……フェラーズの客

貴婦人として死す

カーター・ディクスン
高　沢　治　訳

創元推理文庫

SHE DIED A LADY

by

Carter Dickson

1943

貴婦人として死す

I

リタ・ウェインライトは美しい女性だった。三十八歳で、若さの名残をとどめていた。一方、夫のアレックは二十は年かさだったに違いない。リタがバリー・サリヴァンに出会ったのは、彼女の人生が精神的情緒的に危なっかしい局面を迎えている時だった。

察しが悪い私は、残念ながら何が起こっているのか最後まで気づかなかった。

そもそもかかりつけの家庭医は、家族と関わるのに都合のいいところも厄介なところもある。家庭内の事情で知らないことはほとんどない。患者に説教をするとなれば、病はおろか何でもござれだ。が、それも向こうがアドバイスを求めた場合に限られるし、患者のことをよそで話題にするのは職業倫理に悖《もと》る。今のような時代になっても、口の軽い医者がさほど多くないのは喜ばしいことだ。

私はもう精力的に診療をしていない。息子のトムが——私がルーク先生、息子はトム先生だ——医院の仕事をあらかた引き継いでくれた。真夜中に叩き起こされ、ノース・デヴォンのでこぼこ道を十マイル以上も車で駆けつけるなど私はもう願い下げだが、トムは医者の醍醐味とばかり嬉々として出ていく。生まれながらの田舎の開業医で、私がそうだったように、仕事が生き甲斐だ。往診先でトムは全力で病気に向き合い、どこが悪いのかを恐ろしげな医学用語を使って説明する。患者はその熱心さに打たれ、嬉しくもなる。そうやって治療に必要な信頼が生まれるのだ。

「非常に気になるところがありましてね」トムの真面目くさった名調子が始まる。「ここなんですが……」その先は、下手をすると何ヤードもラテン語が紡ぎ出される。

お察しの通り、どうしても私に診てほしいと泣きつく者もいた。それは有能な若い医者より細かいことに構わない年配の医者のほうがいいと思う者が少なからずいるからにすぎない。私が駆け出しだった頃、ひげを生やしていない医者など誰も信用してくれなかった。そのような考え方は、小さな村では根強いのだ。

ノース・デヴォン海岸沿いにあるリンクーム村は、あれ以来悪名ばかりが高くなった。事件のことを書くといまだに不快な衝撃がよみがえる。しかし書いておかねばなるまい。あなた方もご存じだろうが、リンマスという海辺の保養地がある。そこから険しい山道を登るかケーブルカーに乗るかすると、急峻な崖上の町リントンに着く。山道をさらに行くとリンブリッジで、その先、道がまっすぐになりエクスムーアの荒野にさしかかる手前にリンクームがある。

アレックとリタのウェインライト夫妻は、その道のずっと先にある大きな山小屋風の一軒家に住んでいた。孤絶と言っていい侘び住まいで隣家からは四マイル離れているが、車を持っているリタは気にしていなかった。じめじめした強い潮風が吹きつけるという難はあるにせよ、絶景をほしいままにしていた。その〈清閑荘《モン・ルポ》〉の裏庭は崖っぷちまで続き、そこには〈恋人たちの身投げ岬《ラヴァーズ・リープ》〉とロマンティックな名前のついた岩端《いわはな》が突き出ていた。眼下七十フィートでは岩にぶつかる波が白い泡を立て、底意地の悪い早瀬が深い顎を開けていた。

私はリタ・ウェインライトが好きだったし、その気持ちは今も変わらない。気取った物腰の裏には優しい心根が隠されていて、使用人にも好かれていた。思慮に欠け、気まぐれなところはあったが、彼女が姿を見せればどこでも生き生きとした雰囲気になった。女性として捉えた場合、容姿にはけちのつけようがない。髪は烏《からす》の濡れ羽色、黄色みがかった褐色の肌、くっきりした目鼻立ち、そして思い詰めたような生真面目な仕種《しぐさ》。彼女は詩歌さえも嗜《たしな》んだ。もっと若い夫を持てば、あんなことにはならなかったはずだ。

アレック・ウェインライトとは長い付き合いで、土曜の晩には私が出向いてカードに興じたものだが、よくわからないところのある男だった。

六十の声を聞いて、日常の習慣的動作や風采同様、彼の優秀な頭脳にもやや衰えが見えていた。以前は数学の教授をしており、十分な貯えがあった。リタと結婚したのは八年前、カナダのマギル大学で教鞭を執っていた時だ。ずんぐりして、声こそ優しいがいつも心ここにあらずといった調子なので、若い者たちはリタがなぜ彼を伴侶に選んだのか不思議がった。しかし彼は——少なくとも事態が自分の手に負えなくなるまでは——きらりと光るユーモアのセンスを宿し、その気になれば愉快な話し手になれた。リタにぞっこんで、妻をダイヤモンドの装身具で飾り立てるのは情熱の域に達していた。

困ったことに、事件のずっと前から彼には酒を過ごす悪癖があった。酒乱というわけではないし、他人はほとんど気づかなかった。毎晩静かにウィスキーの瓶を半分空け、黙ってベッドに向かう。そうやっていっそう深く自分の殻に閉じこもるのだ。ハリネズミが体を丸めるように。そこへ戦争の衝撃が襲いかかった。

あの穏やかな日曜の朝を皆さんも覚えているだろう。九月の陽光があらゆるものに降り注いでいたその時、不意にラジオからアナウンサーの声が流れてきた。私は家でひとりドレッシングガウンを羽織ってくつろいでいた。「我が国は交戦状態に突入しました」その声は家の隅々まで染み込んでいくように思えた。私は最初ぼんやりと「やれやれ、またか」と思い、すぐに「トムは徴兵されるだろうか？」と考えた。

しばらく、私は坐ったまま自分の靴を眺めていた。トムの母親のローラは、私が一つ前の靴を履いていた時に亡くなった。あの時『君が世界でたった一人の女性だったら』（一九一六年の流行歌）がかかっていた。今でもこの曲を聞くと目頭が熱くなる。

私は立ち上がり、上着を着て本通り《ハイ・ストリート》に出た。我が家の正面の庭でアスターが見頃を迎え、菊のつぼみも膨らみかけていた。通りの向こうの〈トテ馬車亭〉で主《あるじ》のハリー・ピアスが酒場を開ける準備にかかっていた。ドアが軋んでバタンとぶつかる音、それと同時に静かな通りをゆっくりやってくる車のモーター音が聞こえた。

まばゆい陽光を浴びて輝くS・S・ジャガーを運転していたのはリタ・ウェインライトだった。ぴったりした花柄の服に身を包み、見事な姿態がいっそう引き立っている。クラッチを踏みながらブレーキをかけようとしてしなやかに伸びをする仕種は猫を思わせた。隣席のアレックはくたびれたスーツにパナマ帽で、風采が上がらず見すぼらしい。私は少々うろたえた。彼の穏やかな表情は以前と変わらないものの、年老いて息も絶え絶えに見えたからだ。

「とうとう始まってしまったね」アレックの声には力がなかった。

私はうなずき尋ねた。「ラジオを聞いたのかね?」

「いいえ」リタの返事には興奮を抑えている気配がある。「さっきミセス・パーカーが通りに駆け出して教えてくれたんです」白目の部分を輝かせたリタの茶色の目には当惑が浮かんでいた。「こんなことあっていいはずがありません、そうでしょう?」

「私はもう人間の愚かさ加減に辟易したよ」アレックが穏やかな声で言った。

「でも、それは私たちが愚かだからじゃないでしょう?」

「どうしてそうじゃないと言えるんだね?」

その時、通りの少し先で門が軋んで開き、モリー・グレインジが姿を見せた。見覚えのない若い男が一緒だ。

モリーは私のお眼鏡に適《かな》う女性の一人で、二十代半ばの、率直に物を言う賢く美しい娘だ。金髪と青い目は母親譲り、実際的なところは父親の血を引いている。私たち、少なくともリタはまず新参者に目を向けた。

ハンサムな青年だったことは認めねばならない。どことなく見覚えがあるような気がして不思議だったが、やがて理由がわかった。ある映画スターに似ているのだ。そっくりなわけではない。背が高くがっしりした体つき、笑い声は耳に快い。七三に分けた豊かな髪は、リタと同じつやつやした黒。顔立ちは端整で、明るい色の目にからかうような表情を浮かべている。年齢はモリーと同じくらい。我々のくすんだ色の服とは大違いで、薄いクリーム色のスーツをゆったりと着こなし、ネクタイの柄は目を疑うほど奇抜だった。

思えば、導火線に火が点いたのはこの時だったに違いない。

「ねえモリー、ニュースを聞いた？」リタが声をかけた。モリーがためらった理由は容易にわかる。リタは最近、ウェインライト家の弁護士を務めているモリーの父親と大喧嘩をしたのだ。しかし、二人ともそれには触れなかった。

「ええ」モリーの顔が曇った。「本当に恐ろしいことですね。あの、紹介させてください……ウェインライト教授ご夫妻です。こちらはミスター・サリヴァンです」

「バリー・サリヴァンです。お目にかかれて光栄です」

「ミスター・サリヴァンはアメリカの方です」モリーは取ってつけたように付け加えた。

「あら、そうでしたの」リタが声を弾ませる。「私はカナダ出身ですのよ」

「カナダのどちらです？」

「モントリオールです」

「よく知っていますよ！」サリヴァンは車のドアにもたれたまま答えたが、支えにしていた手が滑り、たたらを踏んで後ろに下がる。二人ともばつが悪そうな表情になった。三十八歳という人生の盛りを迎えていたリタの成熟した美しさは、風にあおられた炎となって匂い立った。一方、二十五歳の青二才は私の癇に障った。

戦争のことがなければ、私たちはこの時もっと多くのことに気づいたのかもしれない。私にしても、サリヴァン青年のことをすぐに忘れた。彼は村に滞在していた二週間、足繁くウェインライト家を訪ねたが、私が二度目に彼と会ったのは何か月も経ってからだった。

彼のことは、ロンドンに住み休暇でリンクームに来ている前途有望な俳優だと紹介された。彼はリタと泳ぎに出かけ——二人とも水泳は得意だった——テニスをし、写真を撮り合った。連れ立って〈岩の谷《ヴァレー・オブ・ロックス》〉（リントンの西にある景勝地）へ歩いていったりもした。アレックは彼を気に入っていた。少なくとも、この青年がいると無気力状態から脱することができた。今考えれば、噂は飛び交っていただろう。特に冬になって彼が一、二度ウェインライト家を訪れた時などは。しかし、私の耳には届かなかった。

情けない話だが、一九三九年から四〇年にかけての冬、私たちはのんきに過ごしていた。悪天候でウェインライト家へ行けなくなると、私は二人の顔を全く見なくなった。トムはフォードに乗ってあちこちを回り、五人分の仕事をこなしていた。私は暖炉のそばに坐り、たまにやってくる患者を診察し、真剣に引退を考え始めていた。六十五歳になり、しかも心臓に持病を抱えていては、ぴょんぴょん跳び回る真似はできない。そのうち、アレック・ウェインライトが戦争のせいでふさぎ込んでいると風の便りに聞いた。

「ニュースに取り憑かれたみたいになっています」誰かは忘れたが、噂を持ち込んだ男が教えてくれた。「スペンス・アンド・ミンステッドの、あの人の酒代のつけときたら——」

「ニュースに取り憑かれた、とはどういうことだね？」

「朝起きるとラジオを点けて八時のニュースを聞きます。同じニュースを午後一時にも六時にも聞きます。で、九時に聞いて、ご丁寧に真夜中のニュースも聞き逃さないんですよ。その間、中風になったみたいに背中を丸めてラジオから離れない。いったいあの先生、どうしちゃったんですかね。何をあんなに気に病んでいるんでしょう？」

一九四〇年五月十日になって、ようやくその答えがわかった。

あれは混乱が頂点に達していた頃だ。ナチスの戦車はゴキブリのように地図上を這い回り、対岸の大陸から上がる崩壊の煙の匂いが今にも鼻を衝《つ》きそうだった。打開策を求め誰もが知恵を絞ったが、どうにもならなかった。茫然自失したまま、我々はパリが陥落しあらゆる秩序が潰《つい》えるのを見た。若い頃に学校の教科書で習ったことが、あとで全部でたらめだとわかったような気持ちになった。ここであの時のことを記す必要はないだろう。英仏海峡沿いのフランスの港町がドイツ軍の脅威にさらされていた五月二十二日、リタ・ウェインライトから電話があった。

「ルーク先生」コントラルトが心地よく響く。「お目にかかりたいんです。ぜひ」

「承知しました。ではカードでもやりに伺いましょうかな」

「その――専門的な相談に乗っていただきたいんですの」

「あなたはトムの患者ですよ、お忘れかな？」

「いいんです。先生にお目にかかりたいんです」

（トムはリタが好きではなかった。彼女は何かにつけて芝居っ気たっぷりなので、どこが悪いのか突き止めようと奮闘する医者にとっては迷惑なこと甚《はなは》だしい。トムはそれを許さなかった

し、あのいかれた女のせいでちっとも集中できない、とよくこぼしていた）

「今から伺ってもよろしいですか？」

「そこまでおっしゃるなら仕方ありませんな。診察室の横のドアからお入りなさい」

何があったのか私には見当もつかなかった。やがて彼女は、板ガラスがビリビリと音を立てるほど強くドアを閉めて入ってきた。端《はな》から挑戦的な態度で、その陰にヒステリーの症状が窺える。しかしながら、彼女の美しさがこれほど際立って見えたこともなかった。全身からこぼれるような華やかさを発し、きらきら輝く目と上気して自然に赤みを帯びた頰は、リタを十歳若返らせていた。白い服を着て、爪には真っ赤なマニキュア。古い肘掛椅子に腰を下ろして脚を組み、いきなり話し出した。

「私、うちの弁護士さんとは喧嘩したっきりなんです。こんなこと牧師さんはやってくれませんし、あいにく治安判事さんの知り合いもいません。もう先生にお願いするしか……」

リタは口をつぐんだ。目が落ち着きなくさまよい、決心しかねている。唇は固く結ばれ、内心の煩悶を体の痛みさながらに表していた。

「で、何を頼まれればいいんでしょうな？」

「睡眠薬のようなものをいただきたいんです」

彼女は言葉をすり替えていた。それは間違いない。本当に頼みたいのはそんなことではないはずだ。声がいっそう大きくなった。「真面目な話なんです、ルーク先生！　いただかないと、私、頭がどうにかなりそうです！」

「どうお困りなのかな？」

「ですから、眠れないんです！」

「トムに診てもらうのはお気に召さんと？」

「トムは焦《じ》れったいんです。私にはいつでも長い能書き付きですし」

「わしならそうしないとお考えかな？」

リタは微笑んだ。三十歳若ければ私も色めき立ったかもしれない。その微笑みには男心を蕩《とろ》かす以上の効果があり、目尻の皺を消し、それまで表面に噴出していた強い感情の背後にある人間的魅力と底抜けの人の好さをあらわにした。やがて微笑みはゆっくりと消えていった。

「ルーク先生、私、バリー・サリヴァンのことをどうしようもなく好きになったんです。あの人と――あの人と関係を持ってしまいました」

「あなたの態度からして、特に驚くようなことでもありませんな」

彼女はうろたえた様子だった。

「顔に出ているってことですか？」

「少しはね。だが気にしなくてよろしい。先をどうぞ」

「私の話を聞いたら、きっとショックだと思います」

「そうでもないでしょう、ひどく頭を痛めるのは間違いないが。いつからなのかな？　その、弁護士だったら『親密な関係』とでも呼ぶことは」

「さ、最後は昨夜でした。バリーは私どもの家に滞在しているんです。彼が私の部屋に来て」

もう疑問の余地はない。頭を痛める、というのはかなり控えめな言い回しだ。刺すような痛みを心臓に感じる。持病のある身にはよくない徴候だ。目を閉じて、しばらく動かずにいた。

「アレックはどうだね？」

「何も知りません」間髪を容れずに答えが返ってきた。再び彼女の視線が泳ぐ。「最近はもう、あの人はどんなことにも関心がありません。どのみち、知ったところであまり気にしないんじゃないかと思います」

（また心臓がキリリと痛んだ）

「リタ、気づいていないようでも、人は察する生き物だ。それはアレックの信頼を裏切ること……」

「私がそう考えていないとお思いですか？」リタは声を荒らげた。痛いところを衝かれたのだ。「私はアレックが好きなんです。嘘でも言い逃れでもありません。本当に好きで、どんなことがあってもアレックを傷つけたくないんです。あの人がこのことを知って嫌な思いをするのはたまりません。わかってもらうのは難しいでしょうが、これは一時の気の迷いとか、その——肉体的な快楽とかじゃないんです」

（リタ、それは嘘だ。君は正直に話しているつもりらしいから、敢えて問題にはしないが）

「これは本物なの。私のすべて、私の命なんです。何をおっしゃりたいかはわかります。バリーは若すぎるというんでしょう？　確かにそうですが、彼はちっとも気にしていません」

「なるほど。で、ミスター・サリヴァンはこのことについてどう言っているのかな？」

「お願いですから、彼のことをそんな風におっしゃらないで」

「そんな風に、と言うと?」

「ミスター・サリヴァン、だなんて」リタは私の口真似をした。「裁判官みたいに。バリーはアレックに直接話すと言っています」

「どう話すつもりだ? 離婚してくれと直訴するのかね?」

リタは大きく息を吸い込んだ。次いで我慢がならないと言いたげに身震いし、監獄を見るかのように小さな診察室を眺め渡した。きっと本当の監獄に感じられたのだろう。演出や自己憐憫ではなかった。分別があるはずの女性がハイティーンの女の子のように話し出し、あまつさえ頭の中まで十八の小娘に変わってしまっていた。目が落ち着きなくさまよい、指は白いハンドバッグをひねくり回している。

「アレックはカトリックです。ご存じなかったですか?」

「今初めて知ったよ」

切羽詰まったような視線が私に注がれた。

「私が頼んでも離婚は承知してくれないでしょう。でも、そんなことが問題なんじゃありません。おわかりになりませんか? アレックを傷つけるのは耐えられないんです。この話をしたらどんな顔をするかと考えただけでもう……。アレックはずっと私に優しくしてくれたし、年老いて頼る人もいないのに」

「それは全く同感だね」

「ですから、離婚するしないにかかわらず、あの人を置いて出ていくわけにはいかないの。でも、バリーのことも諦められないんです。どうしても駄目。どんな気持ちかわかってほしいと言うほうが無理ですよね。ルーク先生！　バリーだって、私と同じでいつまでもこそするのは嫌なんです。長くは待ってくれないでしょう。私が先延ばしを続けたらどんなことになるか。もうどうしようもないんです」リタは顔を上げて天井の隅を見た。「アレックが死ぬかどうかしてくれれば……」

不意にある考えが頭に浮かび、私はぞっとした。

「どうするつもりなんだね？」

「ほかに思いつきません！　どうしていいか私にはわかりません！」

「リタ、アレックと結婚して何年になる？」

「八年です」

「この手のことは前にも？」

天井を見ていたリタの目がすっと私に向けられた。哀願するような激しい眼差しに芝居っ気は微塵もない。「ありません！　ルーク先生、誓って、ありませんでした！　だからわかるんです、今度のことは、本物の——その、情熱的な恋だと。おかしいですよね、これまでそんな気持ちのことは何度も本で読んだし、自分で詩にしたことさえあります。でも、それが本当はどんなものか今まではわかっていなかったんです」

「あなたがその男と駆け落ちしたとして……」

「そんなことはしません、やめてください！」

「そう向きにならずに。仮定の話だから。それでどうやって暮らしていくのかね？　彼にお金はあるのかな」

「資産と呼べる貯えはないと思います。でも――」リタは私に何かを伝えようとして言い淀み、結局決心がつかずにやめてしまった。これで二度目だ。「先生が実際的に考えてくださっているのはわかります。何も今でなくてもいいでしょう？　私が気にしているのはアレックのことです。いつだってアレック、アレック、アレックなんです！」

　その後の物言いは文学的になっていった。そうした扮飾だらけの会話の厄介な点は、彼女がひと言ひと言を本気で発していることだ。

「私とバリーとの間にはいつだってアレックの幽鬼のような顔が割り込んでくるんです。彼には幸せでいてほしい、でもそれじゃ私たちが幸せになれません」

「嫌なことを訊くようだが、そもそもアレックに恋愛感情を抱いたことがあるのかね？」

「もちろんです。激しいってほどではありませんが。初めて会った頃、あの人は本当にチャーミングでした。私のことをドロレスと呼んでいたんですよ。スウィンバーン（一八三七―一九〇九 英の詩人・批評家）のドロレスに倣《なら》って」

「今は？」

「そうですねえ。私に暴力を振るったりはしません、でも――」

「アレックと肉体関係がなくなってどれくらいになる？」

リタはやりきれないという表情をした。

「ルーク先生、何度言ったらわかってもらえるの？　そんなことは関係ないんです！　私とバリーはそんなのとは全然違うんです。何て言うのか、魂が生まれ変わる感じ。もうやめてもらえません？　ふんぞり返って額を撫で回したり眼鏡越しに見下したりするのは」

「わしは何も……」

「うまく言えませんが、芸術の道で私とバリーは助け合えるんです。バリーはいつか素晴らしい俳優になります。私がそう言うと彼は笑い飛ばすけど本当のことで、私なら手助けができるの。それでもやっぱり私自身の問題の解決にはなりません。もう、気が変になりそう。先生のアドバイスをいただきたくて来ましたが、どうやらお聞きしなくても見当がつきます。せめてひと晩でもいいから眠れる薬をください。お願いです、何か眠れるものを」

十五分後にリタは帰った。月桂樹の生け垣に挟まれた細い道を歩いていく彼女を、私は立って見送った。門の手前でハンドバッグに手を入れ中身を確かめていた。診察室で話していた時、彼女はヒステリーを起こしかけたが、帰り際には収まっていた。歩きながら髪を撫でつけ、肩をそびやかす。挑戦的なだけでない何となく夢見心地な風情だった。彼女はいそいそと帰っていく。〈清閑荘《モン・ルポ》〉へ、そしてバリー・サリヴァンの許へ。

2

六月二十九日土曜の晩、私はウェインライト家へカード遊びをしに行った。時折雷鳴が轟くあいにくの空模様だった。戦局は絶望的状況へ向かって緊張を高めている。フランスは条件降伏し、ヒトラーはパリに乗り込んだ。効果的な武器を持たず統率も取れていない在外イギリス軍は疲弊し、傷を癒やすべく、やがては戦場になるかもしれない故国の海岸へ、ほうほうの体《てい》で逃げ帰った。しかし我々はかなりのんきで、私もほかの人たちと同様のんびりしていた。「我々は今や団結したんだ」誰もが口々に言った。「じきによくなるさ」――もちろん、根拠などない。

リンクームのような小さな世界でも、迫りくる悲劇の足音がドアをノックする音と同じくらいはっきりと聞こえていた。リタが訪ねてきた翌日、トムと話している時に私はウェインライトとサリヴァンの問題についてさらに知ることとなった。

「悪い噂が立たないか、ですって？」午前の往診に出る準備を終え、診療鞄を閉めながらトムが言った。「今さら、悪い噂が立たないか、もありませんよ。もうそっちこっちで取り沙汰されています」

「村中で評判なのか？」

「それを言うならノース・デヴォン中で評判ですよ。戦争がなければ、きっとこの話題で持ちきりでしょうね」

「それじゃ、どうしてわしの耳に入ってこないんだ？」

「敬愛するおやじ殿」トムは例によって馬鹿丁寧な口調になって私をいらいらさせた。「あなたは鼻先で殺人があっても気づかないでしょうね。それに、誰もあなたに噂話なんて吹き込みませんよ。興味ないって顔をされるに決まっていますから。椅子を召されますか？」

「要らぬお節介だ。わしはそんなに耄碌《もうろく》しておらん！」

「そうでしょうとも。でもお父さん、心臓には気をつけなきゃ駄目ですよ」一転、真面目な口調になった。「それにしても」今度は薬箱の蓋をパチンと閉める。「あれだけ派手にやらかしておいて他人に気づかれていないと思うのが不思議ですよね。あの女性《ひと》はすっかりいかれていますよ」

「世間は……何て言っているんだ？」

「そりゃまあ、何も知らない若い男をたぶらかしている性悪女《しょうわる》だ、とかですよ」トムはやれやれとばかりに首を振り、背筋を伸ばして講釈を始める。「あんなことは、医学的にも生物学的にも不健全です。ご存じでしょうが――」

「性《セックス》に関する知識なら授けてもらうまでもないよ、お兄さん。お前がこの世に存在していることが何よりの証拠だ。すると何か、男のほうが同情を一身に集めておるわけだな？」

「あれを同情と呼ぶのなら、そういうことになります」

「バリー・サリヴァンというのはどんな男なんだ？　お前は知っておるのか？」

「面識はありませんが、聞いた限りでは真っ当な人物らしいです。金遣いは荒いようですが。いかにもアメリカ人ってところですかね。とはいえ、彼とウェインライト夫人が共謀してあの老人を殺害したとしても、僕は驚きませんね」

トムはこの時、勿体ぶった偉そうな物言いをしていた。自分でも信じてはいないだろう。これが知識をひけらかす時の流儀なのだ。知識というより、彼が知識だと思い込んでいるものだが。しかし、それは私の考えていたことと不快にもぴったり一致したので、思わず世間の父親並みに反応してしまった。

「くだらん！」

トムは驚いてやや怯《ひる》んだ。

「そう思いますか？」トムは反論に転じる。「トンプソンとバイウォーターズ[*1]をご覧なさい。ラトゥンベリーとストーナー[*2]でもいい。それから……掃いて捨てるほどありますよ、中年に近づきつつある既婚婦人が、若いだけで取り柄のない男に夢中になる例は」

「若いだけで取り柄のない男だと？　そう言うお前はいったいいくつなんだ、まだ三十五じゃないか」

「彼らはどうするつもりでしょうね。離婚なんて感心な真似はしませんよ。頭に血が上って亭主を殺してしまうんです。十中八九そうなるでしょう。だからといって僕にその理由なんか訊かないでください」

（じゃあ、そういう連中の一人と話してみるんだな、息子よ。神経が震え、脳味噌が揺らぎ、自制心が溶けてなくなるのをじっくり眺めればいい。そうすりゃお前にもわかるだろう）

「ここでおしゃべりしている場合じゃない」トムは床を踏み鳴らすと、薬箱を取り上げた。トムは若い頃の私と同じ、大柄で恰幅がよく、砂色の髪をしている。「エクスムーアに面白い患者がいるんです」

「お前が面白いと言うからには、定めし珍しい症例なんだろうな」

トムはにやりとした。

「面白いのは症例じゃなく患者のほうなんですよ。メリヴェールというお爺ちゃんです、ヘンリ・メリヴェール卿。リド・ファームのポール・フェラーズのところに滞在しています」

「どこが悪いんだ？」

「足の親指の骨折です。悪ふざけをしようとしたらしくて――あの年で何を企んでいたのやら――足の指を骨折したんです。あの口の悪さは、出かけていって聞くだけの価値がありますよ。僕としては、六週間は車椅子に括りつけようと思っているんですがね。もしウェインライト夫人の最近の蛮行に興味がおありでしたら……」

＊1　一九二二年、イーディス・トンプソンが若き愛人フレデリック・バイウォーターズをそそのかして夫パーシーを殺させた。
＊2　一九三五年、アルマ・ラトゥンベリーの年の離れた夫で高名な建築家フランシスが、雇っていた十八歳の運転手ストーナーに惨殺された。無罪となったアルマはストーナーが死刑宣告を受けると公言通りに自殺、ストーナーは終身刑に減刑された。

「あるとも」

「承知しました。ポール・フェラーズから聞き出してみましょう。もちろんそれとなくですよ。彼は夫人のことをよく知っているはずです。一年ほど前に肖像画を描いたんですから」

しかし私は職業倫理に悖《もと》る行為を許すことはできないと言ってひとくさり説教したので、ウェインライト夫妻の動静を知るにはひと月待たねばならなくなった。その間も世情は騒がしく、噂はほとんどアドルフ・ヒトラーのことだった。バリー・サリヴァンはロンドンへ戻っていた。一度私は車でリタとアレックに会いに行ったが、メイドから二人はマインヘッドに出かけて留守だと知らされた。その後、どんより曇った土曜の朝、私はアレックに出会ったのだ。

彼の変わりようには、私でなくても驚いただろう。リンクームと〈清閑荘《モン・ルポ》〉との中間、崖道が続くあたりを、アレックは両手を後ろで組み、のろのろと当てもなく歩いていた。少し離れたところからでも、首を左右に振り続けているのがわかる。帽子はかぶらず、折からの風がまばらな半白の髪を乱し古いアルパカの上着をあおっていた。

背は高くないが、アレックは広い肩幅と厚い胸板を誇っていた。しかし今や見る影もないほど萎《しぼ》んだ印象だ。穏やかな表情を浮かべ、もじゃもじゃの眉の下から灰色の目が覗く角張った平凡な造作の顔も、ぼやけて見える。年を取ってやつれたというのは当たらず、どこといって変わった点はない。ただ表情を失い、まぶたの痙攣《けいれん》がそれを目立たせているのだ。

酔ったアレックは夢見心地でふらふらしている。声をかけずにはいられなかった。

「これはクロックスリー先生！」そう応えて咳払いをしたアレックの目にいくらか輝きが戻っ

た。彼にとって私は、ルーク先生でもただのルークでもない。いつだって改まった呼び方をする。「会えてよかった」しきりに咳払いをする。「ずっと会いたいと思っていたんだ。会うつもりだった。だが――」

彼は、話そうとしていた理由を忘れてしまったのか、あやふやな身振りをした。

「さあ、こっちへ」彼は熱心に誘った。「おあつらえ向きにベンチがある」

強い風が吹いていたので、持っているなら帽子をかぶるように勧めた。アレックは何やら呟き、ポケットから古ぼけた布の帽子を出してぎゅっとかぶり、私の横に腰を下ろした。相変わらず、首を左右に振って意気が揚がらない。

「あの連中にはわからない、何もわかってないんだ！」

聞き慣れた静かな声だが、何の話か理解できるまで私は彼の顔をまじまじと見た。

「あいつは必ずやってくる。いつ来てもおかしくない。あの男には飛行機がある。軍隊がある。何だってあるんだ。だが、パブで話をしてやっても村の連中の反応はいつも同じだ。『爺さん、頼むから黙っていてくれよ！　ただでさえやりきれねえことだらけなんだ』」

そう言うとアレックは、ふんぞり返るようにして寸詰まりの腕を組んだ。「先生、あの連中の言うことはもっともなんだ。だが、やっぱりわかっておらん。これをご覧なさい！」ポケットからくしゃくしゃの新聞が取り出された。「この記事を読んだかね？」

「どの記事だね？」

「定期船ワシントン号が帰国を望むアメリカ人を乗せるためにゴールウェイ（アイルランド西部の都市）に

来る。アメリカ大使館筋の話では、最後の便になるらしい。これが何を意味するかおわかりだろう？　イギリス本土侵攻だよ。あの連中にはこんなこともわからんのかな」

苛立たしげな彼の声は尾を曳くように消えていったが、アレックと親しい者ならば、声の調子に希望が現れたのを聞き逃すことはないだろう。

「アメリカ人といえば……」

「うん。それについて先生と話したいと思っていた」アレックは額を拭った。「サリヴァンのことなんだ。バリー・サリヴァンという感じのいい若者だよ。先生はお会いになったかね？」

「彼がワシントン号で帰国するのかい？」

アレックは私に向かって目を瞬《しばたた》き、焦れったそうに手を振った。

「いやいや、そうじゃない。帰国なんてとんでもない。それどころか、また我が家を訪ねてくれた。ゆうべ着いたんだ」

事態が破局に向かっていることを私がはっきりと認識したのは、この時だったと思う。

「ぜひともお誘いしたいと思っていたんだよ」アレックは愛想よく話そうとしているが、どうにもぎこちない。「今晩うちでカードをやらないかね、前みたいに。どうだね？」

「喜んで伺うよ。ただ……」

「実はモリー・グレインジにも声をかけようとしていた。ご存じだろう？　弁護士の娘だよ。どうやらバリーがご執心でね、これまでにも何度か誘ったことがある」アレックは顔をくしゃくしゃにして笑った。私を喜ばせようとしているのだ。「ポール・フェラーズも呼ぼうかと考えた。リド・ファームを借りている若い絵描きだよ。あそこにいる客人も一緒にな。それからアグネス・ドイルも。そうすりゃ二卓でできる」

「わしは別に構わんよ」

「だがモリーは、今週末はバーンスタプルから戻らんらしい。それにリタが、四人だけのほうが気兼ねがなくていいと言うんでね。あいにく今夜はメイドが休みを取る日だから、大人数になるともてなしの手も回らん」

「そうだな」

アレックは海を眺めた。眉間に皺が寄る。人を喜ばせたいという彼の決意、胸にはびこる憂いに負けじと楽しい計画に固執しようとする様子には、哀れを誘うものがあった。

「我々はもっと楽しまなきゃならん。若い連中も呼んで楽しまねばな。リタが退屈しているのはよくわかっている。彼女《あれ》も、今のままでは私にもよくないと言っている。塞《ふさ》ぎの虫が私に巣くっていると言うんだ」

「それは間違っておらん。いい機会だから言わせてもらうが、酒を飲むのをやめないと、あんたは……」

「ちょっと待ってくれ！」思いがけないことを言われて気分を害した風だ。「まさか私が酔っていると言うんじゃないだろうな」

「いや。今のことを言っているんじゃない。あんたは毎晩、寝しなにウィスキーを一パイント空けるだろう。それをやめる気がないなら――」

再びアレックは海を眺めた。両手を組むようにして、たるんだ甲の皮膚を交互に撫で始めた。咳払いは止まらないが、話し始めると口調に変化があった。前より明瞭で、もたつきもない。

「楽じゃなかった。楽じゃなかったんだよ」

「何がだね？」

「いろいろなことがだ」彼は自分自身と闘っていた。「とりわけ金の問題がね。私はフランスの債権をたくさん持っている。もうどうしようもない。時計の針を戻すことはできんし……」そこまで言うと、はじかれたように体を起こした。「うっかりしていた。そう、時計だ。しまった、うちに置いてきた。今何時かわかるかね？」

「十二時をそう回ってはおらんだろう」

「十二時？　こりゃいかん、帰らないと。一時のニュースを聞き逃してしまう」

大げさな心配ぶりがうつったのか、ポケットから時計を取り出す私の指も震えていた。

「まだ正午を五分過ぎただけじゃないか！　余裕だよ」

アレックは頭《かぶり》を振った。

「ニュースに間に合わないのはまずい。車はあるんだが、このあたりをぶらつこうと思ってちょっと先に置いてきたんだ。体の節々が痛んでどうしようもないから、車まで蝸牛《かたつむり》みたいに戻らねばならん。先生、今夜の約束を忘れんでくれよ」アレックはベンチから立ち上がって私の手を強く握り、かつては鋭い光を湛《たた》えていた目で私をじっと見た。「私のような朴念仁《ぼくねんじん》と一緒にいても息が詰まるだけかもしれんが、座を白けさせんように頑張ってみる。クイズをやってもいいな。リタもバリーもクイズ好きだ。では、今夜八時に」

　私はアレックを引き留めようとした。

「ちょっと待ってくれ！　あんたの財政状態のことをリタは知っているのか？」

「いやいや、とんでもない！」アレックはうろたえた。「女に金の心配なんぞさせられん。リタに話してもらっては困る。この話は先生にしかしていない。クロックスリー先生、私の友達といえば先生だけなんだ」

　彼は重い足取りで去っていった。

　私は歩いて村へ戻った。不安の予感が重荷となってさらに深く肩に食い込む。いっそ雨が降ってこの気持ちを洗い流してくれたらいいのに。空は鈍《にび》色、海も暗い青。岬に目をやると、緑の中にところどころ地肌が覗き、子供が遊ぶ粘土のような色合いになっていた。

　本通り《ハイ・ストリート》まで来た時、モリー・グレインジの姿が見えた。アレックは、モリーが今週末はバーンスタプルから戻らないと言っていた――モリーはバーンスタプルに事務所を構え、タイピストを雇って仕事を請け負っている――たぶんリタが思い違いをそのままアレックに伝えたのだろう。モリーも私に気づき、自宅の門をくぐりながら肩越しに微笑みかけてきた。

　気の滅入る一日だった。お茶の時間としてはあまりに遅い六時過ぎになって、トムがやっと帰宅した。リントン警察の依頼で、むごたらしい自殺体の検死をしてきたのだ。トムはバタ付きジャム付きのパンをむしゃむしゃ食べながら遺体について事細かに開陳したが、私の話にはろくに耳を貸さなかった。八時を回り夏の空も暗くなりかけた頃合いに、私は〈清閑荘《モン・ルポ》〉への四マイルを車で飛ばした。

九時過ぎまで灯火管制にはなるまいと踏んでいたが、着いてみると全く明かりが点いていない。そのことが不安を掻き立てた。

〈清閑荘《モン・ルポ》〉は山小屋風の美しい家で、柔らかな色合いの赤煉瓦壁に瓦葺きの斜め屋根と鉛枠のガラス窓とのコントラストが映えていた。潮風を受ける木々は生育が悪く、芝もまばらにしか生えないが、丈高なイチイの生け垣で道路からの視線は遮られている。砂を敷いた私道が二本、一方は正面玄関へ、もう一方は左手の車庫へ通じていた。車庫の隣にテニスコート、右手には蔦《つた》の這うあずまや《サマーハウス》がある。

しかし、家の至るところが少しずつ見すぼらしくなっていた。これといって人目を惹くものも、敢えて言及するほどのものもない。生け垣は刈り込みが必要だ。派手な色のビーチチェアが雨ざらしになっている。鎧戸の一つは蝶番が緩んでいて、家回りの雑用をする者が――いるとしてだが――修理をさぼっているとしか思えない。うらぶれた印象は、そのようなすぐ目につく細部よりも、おぼろげな腐朽を告げる雰囲気のほうに、いっそうはっきりと感じられた。暗くなると、屋敷の寂寥《せきりょう》感、神に見放された孤独がより切々と伝わってくる。ここで何が起ころうと不思議ではない。しかし、それが何かは神ならぬ身が知るよしもない。

すっかり日が落ちていたので、ヘッドライトを点けた。タイヤが砂を嚙む音が、あたりを統《す》べる静寂を破った。ほかに動くものはない。夜の暑苦しさを和らげてくれる潮風さえ今は凪《な》いでいる。家の裏手、湿った赤土の地面が広がる先に、七十フィート直下の岩礁と暗い水面から切り立つ崖の縁がかすかに認められた。

雨よけの庇《ひさし》が付いたヘッドライトが、前方の車庫の開け放たれた扉をぼんやりと照らした。二台分のスペースに、リタのジャガーだけが駐めてある。速度を落として進むと、家の横手を回って現れた人影がよろよろと近づいてきた。

「クロックスリー先生かね？」アレックの声だ。

「ああ。雨に備えて車庫に入れようと思ってな。すぐそっちへ行くよ」

しかしアレックは立ち止まらず、覚束ない足取りでなおも近づきヘッドライトの光の中に入ってきたので、私は慌ててブレーキを踏んだ。彼は車のドアに手をかけ、私が進んできた私道のほうを窺った。

「先生、電話線を切ったのは誰なんだろう？」

3

車のエンジンが止まったので、かけ直した。アレックは怒っている風ではなく、困惑しているだけのようだ。ウィスキーの匂いはするが酔ってはいなかった。

「電話線が切られたって？」

「ジョンソンの奴だと思うんだ」恨み口調ではない。「うちで園丁をやっていたんだが、よく怠ける。少なくともリタはそう言っていた。それで暇を出した。いや、言い渡したのはリタだよ。私は揉め事は苦手でね」

「それにしても……」

「嫌がらせのつもりだろう。私が毎晩〈ガゼット〉（ロンドン・ガゼット。英の政府官報）事務所のアンダーソンに電話して、ＢＢＣに送られていないニュースがないか訊く習慣なのをあいつは知っていたからな。さっき何度かけても電話が通じんので電話機ごと持ち上げてみたら、壁の小さな箱から線がずるずると抜けた。線を切って突っ込んでおいたんだな」

　今にもアレックが泣き出すのではないかと私は思った。

「愚劣なトリックだよ。卑怯極まる」それからぽつんと付け加えた。「世間の奴らはどうしてそっとしておいてくれんのだろうな」

「リタとサリヴァン君はどこだ？」

アレックは目を瞬《しばた》いた。

「そういえば見当たらんな。その辺にいるはずだが」彼は首を伸ばして周りを見た。「家の中にはいないようだ」

「カードをするのなら、捜して連れてこようか？」

「そうだな、お願いしよう。私は飲み物を用意するよ。だが、カードは少し待ってもらえんかね。八時半にラジオでいい番組をやるんだ」

「どんな番組だね？」

「うろ覚えだが『ロミオとジュリエット』じゃないかな。リタがことのほか楽しみにしているんだ。では、失敬」

宵闇の中、アレックはまばらな芝の上を歩いていたが、途中で何かにつまずいた。酔っていると私に思われると咄嗟に考えたのか、ちらりと振り返り、勿体をつけて悠々と歩いていった。車庫に収めて車から降りると、ふくらはぎが痙攣していた。リタとサリヴァンを本気で捜そうとしていたわけではない。考える機会がほしかったのだ。

とりあえず家の裏手に回ってみた。崖の縁にへばりついている硬い草を優しく撫でるように吹く微風のお蔭で、このあたりはいくらか涼しい。湿っぽい赤土が続き、見渡す限り動くものの気配はない。切断された電話線のことが頭から離れず目も耳もお留守になっていたので、ほとんど何も目に入らないまま家の周りを歩いて、いつの間にかサマーハウスのそばにいた。

私の足音を聞きつけたに違いない。中から押し殺した驚きの声が上がった。私は横目で内部を窺い――弱い明かりだが覗くには十分だった――足早に通り過ぎた。サマーハウスの汚い板張りの床に敷いたマットに横たわり、リタ・ウェインライトは半ば身を起こしていた。はっとして飛び離れるまで、彼女は首を反らし両腕をサリヴァンの肩に回していた。二人の顔がこちらを向いた。ぽかんと開いた口、悪事の現場を押さえられた時の熱っぽい目、五感が高ぶったために惹き起こされた発作的な驚きの仕種。通り過ぎる瞬間、そうしたものが私の視界をかすめた。

それでも、私は見たのだ。

私のような干からびた年寄りがそんな光景にどぎまぎすることなどあるまい、と思うかもしれない。しかし私はうろたえた。かなり激しく。相手の二人より私のうろたえぶりのほうがひどかったろう。特別なことではなかった、見目麗しい女性がキスされていただけだ。私を狼狽させたのは、あの生々しさ、サマーハウスの汚い床、抑えつけられていた力が解き放たれ制御不能になったところを目の当たりにしたショックだった。

気をつけろ、よくないことが起きるぞ。何かが私に警告していた。気をつけろ、よくないことが起きる……

背後でかすれた女性の声がした。「ルーク先生！」

リタが声をかけてこなければ、足を止めはしなかった。私は気づかない振りをしていたのだから、調子を合わせてくれればよかったのに。良心が咎めてどうしようもなかったのか。

私は振り向いた。驚きと怒りで頭が空っぽになったように感じられ、リタとサリヴァンほどではないにせよ、声に表れた動揺はごまかせなかった。

「おや、ここでしたか！」驚きを装った偽善的な響きに、自分を蹴飛ばしたくなる。「人がいたとは気づきませんでした」

リタが一歩前に出た。小麦色の肌は上気し、特に目の下に顕著だ。心臓が早鐘を打っているのがはっきりわかる。息をするのも苦しそうだ。明るいツイードのスーツと白いブラウスには皺が寄り、私に気づかれないようにそっとスカートを直している。彼女の背後、戸口からサリヴァンが咳払いをしながら現れた。

「私たち――サマーハウスにいたんです」リタが叫んだ。

「僕たちは話をしていました」

「すぐに母屋に戻るつもりでしたの」

「でも、話が弾んでしまって。あなたも経験がおありでしょう」

声がかすれ、バリー・サリヴァンは慌てて咳払いをした。前にこの男と会った時、こんなに未熟で青臭い印象は受けなかった。顎の線がやや弱いが正直そうな目をしていて、男前であることには太鼓判を押せる。しかし、一年前の自信にあふれた様子は跡形もなかった。私の目に狂いがなければ、リタがこの男に首ったけであるのと同様この男もリタに惚れていて、思いを遂げるためなら何でもしかねない。

サマーハウスの壁を這う蔦が微風に揺れる。二人の間に流れる激しい感情は彼らを霧のように覆い、簡単には引きはがせそうもない。雨がぽつりぽつりと落ちてきた。

「えーと——バリーにはお会いになっていました?」リタは、爪先立ちで塀越しに話しかけるように尋ねた。「私たちが初対面だった時あなたもいらしたような記憶があります。ルーク・クロックスリー先生、そうじゃありません?」

「初めまして、と言ったほうがよろしいでしょうか」サリヴァンはもぞもぞと言って、足を所在なげに動かす。

「サリヴァン君ならよく覚えてますよ、確か」——どうしても、いやみを言わずにはいられなかった——「ウェストエンドで活躍されている有望な俳優でしたな」

サリヴァンの美しい額に皺が寄った。

「僕がですか?」胸を軽く叩いて、素っ頓狂な声で言う。

「だって、そうじゃないの!」リタが叫んだ。「きっとそうなるわ!」

若者はますます気まずそうに、「僕は、買いかぶられるのはごめんです」

「そうだろうな、サリヴァン君。わしにはよくわかる」

「この人が言っているのは……」リタがなおも叫ぶ。

「言っているのは、何だね?」

「聞いてください。僕はウェストエンドの芝居に出たことなんてありません。地方公演に二度加わっただけで、それも大きな劇団じゃありません。ここ二年はラウザー父子商会で自動車のセールスをしています」彼の黒い目がリタに向けられた。「僕はそんな大した……」

「いいえ、あなたはそうなるのよ」リタがかぶせて言う。「そんな風に卑下しないの！」

もしバリー・サリヴァンが雨に気づかなかったら、気を高ぶらせていた彼らは私に何もかもぶちまけたかもしれない。少なくとも私にはそう思えた。サリヴァンは空を、そして染み一つないスポーツジャケットとフラノのズボンを見た。シルクのスカーフを結んでシャツの襟に突っ込んでいる。はけ口を求めていた彼の困惑は、性急な行動という形で解放された。

「ビーチチェアを取り込まなくちゃ。ずっと雨ざらしなので。ちょっと失礼します」

「そんなことしたら自分が濡れちゃうわよ！」無邪気に叫ぶリタの様子は、切迫した状況でなかったら――それがどんな形になるかはわからないが、何か起こらずには済むまい――きっと失笑を買っただろう。

私はリタと母屋の玄関へ歩いていった。リタは両手を合わせ、験《げん》かつぎに人差し指と中指を交叉させていた。彼女から酒の匂いがした。寄るとはっきりわかるほどに。

「もう我慢できないわ」彼女は吐き捨てるように言った。「死んだほうがましよ」

「馬鹿なことを言うもんじゃない！」

「ほんとに馬鹿なことだとお思いですか、ルーク先生。そうは思っておられないはずよ」

「こんな話はもうやめんかね。それより、教えてほしい。君たちは何を始めたんだ？」

「さっきご覧になったでしょう？　先生に見られたとわかりましたもの。でも構いません」

「サマーハウスのことを言ってるんじゃない。わしが訊きたいのは、電話線を切ったのは誰かってことだ」

リタは急に立ち止まり、細い眉を寄せた。その表情を見ると、戸惑いに偽りはないのだと信じるしかなかった。

「何の話です？　私は電話線を切ってなんかいません。何も知らないとしか言えないわ」ほんの短い間だが目に好奇の色が浮かぶ。「本当に切られたの？　うちの電話が？　先生は、その理由がわかるんですか？」

私に答える暇《いとま》を与えず、リタは玄関のドアを開けて中に入った。

広々とした居間には明かりが点いていた。奥の食堂にも明かりが見える。青を基調とした家具を置いた居間はところどころに白いサテンが用いられ、黄色のシェード付きランプが柔らかな光を投げかけている。ここには見すぼらしい感じや手入れを怠っている印象はない。暖炉の上にポール・フェラーズが描いたリタの肖像画が掛かっている。真鍮製の薪台はまばゆく輝き、床には厚い絨毯、サイドテーブルにウィスキーの瓶とソーダサイフォン。

アレック・ウェインライトは、ウィスキーソーダを手にしてラジオのそばに坐っていた。

「ああお前か、リタ」アレックはぼそぼそと言い、グラスを口に運んだ。飲むと体が温まり気分が明るくなるようだ。「捜していたんだぞ」

「バリーと一緒にテニスコートにいたの」リタはくぐもった声で返した。

「そうか。楽しかったかね？」

「ええ、まあまあ。あなた、灯火管制の準備は？　今夜はマーサがお休みですよ」

「しておいたよ」アレックはグラスを撫でながら答えた。「旦那様がすっかり済ませたよ。今夜はみんなで存分に楽しもうじゃないか」

リタはさながら悲劇の女王の面持ちだった。歯を食い縛っているのが目に見えるようだ。いつものぼんやりした状態から抜け出そうと努めているアレックを心からいとおしむ気持ちと、そのアレックに何か投げつけてやりたいという偽らざる欲求との板挟みになっていた。しかし結局は前者が勝ち、リタははにかむ乙女のようにことさら明るい口調で尋ねた。

「誰かが電話線を切ったとルーク先生から聞きました。どういうことでしょう?」

アレックの顔が曇る。

「ジョンソンの仕業さ。忍び込んで切ったんだろう。私への嫌がらせ、ただのいたずらだよ。だが、警察や消防に電話をかけねばならんことが起こったら……」

「私も一杯いただきたいわ。どうして誰も私にお酒をくれないの?」

「そこのテーブルにあるから、自分で注ぎなさい。今夜はクロックスリー先生にも怖いお小言は遠慮してもらうよ。特別な夜だからね」

「私は氷が入ったのが飲みたいの」リタは夫に向かって叫んだ。

自制を失った金切り声には、物を打ち砕くような激しさがあった。何も心配いらないからというように私に微笑んだが、彼女の両手は震えていた。リタは居間を抜けて食堂へ行く。サンダルの木製ヒールが堅木の床に当たる音が耳障りだった。台所の入口で立ち止まり、振り返る。

「死んだほうがましよ」彼女は食堂越しに叫んだ。大声ではないが、胸をえぐるように力強く。それからスイングドアを勢いよく押し開けて台所へ消えた。

アレックは少し驚いた顔をしただけだった。ランプの明かりで見ると、のっぺりとした大きな顔は、いつもほど萎《しな》びてもいなければ死者のように無表情でもなかった。大きく開いた口許が時々震えたが、頻繁にではない。顔は洗ってさっぱりしており、薄くなった髪にも丁寧に櫛が入れてあった。

「体調がよくないんだろう。暑いのに運動しすぎたんだよ。いつも言ってるんだが――ああ、バリー、入りなさい！　ここへ坐るといい。好きなものをやってくれ」

雨が屋根に当たる音がする。バリー・サリヴァンはハンカチで手を拭きながら玄関ホールから居間に入ってきた。すぐ守勢に回ろうと身構える態度、おどおどした気持ちが透けて見える物腰は、アレックにもはっきりわかったはずだ。この若者の良心は、リタよりずっと深く咎めていた。

「ありがとうございます」バリーはサイドテーブルからウィスキーの瓶を取り上げた。「それでは遠慮なく一杯いただきます。普段はやらないんですが、今夜は……」

「特別な夜だからな。そうだろ？」

バリーの手からグラスが滑り落ち、サイドテーブルに当たって床へ転がった。幸い絨毯の上だったので、割れずに済んだ。背の高い若者が慌てて床に両膝をついて拾おうとするさまは、室内用物干し台が倒れ込むのに似ていた。立ち上がっても、若者はアレックと目を合わせようとしなかった。

「僕ときたら、きっと世界一のドジですね！」言いながら乱暴に両腕を広げたので今度はウィスキーの瓶にグラスをぶつけそうになり、危うく壊しかけた。「どうしてあんなことになったのか不思議です。手が滑ったんです。ほら、こんな風に！」

アレックはくっくっと笑った。まぶたがかすかに引きつる。

「バリー、気にしちゃいかんよ！　瓶のほうを壊さなければいいんだから！」アレックは自分の言葉が気に入ったらしく、含み笑いがいつの間にか馬が嘶《いなな》くような高笑いに変わった。「まあ坐りなさい。八時半になったらラジオを点けるから――」

「ラジオを？」

「リタが楽しみにしている番組があるんだ」アレックは私を見た。「『ロミオとジュリエット』さ。ラジオタイムズに出ていた。それが終わる頃、ちょうど九時のニュースになる。しまった、ポール・フェラーズと客人も呼ぶべきだったな」

そのとき台所のスイングドアが開き、氷が涼やかな音を立てるジンとレモン入りのタンブラーを手にしたリタが、サンダルのヒールを響かせながら食堂を抜けてやってきた。

「ポール・フェラーズがどうしたんですって？」いささか咎めるような口調で尋ね、タンブラーを口に運びながら、マントルピースの上に掛かっている自分の肖像画にふと目をやった。

ポール・フェラーズが優れた画家であるか否かは、批評家の間でも意見の分かれるところだ。この半身像は素晴らしい出来だと私は思うが。イブニングガウンをまとう画中のリタは、ダイヤのネックレスとダイヤのブレスレットを着けている。ダイヤの装飾品をリタは悪趣味だと言っていたが、わざわざ注文して描かせたアレックは大いに気に入っていた。

この肖像画にはからかうような感じがあった。描かれているのはリタに違いないし、その美しさを見事に捉えているのだが、微笑み加減の口許のタッチは、感じ取れたならばアレックの不興を買ったかもしれない。生身のリタはこの絵をあからさまに嫌っていて、ほかに理由があるのかもしれないが、すぐに目を逸らした。

「ポール・フェラーズがどうしたんですって？」彼女は繰り返した。

「彼のところに客が来ているんだよ。あの客人は先生の患者じゃなかったかな？」

「いや、トムの患者だ。トムはその男を車椅子に括りつけることにしたと言っていた。わざわざロンドンから最新式の電動車椅子を取り寄せたらしい」

「名前はメリヴェールとか言ってたな。探偵らしい」アレックが説明を加える。

バリー・サリヴァンは、ほんの少しソーダを加えた生《き》に近いウィスキーをグラスに注いで一気にあおった。

「違うわ！」リタが言った。「陸軍省の人だって、ミセス・パーカーが言っていました」

「ああ、探偵を本業にしているわけではない。だが、多くの殺人事件に首を突っ込んでいるのは事実だ」アレックは慌ててうなずきながら先を続ける。「昔の手柄話でもしてもらったら面白いんじゃないかと思うんだ。私も犯罪には興味があるからな」

リタとサリヴァンは、アレックの頭越しに視線を交わす。口ほどに物を言う青年の目は「今夜決行するのか？」と尋ね、リタの目は、ありったけの気力を振り絞って男を焚きつけながら、「そうよ」と答えていた。正直に言うと、私はこのとき恐慌をきたした。バリーはまたウィスキーを注いだ。さっきよりさらにソーダが少ない。一気に飲み干した彼の目には、怯えと共に強い決意が見て取れた。リタは夫に寄り添って、薄くなった髪を撫でた。

アレックがラジオのスイッチを入れた。

4

「ただ今お届けしたのは、ケネス・マクヴェインがラジオ放送用に脚色した、シェイクスピア原作『ロミオとジュリエット』でした。配役は次の通りです」

雨は少し前にやんでいた。居間には、配役を繰り返し読み上げる落ち着いた声だけが聞こえる。番組に聞き入って感情が高まっていたので、ラジオのスピーカーからビッグベンの重々しい鐘の音が金属的な余韻を伴って響いた時、私は飛び上がりそうになった。鐘はゆっくりと九回鳴った。

「こちらはBBC国内放送です。ただ今からニュースをお伝えします。アナウンサーはブルース・ベルフレイジが務めます」

それまで顎を胸に埋めうつらうつらしていたアレックが、急にしゃんとした。椅子をラジオに寄せ――椅子のキャスターが鋭く軋る――頭をラジオのほうへ突き出して耳をそばだてる。

「――に偵察機が飛来。しかし本日午後、敵国による空襲はほとんど報告されておらず――」

私から遠くない袖つき安楽椅子に、反り返るように背筋を伸ばしてリタ・ウェインライトが坐っていた。空のグラスが指先からだらんと下がっている。彼女は何も見ていなかった。目は涙で曇り、あふれた涙が頬を伝っている。しかし、瞬きもせず拭おうともしない。

窓を閉め切っているので部屋は蒸し暑かった。おまけにサリヴァンがひっきりなしに吹かす煙草の煙が金色のランプの周りに立ちこめ、喉や目に沁みる。リタが身動きした。背中から始まった小さな動きが、やがて抑えようのない震えとなって全身に伝わった。大きく息を呑む。グラスが指先を離れ音もなく絨毯に落ちた。手探りで拾うと、彼女は出し抜けに立ち上がった。

「リタ！」バリー・サリヴァンが叫ぶ。「駄目だ！」

「いいえ」リタが答える。「もう話は済んだのよ」

アレックは唸るような声を上げてラジオから勢いよく振り返った。

「シーッ！」そう制して、再び耳をラジオのスピーカーに押し当てた。

「――リンドバーグ大佐は聴衆に対して、フランスが再び大陸における正当な地位と威信を回復するつもりならば、合衆国としては――」

突っ立ったままリタは顔を背け、掌の膨らんだところで涙が溜まった目を押さえた。まぶたが引きつれ、頭を左右に振るたびに表情がおぞましく歪む。やがて手のグラスに気づき、驚いたように目を瞬《しばたた》いた。

「氷を取ってきます」はっきりしない声で呟くと、彼女は背を向けて食堂へ行った。こんなことを考えるのは馬鹿馬鹿しいが、彼女が断頭台に向かっているように思えた。ラジオから流れる落ち着いた良識あふれる声にまとわりつくように、サンダルのヒールがコツコツと響く。台所のスイングドアが軋り、彼女の姿は見えなくなった。

「大佐はさらに、個人的見解として、合衆国政府は大西洋の対岸の争いにはいかなる関心も持っていないだろうと述べました――」

「彼女を手伝ってきます」バリー・サリヴァンが言った。

アレックはまたぱっと振り向き、目をむいて静かにしてくれと言った。

その言葉は若者の耳に届かなかったようだ。グラスをそっとサイドテーブルに置き、サリヴァンは私と目を合わせずにリタの後を追った。アレックに気兼ねしてか、静かに歩いていく。スイングドアもほとんど軋らなかった。ドアの下から明かりが漏れた。

次に二人が姿を見せたらどうなると考えていたのか、今の私には何とも言えない。想像力に枷《かせ》をはめることはできないし、神経は容易に毒されるので、仮にリタが台所にアレックを呼び込む声が聞こえ、あの若者が鋭利な刃物を手に隠れていたとしても驚かないかもしれない。しかし、第三者がいる時に、まさかアレックを襲ったりはしないだろう。だが、断言できるか？バイウォーターズはどうだ、ストーナーもやったではないか。おまけにリタもサリヴァンも酔っている。殺人者はどんな顔をして犠牲者の背後から忍び寄るのだろう？

二人が戻ってきたら……

しかし戻ってこなかった。

ラジオの声は永久にしゃべり続けるように思われた。私は六時の番組でニュースを全部聞いていたので、何のニュースかわかるたびに長さを思ってうんざりした。アレックは、ニュースの随所でうなずくのを除けば昏睡しているのかと思うほど身動きしなかった。依然として台所のドアは軋らず、物音一つしない。

「これでニュースを終わります。時刻は九時十八分三十秒。九時二十分からは……」

アレックはラジオを消した。

眠りから覚めたように身を起こし、アレックは頭を上げて私をじっと見た。私の表情に気づいたに違いない。ずるそうな微笑が歪んだ口許に浮かんでいた。

「先生、私が何も知らないと思っていたのかな？」いつもの静かな口調だ。

「知らないって、何をだね」

アレックは台所のほうへ顎をしゃくる。

「あの二人が私に隠れて何をしとったかということだよ」

何より薄気味悪かったのは、昔のアレック・ウェインライトが話していると感じられたことだ。小柄な老人はすっかりくつろいでいた。ぼんやりした表情は影をひそめ、まぶたの痙攣が収まるとユーモアと寛容が戻ってきていた。心なしか声の調子や言葉遣いも変化したようだ。大きな椅子にもたれ、腹の上で両手を組んでいる。

「いかにも」アレックはサイドテーブルの酒瓶に向かった私の視線をたどり、うなずく。「私は安らぎを得ようと酒に逃げた。こいつさえ忘れかけるほどにね」とラジオに手をやる。「で、あんたが安らぎを得るために酒を浴びるほど飲んで死んでいくのを、ただ坐って見てろと言うのか？」

「その言葉が、我々の置かれた状況を言い当てているよ」アレックは愉快そうに言った。

まさに昔のアレックだ。顔に朱が差し、こめかみに血管が浮き出ているのを除けば。

「家内のことだが……」

「いつ頃から彼女とサリヴァンのことに気づいていたんだ？」

「最初からだよ」

「で、どうするつもりなんだ」

「そうだな」アレックは伸ばしていた背を丸め、坐り直して楽な姿勢になる。「先生ならどうするかね。騒ぎ立てて、自分の顔に泥を塗るかね？　寝取られ亭主は笑い物になるのが相場だ、ご承知だろう？」

「じゃあ、放っておくのか？」

　アレックは目を閉じた。

「うん」彼は考え込むように言った。「何もしない。それでいいじゃないか。私はそんなことからは卒業している。リタのことは好きだが、そんな風に好きなのではない。大騒ぎは性に合わんし。リタがこんなことをするのも初めてではないんだ、ご存じだと思うが」

「ご存じも何も、彼女はわしんとこの診察室でこれが初めてだと――」

「ほう」アレックは目を開けた。「そんな触れ込みだったか、ははは。なぜ本当のことを話さなかったのか私にはわかる。いや、実を言うと、彼女《あれ》のその方面の才能を私は誇らしく思っているんだ。だから、放っておくよ。バリー・サリヴァンはいい若者だ。リタは深みにはまって苦労するかもしれんな。私は気づかない振りをしているのが一番だと決めたんだよ」

「本当にそれでいいのか？」

「リタにそれくらいのことはしてやってもいいと思っている」

「あの二人が何を考えているか知っているのかね？」

「まあ、少しはやきもきしてもらうさ」

「やきもきだと？　そんな料簡《りようけん》じゃ、あの二人があんたを厄介払いするんじゃないかと、わしが今夜はらはらし通しだった気持ちなんかわかるまいな」

だいぶ聞こし召してはいるものの、アレックは心底驚いていた。表情が歪む。陶然としているところを邪魔されて向かっ腹を立て、笑い飛ばそうとした。しかし、笑いはすぐにやんで真剣な表情に戻った。

「先生、無粋なことを言うもんじゃないよ！　私を殺す？　どうやら家内のことをご存じないようだ。それはありえん。でも、そこまで言うなら、私も本気で話そう。あの二人は私を殺そうとなんぞしとらんよ。二人が何を企んでいるのか、心当たりがあるんだ。彼らは……」ふと口をつぐむ。「この風はどこから入ってくるのかな？」

確かに、食堂の方向から床を這うように吹いてきた風が、足首のあたりを撫でていた。台所のスイングドアが軋んだが、誰も入ってこない。

「まさか裏口のドアを開けっ放しにしたんじゃないだろうな。台所の明かりが点いているのに。ここの明かりは海上の何マイルも先から見えるんだ。灯火監視員が見つけたら、かんかんになって怒るぞ」アレックは苛立っていた。

しかし灯火監視員など私の頭にはない。

楽に動けるわけではないが、私はキイキイ鳴っているスイングドアに五、六秒でたどり着いた。

白タイル張りの広々とした台所には誰もいなかった。白い琺瑯《ほうろう》引きのテーブルに、台所用メモから破り取った一枚が空のグラスで押さえてある。裏口のドアは開け放たれて湿っぽい潮風が私の顔にまともに吹きつけ、煌々《こうこう》とした明かりが外を照らしていた。

ドアをぴったり閉めてカーテンを引き、目張りしたようにするのが神経質な本能になっていて、強迫観念さながらに我々の脳裏から離れない。明かりが漏れるのは、ルール違反では済まない、れっきとした犯罪だ。しかし、私は台所を大急ぎで突っ切って裏口へ行ったものの、すぐにはドアを閉めなかった。

灯火管制の時間になっていたが、外は真っ暗というほどではなく、物の輪郭がおぼろげにわかる。崖っぷちに近いこのあたりに植物は生えず植えられてもいないが、漠と広がる湿った赤土の地面に何もないわけではない。幾何学模様が——アレックの数学的精神の発露と言えよう——白く塗った小石で地面に描かれていた。その真ん中に幅四フィートほどの小径《こみち》があり、やはり白い小石で縁取られていた。その小径は〈恋人たちの身投げ岬《ラヴァーズ・リープ》〉と呼ばれる断崖のへりまで続いていた。

恋人たちの身投げ岬《ラヴァーズ・リープ》。

冷蔵庫の上に、薄紙の笠をかぶせた懐中電灯が載っていた。それを手に、裏口のドアを閉め木の階段をよろめくように二段下りて地面に立つと、弱った心臓が嫌な音を立てた。

黒い雲が空を覆っていたがかすかに明るく、懐中電灯を点けなくても二筋続いている足跡が見える。

足跡はまばらな草が途切れたあたりから始まっていた。いつも湿っぽい場所だが、雨でいっそう軟らかくなっていた。白い小石の縁取りが薄気味悪く延び、その間に足跡が二筋――一方はしっかりとした足取りで、もう一方はその後をのろのろとついていったように見える。私はすぐに足跡をたどり始めた。健康に不安はあるものの、時々頼まれて警察医を務めた三十年の経験を忘れてもらっては困る。こんな時は本能的に体が動いて足跡を踏まないように離れるものだし、事実、私はそうした。

小径のすぐ外側を崖のへりまで歩く。リタの顔が目の前をよぎった。

私は高いところが苦手だ。目が回るし、飛び降りたい衝動に駆られる。土地の住人はよくやるが、崖っぷちに立って下を覗き込む神経など持ち合わせていない。だから汚かろうが泥がつこうが構わず、足跡が途絶えた場所の横、こんもり盛り上がった小さな草むらまで這って進み、首だけ伸ばして下を見た。

この辺の海はおよそ午後四時を境に潮が引き始める。今は潮が差していて、七十フィート下の岩礁が頭だけ覗かせている。白い波頭がぼんやり見えるくらいで、ほぼ真っ暗。しかし波が岩に砕ける音ははっきり聞こえる。湿った海風が顔を撫で、まぶたを押していく。

私は地面に伏せてじっとしていた。自分が何の役にも立たず、思うように動けない老人であることを思い知らされた。安全な体勢で伏していてさえ、下を見ると身がすくんだ。手から抜け落ちた懐中電灯が、回転し蛍火のように明滅しながら、二人の人間を呑み込んだあたりへ音もなく吸い込まれた。

やがて私は蟹《かに》のごとく這い戻った。断崖を見下ろす時のめまい、蜘蛛《くも》の巣にかかって宙に揺れているような感じがなくなったので、戻るのは楽だった。人間の顔と同じで、断崖は多少でこぼこしているが全体としてはのっぺりしている。二人の体は途中どこにも引っかからなかっただろう。そして、落ちた時には……

立ち上がり、私はとぼとぼ母屋に戻った。

アレックは居間のサイドテーブルのそばに立ってウィスキーを注いでいた。夢見心地で上機嫌だ。

「あの二人がドアを開けっ放しにしていたんだろう？」それから口調が変わり、「おや、どこで泥をつけてきたんだね？」

「あんたには隠さずに言ったほうがいいと思うんだが、二人は早まって崖から身投げしたよ」

沈黙。

アレックが事態を受け入れるのにしばらくかかった。子供を私に診せに来る母親は、よくこんなことを言う。「お馬鹿さん、そんなに騒ぐんじゃないの。ルーク先生は痛いことなんかしないのよ」すると子供は、ルーク先生は痛くしないと信じてくれる。だが時々、どんなに頑張っても痛くしてしまうことがある。すると子供は歪めた下唇を少し開き、驚き顔で私を恨めしそうに見て涙を浮かべるのだ。既に老境に入った飲んだくれのアレック・ウェインライトも、そっくりな目で私を睨んでいた。

「まさか」アレックはやっと呑み込めたらしい。「そんな馬鹿な。嘘だ、嘘に決まってる！」

「気の毒だが、本当だ」

「私は信じない！」アレックは食ってかかってきた。グラスをサイドテーブルに置くと、グラスは磨き抜かれた天板の上を回転しながら動いた。「どうしてわかるんだ？」

「外に出て、よく見るんだな。二人分の足跡がある。両方〈恋人たちの身投げ岬《ラヴァーズ・リープ》〉まで続いていて、戻っていない。台所の調理台に書置きがあった。わしは読んでおらんが」

「そんなはずはない。それは……ちょっと待っててくれ！」

　アレックは振り向いたが、こわばった関節のせいで少しよろめいた。サイドテーブルを支えに体勢を立て直し、メインホールへ続くドアに向かう。彼が懸命に階段を上る足音が聞こえ、二階の部屋を回ってドアや引き出しを開け閉めする音もした。

　その間に私は台所へ行って湯で手を洗った。ストーブ近くのフックにブラシが掛かっていたので、服についた泥をそれで落とそうとした。その時は気づかなかったが、実は靴を磨くブラシだった。ブラシをかけているとアレックが戻ってきた。

「彼女《あれ》の服は残っている」ひび割れた唇から絞り出すように言う。「だが……」

　彼は鍵を掲げてぶらぶら振ったが、それで何を示そうとしているのかわからなかった。変わった形をしたシリンダー錠の鍵で、かなり小さい。クロム製の手持ち部分に、小さく〈マルガリータ〉という文字と恋結び《トゥルーラヴ・ノット》模様が彫ってある。

「そっちは駄目だ！」頼りない足取りで裏口から出ようとしたアレックを制した。

「なぜかね」

「足跡を消しちゃいかんからだ。アレック、警察を呼ばねばならんぞ」

「警察？」意味が呑み込めないようにアレックは呟き、台所のテーブルのそばにある白い椅子に腰を下ろした。「警察」言葉の響きを確かめるように繰り返し、こうした場合によくあることだが急に取り乱した。「でも何かしなきゃいかんじゃないか！……そうだろう？　崖を降りてみたらどうだね？」

「どうやって降りるんだ。あの崖は誰だって降りられん。今は潮も差しているから朝まで待たねばならんだろう」

「待つ」アレックは呟くように言う。「待つのか。いや、ここで手をこまねいてはおれん！」

そう言ってようやく落ち着いたらしい。「先生の言うことはもっともだな。警察ならどうすればいいか心得ているだろう。警察に電話を頼む。私がかけたほうがいいかな？」

「どうやってかけるんだ、電話線は切られたんだろう？」

そうだった、とばかり、アレックは額に手をやった。ウィスキーのせいか興奮したせいかはわからないが、傍目《はため》にも不快なほど顔が斑《まだら》になっている。医者としてはなおさら気がかりだ。

「うちには車がある。先生のもあるじゃないか。車で……」

「わしは今そうしようと思っていたんだ、もしあんたが大丈夫ならだが」

静かな台所でいきなり冷蔵庫の唸る音が響き、胆を潰した。アレックは音のほうを向き、テーブルに空のグラスで押さえてある走り書きに気づいた。グラスをどけて紙切れを取る。
「私なら大丈夫だ。まだ本当だとは思えんし。これはただの……」しかし、目に涙があふれていた。

彼に帽子と、雨が降った時の用心にレインコートを取ってきてやった。こういったことになるとアレックは子供同然で世話が焼ける。彼は懐中電灯を持って足跡を見に行くと言って聞かなかった。しかし、そんなことをしても足跡以外に何も見つからないし、リタの幻が押し寄せて二人とも苦しむだけだ。

体調を考えるとアレックはよく持ちこたえていたが、車庫に向かおうと玄関ホールの帽子掛けのそばを通った時、倒れて気を失った。〈マルガリータ〉の文字と恋結び模様を刻んだ小さな鍵が手から抜けて堅木の床に落ちた。彼がどれほど深くリタを愛しているか、それまで私は考えたことはなかったが、このとき彼の愛情の深さを思い知った。鍵を拾ってチョッキのポケットにしまい、私はアレックを二階の寝室へ運ぶ仕事に取りかかった。

*

リタ・ウェインライトとバリー・サリヴァンの遺体は二日後に発見された。二、三マイル離れた小石の多い浜に打ち上げられ、小さな男の子たちが走っていって警察に知らせたのだ。私たちは、検死に際して二人の本当の死因を初めて知った。

5

初めてヘンリ・メリヴェール卿に会ったのは、リンクームで長く語り種になるような騒動の最中だった。

戦争の真っただなかであるにもかかわらず、村はリタ・ウェインライトとバリー・サリヴァンの心中の噂で持ちきりだった。私にはそれがどうにも肚《はら》に据えかねた。二人に同情を示す者はまずいないし、リタに対してはことに冷ややかで、言うことはほとんど決まっていた。「いつかこんな芝居じみた馬鹿なことをやらかすんじゃないかと思っていたよ」

アレックにも同情は集まらなかった。

「女房はぶん殴ってしつけなきゃ駄目なんだよ」〈トテ馬車亭〉のハリー・ピアスは気炎を揚げた。「そうしときゃ、あんな真似はしなかったのによ」

どうしてそんな理屈になるのか私にはわからない。女房をぶん殴ると口にするのが、決まって女房の背中にあかんべえの一つもできない男ばかりだから呆れもする。その最たる例がピアスだ。アレックの具合が思いのほか芳《かんば》しくないのも、私の気が晴れない理由の一つだった。ベテランの看護婦が昼夜を問わず枕許に詰め、トムも日に二度ずつ様子を見に行っていた。

月曜の昼前、トムの言を忠実に守って家から出ずにいた私が裏庭で日なたぼっこをしていると、丈高な青のデルフィニウムが咲きこぼれる小径を抜け、籐椅子が数脚置いてある木陰へモリー・グレインジがやってきた。

「ルーク先生、お加減はいかがです?」

「お蔭さまですこぶる元気だよ。うちの馬鹿息子が何か言っておりましたかな?」

「先生はこのところ――働きすぎだって」

「くだらん!」

　モリーは向かいの籐椅子に腰を下ろした。

「ルーク先生、恐ろしいことになりましたね」

「全くだ! あんたはバリー・サリヴァンと知り合いだったね。あの男を紹介してくれたのはあんただったと……」

　余計なことを思い出させてはいけないと思って口をつぐんだが、モリーは何とも思っていないようだ。モリーは美人だが、一度でそれがわかる者はほとんどいない。女性は船と同じようにひと目で特徴がわかる化粧をするが、青い目で金髪の娘は化粧をしないと誰も同じに見えてしまう。モリーもその例に漏れず、一見ごく平凡だ。

「よくは知りませんでした、ほんの表面的なことしか」彼女はほっそりした手を上げて指先を眺めた。「それでも恐ろしいことに変わりはありません。ルーク先生、こんな話をしてお嫌じゃないですか?」

「いいや、ちっとも」

「じゃあお訊きします」彼女は背筋を伸ばして坐り直す。「あのとき何があったんです？」

「トムが話さなかったかね？」

「トムは話し上手とは言えませんから。聞き直しても『君は簡単な英語の意味もわからないのかい？』と返事はいつも一緒です」彼女は微笑み、すぐ真顔に戻った。「聞いたところでは、先生とウェインライトさんは警察に連絡しようとして車に向かったんですよね？　その時にウェインライトさんが倒れた」

「その通り」

「先生はウェインライトさんを二階へ連れていって寝かせた……」

「それが体に応えたわけじゃないぞ」

「トムはそれが原因かもしれないと言っていました。わからないのは、そのあとなんです。トムの話では、あなたは〈清閑荘《モン・ルポ》〉からお宅まで歩いた。真っ暗な道を四マイル以上――」

「真っ暗とは言えんな。雨が上がると星が出ていたからね」

モリーは手を振って取り合わない。

「ご自宅からリントンの警察に電話したわけですね。先生が戻っていらしたのは十一時半、ひょっとすると十二時近くでした。あの家には車が少なくとも二台あったはずなのに、どうして使わなかったんですか？」

「それは――ガソリンが空だったからだよ」

モリーはわけがわからないという顔をした。車庫へ行ってその状況を知った時のことを思い返すと、今でも腹立たしい。

「モリー、誰かが燃料タンクのガソリンを空にしたんだ。二台ともな。ガソリンが不足しているからって、笑い話にもならんよ。どうしてそんなことをしたんだろうとか、わしに訊かんでくれ。電話線を切った理由もな。とにかく、わしは立ち往生だ。おまけに、アレックがなぜか知らんが大事にしている鍵を持ってきてしまったもんだから、トムに返しに行かせた。具合のよくないアレックを一人で家に残すことにはなったが、何としても助けが必要だったんだ。無線か伝書鳩でもあれば……」

「そんなこと、考えるだけ無駄でしょう。場合が場合ですから。誰の仕業か見当はついているんですか？」

「ジョンソンの奴が意趣返しにやったとも考えられるが、可能性は誰にでもある」

「ジョンソン？」

「アレックがお払い箱にした園丁だよ。でも、ガソリンを抜いてどうしようというんだ？」

「まだ見つかっていないんでしょう？……その、リタとサリヴァンさんは」

「うん。何もかもどうかしている。そういえば、あんたもだな。今朝はバーンスタプルにいるはずじゃないのか。タイプ事務所は暇じゃないだろう？」

モリーは唇を固く結んだ。こめかみに指を当て、今日初めて迷っているように見えた。足首が事務所の台帳のようにぴたりと閉じ合わされている。

「私がいなくたって一日二日は大丈夫です。病気ってほどじゃありませんが、調子がもう一つで――」彼女はこめかみに当てていた手を下ろした。「ルーク先生、私心配なんです。リタ・ウェインライトのことはあまり好きじゃありませんでしたけど」

「あんたもかね？」

「待ってください。私はできるだけリタに不公平にならないようにしたいんです。議論するよりも、先生の判断を仰ぎたくて」モリーは言い淀む。「五、六分で済むと思うんですが、うちに来てくださいませんか。ええ、今から。お目にかけたいものがあるんです」

私は家のほうを振り返った。トムは十一時に手術を済ませ、往診に出ていた。今ならトムに見咎められずに行って戻れるだろう。モリーと一緒に正面の庭に出ると、本通り《ハイ・ストリート》――住民はそう呼び習わしている――はひっそりしていた。その名が示すように村の目抜きで、アスファルト舗装の路面がほんのわずか上り勾配になって続き、昔ミラー鉄工所があったあたりで曲がり見えなくなる。道の両側に並ぶ小さな民家や商店は、〈トテ馬車亭〉の開いたドアから漏れる押し殺した話し声を子守歌代わりに、うららかな陽光を受けてまどろんでいた。動いているのは、各戸を回る郵便配達のフロストさんと、「煙草と菓子販売認可店」の看板を掲げた店の前を掃除しているミセス・ピナフォアだけだ。

しかし、平和は破られるためにある。モリーは振り向いて目を丸くした。

「まあ、大変！」

通りのずっと先、ミラー鉄工所のほうからモーター付きの乗り物独特のポンポンポンという規則正しい音が聞こえ、通りの真ん中を電動車椅子がかなりの速度で勇ましく近づいてきた。

車椅子に坐って威張りくさっているのは、白いリンネルのスーツを着たでっぷり太った男で、小さな前輪につながり操縦桿の役目をする棒状の突起を握っていた。禿げ頭が日光を受けてぴかぴか光り、眼鏡は大きな鼻の先にずり落ちている。病人でございとばかりショールを肩にかけているが、その顔に表れた人間離れした底意地の悪さは遠目にも見逃しようがない。男は懸命に体を前に倒し、モーターのポンポン音はいよいよ速く大きくなった。

その時、ミラー鉄工所の角を曲がって画家のポール・フェラーズが息せき切って走ってきた。続いて私の息子のトムが駆けてくる。

二人のあとには警官が一人。

「スピードを落として！」フェラーズが喉を詰まらせたような声で叫ぶと、あちこちの窓から野次馬が顔を出した。「そこは見た目より急勾配です。お願いですからスピードを……」

車椅子の男は顔に尊大な笑いを浮かべ、自分の腕前に酔うように、スケートの名手さながら右に左に弧を描いて華麗に車椅子を操った。しかし、このはらはらする芸当でさえ、トムの言葉を借りるなら「犬さえ出てこなければ拍手喝采で済んだはず」だった。

リンクームの犬は、概して物のわかった穏やかな連中である。自動車のことは諒解済み、荷馬車や自転車も鷹揚《おうよう》に構えて見過ごしてやっている。しかし、スーパーチャージャー付きと思しき車椅子を怪我《け》人が暴走させている光景は犬たちの理解を超え、それゆえ犬心を逆撫でした。魔法で呼び出されたかと思うほど多くの犬がこぞって柵を跳び越え、怪しからん乗り物の襲撃に加わった。

耳を聾《ろう》する吠え声は、車椅子のポンポン音をあっさり凌駕した。アンダーソン家のスコッチテリアのウィリーは興奮してとんぼ返りをし、勢い余って仰向けにひっくり返った。レインズ家のエアデールテリアは勇敢にも車輪めがけて突進する。男は車椅子の動きを科学的に理解せんとする試みに没頭していたが、さすがに事態を知って報復に出た。車椅子から身を乗り出し、後方の犬の群れを睨む。その獰猛な形相に、意気地のない犬は後ずさりして遠巻きに声だけは威勢よく吠え立てる。中に一匹、元々ねずみ捕り用に改良されたマンチェスターテリアの勇犬がいて、車椅子に跳び乗って操縦桿に咬みつこうとした。

車椅子の男は素早く反撃に転じ、狙いすまして松葉杖を振り下ろす。これは暴力行為としては上首尾だったが戦略としてはお粗末で、車椅子の操縦がお留守になってしまった。車椅子は胆を冷やすような速さで突進し、ヒックス家の引き込み道を滑らかな動きで経由して歩道に乗り上げ——語るのも胸が潰れる思いだ——洗濯を引き受けている尊敬措《お》くあたわざるミセス・マクゴニグルが一週間分の洗濯物を抱えて門から後ろ向きに出てきたところにぶつかり、今度はピナフォア家の引き込み道を通って車道に戻った。

「モーターを止めて！」フェラーズが後方から怒鳴る。「どうかモーターを止めてください！」理に適《かな》った忠告だが、車椅子の男には聞こえないし、そもそも聞く気はなさそうだ。犬の群れに囲まれつつ疾走する車椅子は、門口で呆気にとられて立ち尽くすモリーと私のそばを通り過ぎ、やがて路頂《クラウン》（水はけをよくするため道の中央を高くする工夫）に乗り上げて傾《かし》いだかと思うと〈トテ馬車亭〉の真ん前で地面に弧を描き、開いたドアから堂々と入っていった。その時でさえ、車椅子男の底意地の悪い目つきに変化はなかった。

男を追って犬の群れが飛び込み、次いでフェラーズ、そしてトムが駆け込んだ。最後に、あらかじめ手帳を構えて巡査が続く。

「まあ、大変！」モリーが繰り返す。

「よほど酒が飲みたかったんでしょうな」と郵便配達のフロストさん。

なるほど酒場からは、アル中紳士がいち早くカウンターを乗り越え棚の酒瓶にたどり着いたと思われる音が聞こえた。ガラスの割れる音、椅子が倒れる音、犬の吠え声が一緒くたになっているが、飲みかけのビールをこぼされた男たちの罵り声がとりわけ大きい。

その後の十五分間、ハリー・ピアスの酒場は開闢《かいびゃく》以来の好景気を迎えた。犬は次々と追い出され、紳士が弁償を約束し居合わせた客に気前よくビールをおごったので酒場は平和を取り戻したが、野太い声は――車椅子の紳士の声だ――他を圧して響いていた。やがて、むごい犬難に遭った殉教者といった体《てい》の紳士が乗った車椅子をフェラーズが押して酒場から出てきた。

「いいですか、テストパイロットのご老体」フェラーズが意見する。「これは車椅子なんです」

「わかっとる、わかっとるって！」

「歩けない人の乗り物です。新型のスピットファイア（英で開発された戦闘機）みたいに扱っちゃ駄目なんですよ。あなたがクラフト警視のお友達じゃなかったら、モーター付きの車を乗り回して公衆を危ない目に遭わせたあげくお金で片をつけるなんてことはできないっておわかりですか？」

意地悪爺さんが、どうしてこんな誤解を受けるのかわからん、といった表情になる。

「おい、よく聞け。いまいましい、わしは通りを全速力で走らせたらどうなるか試しただけなんじゃ。さあ、それでどうなった?」

「あなたは危うく村中をめちゃくちゃにするところでした。それが答えです」

「わしが殺されかけたことはどこへ行った? わしが誰にも迷惑をかけず穏やかに操縦しておったら、突然、馬鹿犬どもが五十頭ばかり飛びかかってきて、がぶりとやりおった……」

「どこをがぶりとやったんです?」

相手は唸っている。

「どこをやられたかなど気にせんでよい」険悪な口調だ。「わしが狂犬病になればすぐわかる。わしは足の指に大怪我をして寝たきりになり、寂しい暮らしを余儀なくされておる。この辺のくそ犬が寄ってたかってわしに咬みつくのを思いとどまり、わしはおとなしく車椅子に乗ってうまい空気をほんのちょっとばかり味わう、それさえもできなくなれば愉快だと言うのか?」

この紳士こそ、我々が既にいろいろ聞かされている傑物H・Mにほかならない。モリーと私はすぐに彼の注意を惹いたが、惹き方がまずかった。

彼が王者の風格を見せて村を疾走する間、モリーと私は呆気にとられ真顔で立ち尽くした。今やモリーは真面目な顔をしていられなくなり、形のいい鼻から息が詰まったような音を吹き出したかと思うと、横を向いて門格子につかまった。

車椅子のヘンリ・メリヴェール卿が眼鏡越しに我々を一瞥し、悪意たっぷりに指差した。

「あれがいい見本だ」

「シーッ！」フェラーズが小声で制する。

「どうしてわしは同情してもらえんのじゃ？」H・Mは宙に向かって問いかける。「どうしてわしだけのけ者なんじゃ？　これがほかの奴だったら――さぞかし愁嘆場じゃな。誰も彼も、お気の毒でしたね、とかまびすしい。ところが、同じことがこの老いぼれに降りかかると、途端に腹を抱えて笑いよる。わしの葬式で、牧師の奴は愉快で物が言えんだろうな。会葬者だって、牧師がろくろくしゃべらんうちに教会の通路で腹を抱えて転げ回るに違いない」

「お二人は僕の友人です。ちょっと挨拶しましょう」

「車椅子のスイッチを入れようか？」H・Mは親切ごかしに申し出るが、操縦したいのが見え見えだ。

「お気遣いなく。僕が押しますよ。じっとしていてください」
五、六匹の犬が物陰に隠れて毛を逆立て、車椅子をいかにも胡散臭そうに見ているのを除けば、本通り《ハイ・ストリート》には静けさが戻ってきた。ミラー鉄工所の先に車を駐めて追跡に加わっていたトムは、お昼前にもう一件往診があると言って既に立ち去っていた。傑物ヘンリ卿は、悠揚迫らぬ態度を見せようと、片手を操縦桿に置いてガタガタ押されながらやってきた。
車椅子が動き出すやあたりの犬が一斉に吠え、何匹かは隠れていた場所から飛び出したので、追い払わなければならなかった。

「この方のことは、もうご存じですね」フェラーズは、犬がいなくなってからも盛んに振り回していた松葉杖をH・Mがようやく下ろした機会を捉えて我々に言った。「ヘンリ卿、こちらはルーク・クロックスリー先生、トムのお父さんです。そして、さっき笑ったこちらのお嬢さんはミス・グレインジです」

今日のポール・フェラーズは、いつもよりずっと人間味を感じさせた。三十がらみで、鼻の高い、妙に理屈っぽいところのある皮肉屋だ――いや、皮肉屋だったと言うべきか。たいてい絵の具のついたフラノのズボンに着古したセーター姿で、人が明暗対照法《キアロスクーロ》を話題にしようものなら大声で食ってかかる手合いである。

「ごめんなさい、ヘンリ卿」モリーは本当に申し訳なさそうに言う。「笑うつもりはなかったんです、失礼しました。ところで、足の指の具合はいかがです?」

「ひどいもんじゃ」包帯にくるまれた右足を指して傑物が言う。しかし、いくらか機嫌が直ったようだ。「そう訊く礼儀をわきまえた御仁がいてくれてありがたいよ」

「皆さんとても気の毒がっていますよ。どうしてそんなお怪我をなさったんですか?」

H・Mは聞こえていない顔だ。

「一八九一年にケンブリッジのラグビーチームでプレーした時のことを聞かされていたんですよ」フェラーズがさっそく説明した。「実演つきでね」

「今でも、あの時に汚い反則をされたと思っておる。で、後ろにいるこの男で試してやろうと思って……」H・Mは言葉を切って派手に洟をすすり上げ、やがて私も身をもって味わうこととなる、身も蓋もない口調でモリーに言った。「あんた、ボーイフレンドがおるな?」

モリーは目に見えて体をこわばらせた。「ええっと――」

「あんたほどの器量よしにボーイフレンドの一人もおらんはずはない」H・Mが言った。察するに、自分の怪我を気遣ってくれたことに対するお返しなのだ。「実際は掃いて捨てるほどおるんだろうな。あんたみたいに優しい嬢ちゃんのことじゃ、毎晩、蔦を頼りに塀を越えようとするロミオ気取りの男が大勢いて、きっと困っておるに違いない」

こうなると、てんで若者の扱い方がわからない私でも、助け船を出さないわけにはいかない。

「モリーの父親のスティーヴは、娘が結婚を考えるのはまだ早いと信じ込んでおりましてな。わしは、いっそせがれのトムと一緒になってくれればと……」

モリーは息を呑み、つんと取り澄ます。

「トムにはトムの考えがあるでしょうね」モリーの口調は厳しかった。「どうして急に私の異性関係が問題になったのか、ほんとに不思議ですわ」

「トムを相手にするのは時間の浪費だな、モリー」フェラーズの口調に特有の猫めいた気性が覗いた。「トムは根っからの女嫌いで、スカートをはいた物体（「横隔膜（skirt）」の意をかけている）といえばテーブルに載せるものと考えている——解剖するためにね。ほかにいい男はいないのかい？」

モリーは意味ありげにポールを見る。「その男性の経験次第だと思うわ」

「経験というのは」フェラーズはからかい気味に言った。「君相手のかい？」

鼻の下にわずかに笑みが浮かぶ。彼は片足に体重をかけて悠々と立っていた。絵の具がついたズボンのポケットに両手を突っ込み、骨っぽい肘を翼のように突き出している。

「でも、確かに君の言う通りだ」そう言い足して顔を曇らせる。「今は、現実のものだろうと架空のものだろうと、恋愛問題を論じている時じゃないな。おとといの夜、仕上げのひと筆を加えた恋愛問題は、あまりにも悲劇的で僕の趣味とは言えない。ところで、あの件に目新しい展開はありましたか？」

フェラーズはさりげなく尋ねたが、巧まざる質問というわけではなかった――彼はリントンのほうから本通り《ハイ・ストリート》をやってくる警察の車を見たはずだから。車は速度を落とし、やがて我が家の前で止まった。運転席からクラフト警視が降り立つ。私にとっても長年の知己であるクラフトは、のっぽで面長、片目の義眼とゆっくり話す低い声が特徴の男だ。

動かない義眼のせいで不気味な感じがするかもしれないが、人となりを知ればそんな印象は吹き飛ぶ。人付き合いもほどよく、ほかの連中と同様ビール好きだ。勤務先は住まいのあるバーンスタプル。捜査手順から諸手続きに及ぶまで、警察便覧に書かれていることで知らないことはないほどの勉強家でもある。

彼はつかつかとH・Mの許へ行った。

「ヘンリ卿、内密の話があるんですが、よろしいですか？」彼はよく響く声で尋ねた。そこで言葉を切り、ためらったのちに義眼を我々のほうに向けて、ゆっくりと付け加えた。「二人の遺体が上がりました」

6

我々は黙って、うららかな通りに佇《たたず》んでいた。松葉杖を車椅子にもたせかけ、H・Mは気乗りしない様子で上目遣いに警視を見た。

「それは土曜の晩に崖から身投げした二人のことか?」

「そうです」

「で、わしに何の用がある? 二人とも死んでおるんだろう?」

「ええ、死んでいるのは確かですが、少々不審な点がありまして」警視は私を見て、「先生にもお話があるんです。時間をいただけますか?」彼は動くほうの目で、若い二人を意味ありげに見た。「話のできるところはありませんか」

「うちに入ったらどうだね。裏庭のほうがいいかな?」

「私はそれで結構ですが、ヘンリ卿はどうでしょう」

H・Mは鼻を鳴らしただけだ。フェラーズはいつの間にかパイプを手にして防水布製の煙草入れから煙草を詰めながら、あからさまに興味の色を浮かべて警視を見ている。

「どうやら、関係者以外お断り、という雰囲気ですね」

「申し訳ない、ええと――」クラフトはフェラーズの名前を知らないのだが、知りたいとも思っていないようだ。「恐縮ですが役向きでして」

フェラーズは臆した様子もない。「それじゃあ、大先生を裏庭までお連れして、三十分したらお迎えに上がります。大先生がどうしても自分で車椅子を操縦すると言うんなら、僕にはどうしようもありません。でも、また首の骨を折りそうな真似をされちゃたまらないから、とにかくこの方と一緒に帰りますよ。死体はどこで見つかったんです？　それも極秘ですか」

警視はためらったのち、「今朝早く、ハッピー・ホローの海岸に打ち上げられました。ではヘンリ卿、参りましょう！」

モリー・グレインジは我々に背を向け、無言で歩き去った。見せたいものがあると彼女が言ったことを思い出したが、それは後回しにするしかない。

がなり立てもせず、ヘンリ・メリヴェール卿はデルフィニウムの花の間の入り組んだ小径を通って裏庭へ連れていかれた。この日差しに病人用のショールは暑すぎるらしく、彼は丸めて背部に押しやった。H・Mとクラフト警視と私が籐椅子が並ぶリンゴの木の下に腰を下ろすと、警視が手帳を取り出した。

「実はな」H・Mはやはり唸り声だが、意外にも穏やかな口調だった。「言っておかねばならんことがある」

「はあ？」と警視。

「この老いぼれは退屈しておる。もう何年も坐りっ放しでおる気分じゃ。どうせロンドンに帰っても居場所はない」口をへの字にして、「それを言ったら、わしを必要としてくれるところなどこにもないがな。わしは、行く当てのない、糸の切れた凧もおんなじじゃ」

（私は不思議に思った。聞いた話では、彼は陸軍省の要職にあるはずなのだ）

「だから、退屈しのぎになることを頼みたいと言うんなら、わしは喜んで飛びつくぞ。だが、その前に一つだけ訊いておきたい。よーく考えて答えるんじゃぞ」

「わかりました」クラフトが先を促す。

Ｈ・Ｍはリンネルの上着を開き――懐中時計の大きな金鎖で飾られた太鼓腹が丸見えになる――内ポケットから真っ黒な安葉巻の詰まったケースを引っ張り出した。一本取って火を点け、煙が出るのが不快だとでもいうような顔で深々と吸い込む。実際、その煙の匂いには閉口した。

Ｈ・Ｍの小さな鋭い目がクラフトに注がれる。

「あの足跡に胡散臭いところはなかったのか？」

「胡散臭い？　とはどんな風にです？」

Ｈ・Ｍは情けなさそうにクラフトを見た。

「わからんか？　わしは至って疑り深い性質《たち》でな」

「はあ」

「足跡は二組あった。大きな男物の靴の足跡と女の小さな足跡じゃ。軟らかい土に二筋の足跡、それが崖っぷちまで続いている。ほかに足跡はない。さて、後光が差すほどおめでたい人間にとっては、男女が手に手を取って崖からぴょんと飛び降りたことにほかならん。そうじゃな？　だが、わしのここのように下劣なトリックが詰まっておる頭には」Ｈ・Ｍは額を指で叩いた。

「丸ごといかさまじゃないか、となるんじゃ」

　クラフト警視は眉をひそめ、手帳を膝の上に広げる。

「いかさまというのは？」

「何か理由があって、二人が自分たちを死んだように見せたいとする。いいか？　女のほうが裏口の外の階段に立つ。そこから一人で軟らかい土の上を歩いて、雑草が少し生えている崖っぷちにたどり着く。手には男の靴が一足。ここまではいいな？」

「はあ」

「女が男の靴に履き替える。そして、後ろ向きに最初の靴跡の横を通って階段まで戻る。どうじゃ、わかるか？」H・Mは口から離した葉巻で、催眠術をかけるような仕種をした。「さて、結果をご覧《ろう》じろ。なんと、注文通り二組の足跡ができておる。造作もないペテンだな」

　H・Mは急に話をやめ、今にも癇癪を起こしそうにぎょろりと目をむいた。クラフト警視が笑っていたからだ。

　ほとんど聞こえないくらい深く柔らかな笑い声であり、相手の真意を理解したことで発せられた笑いだった。お蔭でクラフトの陰気な顔が明るくなり、表情のない義眼と著しい対照を見せた。笑うとカラーに窮屈そうに押しつけられていた二重顎がすっと伸びた。

「わしの話のどこがそんなにおかしい？」

「いや、とても素晴らしいと思います。小説でなら文句なしでしょう。ただ、一つ言わせてもらえば、そんなことは絶対にありませんでした」

クラフトは真顔になって続ける。

「断っておきますが、出任せじゃありませんよ。足跡というのは、犯罪学では実に研究が進んだ分野なんです。ハンス・グロース（一八四七―一九一五。オーストリアの学者。犯罪捜査学の始祖とされる）は自著の一章をそっくり足跡に割いていますね。世間の人が思っているのとは正反対で、足跡はほかのどんなものよりごまかしにくいんです。偽装はほぼ不可能で、卿が今おっしゃったやり方では絶対に無理です。その『後ろ向きに歩く』方法は実際に何度か試みられています。でも、一マイル離れた場所からでも見分けがつくんです。

後ろ向きに歩けば、必ずその特徴が表れます。歩幅は狭く、踵《かかと》は内側に向きます。体重のかかり方が違うので、爪先から踵に向かって傾斜がつきます。二人の体重の問題もあります。

土曜の夜に採った石膏の足型をのちほどお目にかけますが、ごく普通でどこにも疑わしいところはありません。男は五フィート十一インチ、体重が十一ストーン十ポンド（約七十四キロ）、靴のサイズは九号（約二十七・五センチ）。女のほうは五フィート六インチ、九ストーン四ポンド（約五十九キロ）で靴は五号（約二十四センチ）です。はっきり言えるのは、ミセス・ウェインライトとミスター・サリヴァンは崖の縁まで歩いていって引き返さなかった、それだけです」

クラフトは一息ついて咳払いをした。

私は今でもあの現場をはっきり覚えているが、彼の説明は間違っていない。

「ああ、なるほどな」葉巻の脂《あぶら》っこい煙を透かして警視を見ながら、H・Mは唸る。「この点について、お前さんは科学的犯罪捜査を信じ奉っておるわけだな？」

「ええ、そうです。実地に応用する機会が多くないのは残念ですが」

「この事件には応用できると言うんじゃな？」

「明らかになっていることを全部お話ししましょう」クラフトは険しい目つきで庭を探るように眺め、声を落とした。「二人は土曜の晩あまり遅くないうちに亡くなり、以来遺体は海中にありました――引き上げた遺体を調べてわかったことですが、愉快とは言えないので詳細は省きます――岩にぶつかったか、さもなければ溺死だとお思いでしょう？　ところが、どちらでもなかったんです」

H・Mの目に好奇の色が浮かぶ。

「どっちでもない、とな……？」

「ええ。二人とも小口径の銃で至近距離から、銃をほぼ体に押しつけた状態で心臓を撃ち抜かれていました」

庭先は静まり返り、二軒先の家で垣根越しに話す声が聞こえた。

「で？」沈黙を破った唸り声に、H・Mが疑惑を抱いているのが窺える。葉巻を猛烈な勢いで吹かしているのもそのせいだろう。「お前さんが科学や専門知識にご執心とあらば、わしにも教えてやれることがある。つまり、銃については特に珍しいことでもなけりゃ驚くようなことでもないんじゃ。特に心中では、そうする者が多い。念には念を入れて天国へ旅立とうと考えるんだろうな。例えば、二人で川っぺりに立つ。男が女を撃つ、女は川へどぶん。次に男は自分を撃って川へどぶん、一丁上がりじゃ」

クラフトは真面目な顔でうなずく。

「おっしゃる通りです。傷口も自殺者特有のものでした。もちろん、検死報告が上がるまで確かなことは言えませんでしたが。検死官から電話連絡を受けたハンキンズ医師が、午前中に検死をやってくれました。

二人とも三二口径の弾丸を受けています。今お話ししたように、体に押し当てて撃たれています。着衣に火薬の焦げ痕があり、銃創も焦げて黒ずんでいました。つまり」クラフトは尖った鉛筆で銃の狙いをつける真似をした。「燃焼しきらなかった火薬が皮膚にめり込んだわけです。銃を体に押しつけて発射したことは確実です。心中です」

「じゃあ、何に引っかかっておる？　変てこな顔をしているのはなぜなんじゃ？　立派な証拠があろうが」

クラフトは再びしかつめらしい顔でうなずく。

「ええ、確かに証拠はあるんです」やや間があって、「ただ、心中の証拠ではありません。あれは二重殺人でした」

さて、読者諸賢には予想通りの成り行きかもしれない。「殺人」という言葉を心待ちにしていただろうし、いつになったらお目にかかれるのかとやきもきしていたかもしれない。あなた方にとっては、これまでの話は知恵くらべの前座にすぎまい。しかし、にわかに殺人という言葉を浴びせられた私にすれば、クラフトの口から出るひと言ひと言が背筋を凍らせた。それがいかばかりかは、あなた方の想像に任せるしかない。

燃焼しきらなかった火薬が皮膚にめり込んだという話は、リタ・ウェインライトの身に起こったことと考えると、いっそうむごたらしく感じられた。こうして我々がリンゴの木の下で坐っている時に、リタは検死台上で肉の塊になっているのだ。ここで殺人の話、しかもリタとバリー・サリヴァンを殺したいほど憎んでいた人物がいるという話をしているなんて、到底現実のこととは思えなかった。

H・Mは口をぽかんと開けて恐ろしいものでも見るようにクラフトを見ていたが、何も言わなかった。

「凶器については」警視は続けた。「正確を期せば、三二口径のブローニング自動拳銃です。もしサリヴァン氏がご婦人を撃ち、それから自分を撃ったとすると――お好みとあらばその逆でも構いませんが――銃も海に落ちるはずです。違いますか?」

H・Mはクラフトに険しい視線を向けた。「お前さんが話すのは勝手だが、わしは予断は嫌いでな。先を続けんか」

「さもなければ、崖の上、二人が身を投げた付近にあると考えてしかるべきでしょう。しかしまさか――」クラフトは手の鉛筆をことさら高く上げ、さらにもじゃもじゃの眉毛も上げてみせた。「それが海からずっと離れた大通り、ウェインライト家から半マイルも離れた場所に落ちているとは思わないでしょう?」

「ほう?」とH・M。

「詳しくお話ししましょう。お二人はスティーヴ・グレインジ氏をご存じですか? バーンスタプルで事務弁護士をやっていますが、自宅はリンクームにあります」

「よく知っているよ」H・Mが首を振って否定するのにかぶせて、私は答えた。「さっき表で一緒にいたのがその娘さんだ」

クラフトはなるほどといった顔をして先を続けた。

「土曜の夜、というより日付が変わって日曜の午前一時半ですが、マインヘッドの知人を訪ねた帰りにミスター・グレインジは車でウェインライト家のそばを通りました。我々は――つまり警察は――現場に到着していましたが、むろんミスター・グレインジは変事があったことなど知りません。

氏は、昨今誰でもそうですが、用心しながらゆっくり運転していました。そこからリンクームの方向へ半マイルほど進んだあたりで、車のヘッドライトが道端にある光るものを照らし出しました。氏は何事も中途半端にできない性質《たち》で、車を降りて調べることにしました」

（いかにもスティーヴ・グレインジらしい）

「それは三二口径のブローニング自動拳銃で、樹脂をかぶせた握りのほかはぴかぴかに磨かれたスティール製でした。重ねて言いますが、ミスター・グレインジは事件があったことを知らなかったのですから、その時点ではただの拳銃だったわけです。くどいようですが、氏が物事を捨て置けない人物であったことが、捜査に役立ちました。彼は拳銃をつまみ上げ――」クラフトは仕種を真似て、「銃身の匂いで数時間前に使用されていることを知りました。

彼は銃を家に持ち帰り、翌朝リントン署に届けました。それがバーンスタプルの私のところに回送されたわけです。実際に回ってきたのは今朝早くで、溺死と思われた二人が実は銃で撃たれていたという報告が上がってきた直後のことでした。銃から二発の弾丸が発射され、指紋は拭い取られていました。私は銃を弾道検査の専門家セルデン少佐に託し、その足でこちらへ来たのです。ミセス・ウェインライトとミスター・サリヴァンを殺害した弾丸は、共にそのブローニング自動拳銃から発射されたものでした」

クラフト警視はそこで話に区切りをつけた。

H・Mが片目だけ開けた。

「うむ」眠たげに呟く。「だがなあ、それくらいのことでわしは驚かんぞ。何となくそんな気がしておった」

「銃の検査でわかったのはそれだけじゃないんです。銃が発見されなかったら、我々はこの事件を自殺として処理したと思います。危うく完全犯罪になるところでした。時々そんな銃がありますが、この拳銃も逆発癖があったんです。わかりやすく言えば、この銃を撃つと必ず燃焼しきらなかった火薬が逆発し、手にめり込んで痕がつく――」

H・Mはもはや眠たげではない。車椅子の上で体を起こしている。

「――登録商標さながらです。夫人の手にもサリヴァンの手にもそんな痕はありませんでしたから、自殺ではありません。殺人です」

「間違いないか？」

「ご自分でセルデン少佐の話を聞けば納得なさるでしょう」

「やれやれ」H・Mは独りごちる。「こりゃたまげたわい」

クラフトは私に向き直り、すまなそうな顔をしながらも毅然とした態度で質問にかかる。動くほうの目には微笑みが浮かんでいるが、義眼は無表情だ。

「さて先生、あなたにはもう証言をいただいています」

「いかにも。だが、この成り行きは全く奇妙で――」

「おっしゃる通り。それで弱っているんですよ。とりあえずお温習《さら》いしてみましょうか」

クラフトは手帳をめくった。

「土曜の午後九時、この時間はラジオのニュースで確かめられていますが、ミセス・ウェインライトが家から飛び出す。サリヴァンが後を追う。ミセス・ウェインライト、あるいはほかの誰かが書いた、自殺予告の書置きが台所で発見される。ここまでは間違いありませんか？」

「ええ」

クラフトは、私に話すというよりH・Mに聞かせているのだ。

「ミセス・ウェインライトとミスター・サリヴァン、二組の足跡が崖っぷちまで続いていた。足跡については――検証済みです――疑わしい点は皆無。

九時から九時半の間に何者かが二人を射殺した。至近距離からの発砲で、犯人は二人の目の前、手を伸ばせば触れるくらいの距離にいたに違いない。にもかかわらず、クロックスリー先生のものを除いて足跡は見つかっていない。

九時半、心配になったクロックスリー先生が様子を見に行く。先生は崖っぷちまで足跡をたどって覗き込み、家に引き返した」ここでクラフトのからかいの虫が騒ぎ出した。「まさか先生が二人を撃ったんですか？」

「呆れて二の句が継げんよ、ノーだ」

クラフトは、感情が全く感じられないお決まりの微笑みを浮かべた。

「ご心配なく。私はここに赴任して随分になりますが、ルーク・クロックスリーほど殺人と縁遠い人物はいませんからな」

「そりゃどうも」

「たとえ我々が揃いも揃ってぼんくらで、あなたに嫌疑をかけることがあったとしても、あなたがやったのではないと示す立派な証拠があるんです」クラフトはＨ・Ｍのほうに向き直った。「クロックスリー先生にはもう長いこと警察医をお願いしていますが、先生ほどの方になると、証拠を台無しにしないように足跡から距離を置く心遣いを忘れません」

「ふむ、わしもそうしたのではないかと思っておった」

「実際、二人の足跡と先生の足跡は始めから終わりまで六フィートは離れていました。足跡はみな、まっすぐ平行に進んでいます。六フィート離れた場所から、被害者と同じく海のほうを向いたまま体を横に向けもしないで二人に銃を突きつけて撃つなんて真似はできません。不可能です。ですから先生の証言におかしな点はないと認めざるを得ません」

私は再び「そりゃどうも」と、今度は辛辣な薬味をたっぷり利かせて言った。

クラフトはそれには取り合わず、「ヘンリ卿、お蔭で我々がどんな立場に置かれているかおわかりでしょう?　遺体を見てほしいとは申しません。何しろ崖から落ちた上に引き上げるまで岩場にぶつかっていたので、損傷がひどくて……」

「見分けがつかないほどなのかね?」私は思わず口を挟んだ。

クラフトはにやりとした。薄気味悪い笑みだ。もちろん、私の言葉の含みがわかったのだ。

「懸念はわかりますが、そのことでしたら不審なところはありません。正真正銘、ミセス・ウェインライトとミスター・サリヴァンの遺体です。それでも、検死をせずに済んだことは、あなたにとってはよかったでしょう」

(ああ、リタ、リタ、リタ!)

「しかし、ヘンリ卿にもお話ししたように、本件で私は厄介事をしこたま背負い込む羽目になりそうです。かといって人任せにはしたくない。ご忠告いただけたら本当にありがたいです。状況はおわかりだと思います。崖っぷちに立っていた二人が撃たれた。犯人は崖を登り降りできない。空を飛んだとも考えられない。にもかかわらず、犯人は被害者に近づき、足跡一つつけずに逃げ去ったのです。凶器の拳銃が発見されなかったら、これは心中として片づけられ、完全犯罪になっていたでしょう。今だって完全犯罪と言えるかもしれません。何かお考えがあれば、ぜひ伺いたい」

7

H・Mの葉巻はとうに火が消えていた。卿は不機嫌そうに目をやり、吸いさしをもてあそび始めた。

「以前マスターズに言ったことがあるんじゃが」

「マスターズ首席警部ですね？」

「ああ。『お前さんが前代未聞の厄介な事件に巻き込まれるのは癖とか体質なのか？』と言ってやったんじゃ。どうやらデヴォン郡警察も似たり寄ったりじゃな。まだはっきりせんが、わしがそう言うのにもわけがある。すこぶる現実的な理由がな」H・Mは考え込んだ。「わしがほしいのは事実なんじゃ。出し惜しみはいかんぞ。これまでに聞いたのは、ポール・フェラーズが語ってくれたあらましだけじゃ。しかもその時は心中と考えていたからな。ほかにどんなことがわかっておるんじゃ？」

「クロックスリー先生から話してください。先生は最初から事件の渦中にいたわけだし」

私に異存はなかった。

リタが殺されたのだとしたら、私が犯人に対して抱く憎悪はキリスト教の友愛精神と懸け離れた激しいものになるだろう。自分の手を汚してでも復讐しようという気になるかもしれない。

頭の中に〈清閑荘《モン・ルポ》〉の玄関ホールでアレックが倒れ気を失った光景がよみがえってもいた。私は、事件の発端から始めて、この手記で述べたのとほぼ同じ内容を繰り返した。

話し終えるのに相当な時間を要したが、二人は退屈した風でもなかった。中断したのは二度だけ。最初はポール・フェラーズがH・Mを迎えに来た時で、彼は普通なら客がもてなし役に対して使うことはない乱暴な言葉で追い払われたが、にやりとしただけで引き下がった。二度目は、我が家の家政婦ミセス・ハーピングがハンドベルを鳴らしながら花盛りの小径を滑るようにやってきて、昼食の用意ができたと告げた時だった。

ミセス・ハーピングは我が家に不可欠の存在だ。我々にあれこれ指図し、薬を飲ませ――医者が二人揃っておとなしく家庭薬を飲んでいる光景は何とも滑稽だ――洗濯をし、食事を作ってくれる。その彼女に、食糧が入手しづらくなっているこのご時世、食事を二人分追加し、さらには裏庭で食べたいと頼むには、不退転の覚悟が要った。しかし私は何とか要求を通し、話し終えたのは食事が済んでテーブルが片づけられてからだった。

「さて、ヘンリ卿」クラフトが促す。「何か閃きましたか?」

車椅子の操縦桿をいじっていたH・Mは、体の向きは変えず鋭い小さな目をこちらに向けた。

「そりゃ、いろいろわかったに決まっておる。第一に――いや、これはまだ話すわけにはいかんな。が、ほかにも面白い点がある」

H・Mはしばらく黙り込み、大きな禿げ頭を両手で撫で回していた。

「いいかな諸君、電話線を切った人物は、なぜ車のガソリンを抜いたんじゃろうな?」

「それをやったのが殺人犯だと考えればいいんでしょうか？」私は思わず尋ねた。

「誰であろうと好きに考えてもらって構わん。問題は目的なんじゃ。誰も犯罪だとは思いもしない犯罪が露顕するのを防ぐためか？　しかし、事件の発覚自体はどうすれば防げる？　あんたは北極にいたわけではない。警察署からは六マイルも離れていなかった。発見されずに済むわけがない。心中だと思われているのに、怪しげなからくりがあるぞとわざわざ注意を惹くような真似をなぜしたんじゃ？」

「園丁のジョンソンの仕業かもしれませんよ」

「ふん、いかにも。だが、そうでないほうに金貨を賭けてもいい」

「で、次の点は？」

「理屈に合わない振る舞いという点では同じ括りに入るがな、クラフトの話では犯人はほとんど完全犯罪と呼べるものを成し遂げておる。ところが、なぜか血迷って、見つかるに決まっておる往来に銃を捨てた。ただし――」

「ただし、何ですか？」

H・Mは考え込む。

「その銃について訊きたいことがしこたまある。例えば」私をちらっと見て、「ガソリンが抜かれているとわかると、あんたはすぐ〈清閑荘《モン・ルポ》〉を出て、電話をかけるためにリンクームまでとぼとぼ歩いた。あとでグレインジが自動拳銃を発見したのと同じ道を歩いたはずじゃが、銃には気がつかなかったのかね？」

「気がつきませんでした。私はウェインライトに借りた懐中電灯を崖下に落としてしまったから、それも当然です。おまけにあの道は真っ暗でした」

H・Mは矛先をクラフトに向けた。

「さてさて、お前さんは警官を一個連隊ほども連れてその場所を車で通った。お前さんに明かりがなかったとは言わせんぞ。さっきの話では、一時十五分前くらいに現場を通ったわけだ。すなわち、グレインジが銃を見つける少し前じゃな。お前さんは銃を見たんじゃないか？」

「いいえ、不審なものは何一つ。我々は道の反対側を走っていましたし」

「はん！」H・Mは悪意たっぷりに頬を膨らませ車椅子にふんぞり返ると、肚を探るように我我を見た。両手を太鼓腹の上で組み、親指をくるくる動かしている。「わしは銃に胡散臭い点があると言っておるんではない。情報が足りんと言っておるんじゃ。次へ行くぞ。自殺すると仰々しく打《ぶ》ち上げた書置きじゃが、実物はあるのか？」

クラフトは手帳に挟んだ紙を取り出した。前にも記したように、台所用メモから破ってセットの鉛筆で走り書きしたものだ。

ジュリエットは貴婦人として世を去りました。責めないでください。
邪魔もなさらないで。私は皆さんを愛しています。さようなら。

H・Mは声に出して読んだ。手を上げて顔を覆わずにはいられなかった私に、H・Mが陰気な目を向けた。

「クロックスリー先生、あんたが見たのはこれかな?」

「はい」

「ミセス・ウェインライトの筆蹟かな?」

「はっきりとは言えませんがイエスです。激しい感情に衝き動かされて書いたものでしょう」

「いいかな、先生」H・Mは甚《はなは》だ言いにくそうに切り出す。「どうやらあんたはこの女性がお気に入りだったようじゃが、くだらん好奇心で訊くんじゃないから教えてくれんか。ミセス・ウェインライトは本気で自殺するつもりだったと思うかね?」

「ええ」

「話の腰を折って申し訳ないが」こらえきれなくなったように、クラフト警視がぽんと片膝を叩いて口を挟む。「そこなんですよ、わからないのは。そのせいで猛烈に頭を痛めているんです。どんな方法かは措《お》くとして、あの二人が自殺するつもりだったのなら、犯人はなぜわざわざ殺したんです?」

私自身もそこをはっきりさせたいと思っていたが、H・Mは首を振っていなした。

「それは大した問題ではない。わしが言いたいのは、必ずしもその理屈は成り立たんということなんじゃ。二人は本当に死ぬつもりだったが、土壇場で決意が鈍ったのかもしれん。よくある話でな。そこへある人物が、二人にはどうしても死んでもらわねば困るとばかり登場してズドンとやる。ただ……」

H・Mは顔をしかめたまま、親指と人差し指で書置きをはじいた。頭の後ろのほうに隠れている考えが消化不良のように彼を悩ませていた。

「こうしていても埒《らち》が明かんな。この事件は、新聞なんかが面白半分に『激情の犯罪』と呼ぶ類《たぐい》だ。目を皿にして動機を探さねばならんものではない。誰かが、サリヴァンとよろしくやっているミセス・ウェインライトのことを可愛さ余って憎さ百倍となったか、ミセス・ウェインライトとよろしくやっているサリヴァンを猛烈に憎んだかして、二人を始末する気になった、そんなところじゃ」

「どうやらそのようですな」クラフトが相槌を打つ。

「だとすると、わしらが好もうが好むまいが噂を掻き集めねばならん。わしに限っていえば」H・Mはすこぶる率直に言った。「根があまり上品にできていないのか、噂話は大好物でな。先生の話では、夫のアレック・ウェインライトは、妻がサリヴァンといい仲になるずっと前から誰かとよろしくやっていたと信じておるようじゃな」

「ですが、彼女が言うには決して――」私は言いかけた。

H・Mは弁解口調になる。「うんうん、わかっておる。それでも、感傷や偏見が入り込まない証言も聞きたいと思ってな。ところで、当の夫とはいつになったら話せるのかね?」

「それはトムにお訊きにならんとわかりませんな。今は無理ですし、もうしばらくかかるでしょう」

「ではその前に訊いておこう。ミセス・ウェインライトの蕩《とろ》けるような色恋沙汰について何か耳にしておらんかね？」

「いっこうに」

H・Mはクラフトに向かって目を瞬《しばたた》いた。「お前さんはどうじゃ？」

「その方面は得意じゃないんですが」警視は言い渋る。「夫人について悪い噂は聞いたことがありません。小さな村ですからその手の噂はすぐ広まるんですよ」

「我々に欠けておるのはな」書置きをクラフトに返しながらH・Mは言った。「女性の視点というやつと、女性が名誉毀損罪を平気で無視して話してくれる悪口なんじゃ。例えば、さっきの娘から面白い話が聞けそうな気がする」H・Mはモリー・グレインジの家のほうへ顎をしゃくった。「あの娘は、目をしっかり開いて物事を見る思慮深い女性と、わしの目には映った。それに、父親のほうと気の利いたおしゃべりができるかもしれん――」

「今から訪ねることもできますよ」クラフトは時計を覗く。「そろそろミスター・グレインジが帰ってくる頃です」

H・Mは車椅子の横に手をやった。午後の静寂を破って車椅子のモーター音が響き、やがてポンポンポンというリズミカルな音となって本通り《ハイ・ストリート》へ流れていく。犬たちの反応は速かった。耳がピンと立ち尻尾は小刻みに震え、全身の筋肉が引き絞られる。獲物発見を告げる遠吠えが轟くと、H・Mは底意地の悪いすがめであたりを見た。

「うるさい奴らめ！」そう言い捨てると、日頃の不平不満に火が点いた。「おい、わしは断固抗議するぞ。あのいまいましい犬どもをどうにかできんのか」

　クラフト警視もこの大先生の扱いには手を焼くらしい。

「ですから、ゆっくり走らせれば問題ありませんよ、ヘンリ卿。昨日あなたがフェラーズさんとこの芝生で8の字走行していた時に申し上げたはずです」

「わしは至って穏やかな性格でな。気性の優しいこと、物腰の泰然自若としておるさまは、広く知られるところじゃ。それに、わしの動物好きときたらアッシジの聖フランチェスコ（修道士、フランシスコ会の創設者。動物相手に説教をした）も裸足で逃げ出すくらいじゃ、犬どもには耳が痛いだろうがな。恩返ししろとまでは言わんが、何とも心ない仕打ちじゃないか。人間の忠実な友と言われておるのに、あの連中のせいでわしはさっき首の骨を折りかけた。橇《そり》に乗ったロシアの皇太子が狼の群れに追われるような目にこのわしが遭うとしたら、たいそうな迫害と言わねばならん」

「私が前を歩いて追い払いましょう」

「それだけじゃないぞ」小声になったH・Mは再びモリーの家のほうへ顎をしゃくった。「あの娘にどう説明するつもりじゃ？　世間は心中だと思っておる。あれが殺人だったとばらしてもいいのか、まだ隠しておかねばならんのか」

　クラフトは顎をさする。

「隠しておくのは難しいでしょうな」どうやら決心がついたらしい。「どうせ水曜には検死審問がありますし。価値のある情報を引き出したいのなら——」

「ざっくばらん作戦でいくか」

「それがいいでしょうな」

H・Mはポゴスティック（足場の下にばねが付いた取っ手のある竹馬。ホッピング）に乗った者がやるように、庭の小径を小刻みに方向を変えながらモリーの家まで巧みに進んだ。両親と娘一人から成るグレインジ一家の小ぢんまりした住まいは、いつもきれいに片づいている。居間の細長い張出し窓が開いていて、誰かがピアノを弾いているのが見えた。

警視と二人でH・Mごと車椅子を持ち上げ玄関前の階段を上ると、小ざっぱりした身なりのメイドが居間へ案内してくれた。白を基調とした調度品を見れば、一家の恵まれた暮らしぶりや趣味のよさがおのずとわかる。スティーヴ・グレインジの家では、あらゆるものがあるべき場所にしかるべき佇まいで置かれている。モリーは我々の姿を見て驚き、張出し窓の近くに据えられたグランドピアノから立ち上がった。

我々三人は所在なげに立って咳払いを繰り返すだけだったので、仕方なく私が口火を切った。

「モリー、あんたは今朝、この不幸な事件、つまりリタ・ウェインライトとバリー・サリヴァンの身に起こったことについて思い当たる節があると言ったね。確か、わしに見せたいものがあるという話だったが」

「ああ、そのことですか」モリーはさして気がなさそうに言うと、指を一本伸ばして鍵盤を叩き、甲高い音を鳴らした。「ルーク先生、あれは思い違いでした。でも、思い違いでよかったんです。不愉快なことですもの」

「わしに何を見せようと思ったか知りたいんだがね」

「何でもないんです。古いクイズの本です」

「ほほう！」Ｈ・Ｍがにわかに興味を示したので、クラフトと私は思わず卿を見た。モリーも視線を送ったが、すぐにまたピアノの鍵盤を叩いた。「わしらが考えておるのは同じクイズかな？　だが、それでは駄目なんじゃ、嬢ちゃん。簡単すぎるんでな。いまいましいが、それくらい簡単だったらありがたい」Ｈ・Ｍは唸るように言って拳を振り回した。「それでも知りたいんじゃ、わしらが考えておるのは同じクイズかのう？」

　私の頭の奥に漂っているおぼろげな記憶は、手を伸ばすとすり抜けてしまう。この事件の関係者がクイズのことを口にしていた。それが誰だったか思い出せない。

「その答えを私も知りたいです」モリーはにこりとした。「お掛けになってください。母を呼んできますから。今、庭に出ているんです」

「それはご遠慮願います、お嬢さん」クラフトの声は、墓場から聞こえてくるように陰々滅々としていた。「私どもはお嬢さんとだけお話ししたいので」

　モリーは小さな笑い声を上げる。「まあ！」息を呑むように言うと、彼女はピアノ椅子に勢いよく腰を下ろした。「とにかくお掛けください。ご用件は何でしょう？」

「ドアを閉めてもよろしいですか、お嬢さん」

「ええ、もちろん。いったい……？」

　クラフトはこのような場合の手順に従った。ひょろ長い体で浅く腰掛けると、陰気な声で真面目くさった口上を述べた。

「お嬢さん、これから申し上げることはあなたを驚かせるかもしれませんから、そのつもりでいてください」

「はあ」

「ミセス・ウェインライトとミスター・サリヴァンは自殺じゃありませんでした。溺死したのでもありません。二人とも殺されたのです」

沈黙。マントルピース上の時計が時を刻む音がかすかに聞こえる。

モリーにとってはショックどころではないのだと、傍目《はため》にもわかる。口はぽかんと開き、両手が力なく下がって音を鳴らすことなくピアノの鍵盤に置かれた。青い目が確かめるようにこちらを見たので、私はうなずいた。口を開いた時、モリーの声は低くかすれていた。

「どこでですか?」

「崖の上です」

「あの人たちは崖の上で殺されたんですか?」モリーはおよそ信じられないといった様子だ。殺された、と口にした時、彼女は道行く人に聞こえるのを心配するように、レースのカーテンが掛かった窓の外を首を伸ばして見やった。

「その通りです、お嬢さん」

「でも、そんなはずないでしょう? ほかに誰もいなかったんですから。私は二人の足跡しかなかったと聞いています」

クラフトは辛抱強く聞いていた。「そのことは承知しています。でも本当なんです。二人は宙に浮かぶことができる人物にでも殺されたのでしょうな。どうかこのことは口外なさらないようにお願いします。さて、そんな事情で、あなたから有益なお話が伺えるのではないかと考えた次第です」

「二人はどんな風に――その、殺されたんですか？」

「拳銃で撃たれたんです。あなたはお父さんが三二口径の自動拳銃を……」

その時H・Mがすさまじい咳払いをして話を遮り、ディズニーアニメのドラゴンを思わせる仕種で首を突き出した。驚いたモリーはでたらめに鍵盤を叩き、あたりに不協和音が響いた。

「警視が話したようにな」H・Mは顔つきからは想像できない穏やかな口調で言った。「我々は不可能犯罪というありがたくない状況に直面しておるんじゃよ。わしの友人でマスターズという奴がロンドンにおってな、あいつがここに居合わせたら発作を起こしてひっくり返ることじゃろうて。この土地の人には分別というものがあるんで結構なことじゃ」

「どうして殺人だとわかるんです？」モリーはなおも食い下がる。「不可能犯罪というより、殺されたとすること自体が不可能な想定じゃありませんか」

「その話をすると長くなるんでな、嬢ちゃん、あとにしてくれんか。技術的な話はこれで行き止まりだから、ちと切り口を変えてみたい。そこで訊きたいんじゃが、あんたはミセス・ウェインライトのことをよく知っておったかね？」

「ええ、かなり」

「好きだったかね？」

モリーは困ったような笑顔を私に向けた。

「いいえ、あんまり。でも、嫌いだったと言っているんじゃありません。あの人は時々気取った態度を取るんですが、それが馬鹿みたいに見えたんです。男の人にすぐ色目を使うし――」

「あんたはそれがお気に召さんというわけじゃな？」

「私だったら、もっと有意義なことに時間を使います」モリーは澄まし顔だ。

「ほう？」

モリーは慌てて言い足す。「誤解しないでください。私はリタのことを悪く思ってはいませんでした。ただ、いつもあんなことを考えているのは馬鹿らしい、それだけです」

「いつも何を考えていたんじゃね？」

モリーの顔が徐々に赤くなる。「もちろん恋愛です。ほかに考えられます？」

「それは何とも言えん。人はいろんな言葉を好き勝手な意味合いで使うんでな。わしが本当に訊きたいのはこういうことなんじゃ。夫人はサリヴァンの前にも色恋沙汰を起こしたのか？決してくだらん好奇心で訊くのではない」

モリーは手の甲を滑らせるようにして鍵盤を押さえながら、しばらく考え込んでいた。

「正直に答えなければいけないんでしょうか」思い煩《わずら》うような口調になり、不意に顔を上げる。

「でしたら、こう申し上げるしかありません。わかりません。男の人に色目を使うと言いましたが、それは言い寄るという意味じゃありません。そんなことはしませんでした。一線を越えないようにしていたんです。あの人は貞淑だったと私は思います。今さらどんな事実をお探しなんですか？」

クラフトが口を挟んだ。

「動機を探しているんですよ、お嬢さん。気も狂わんばかりにミセス・ウェインライトのことが好きで、ほかの男と深い仲になったと知るや、二人まとめて殺すほど思い詰めていた人物がいるんじゃないかとね」

モリーは我々をじっと見た。気持ちの高ぶりが声に表れていた。

「まさか、お気の毒なウェインライトさんが怪しいと思っているんじゃありませんよね？」

正直に言うと、アレックが事件に関係しているという考えが私の頭をよぎったのはこれが初めてだった。灯台もと暗しと言うが、親しい人間のことはどうしても盲点になる。理論上の可能性は無視できないにしても、そのような考えは先入観に隠蔽されて視界から消えてしまうのだ。しかし、警視とH・Mの顔を一瞥しただけで、二人がそのような愚昧《ぐまい》とは無縁であることがよくわかった。

今やクラフト警視の微笑みは、ハムレットの父王の亡霊もかくやと思えるほど陰気なものになっていた。

「いや、そんなことは考えておりませんよ、お嬢さん。考えたくてもできないのです。実は、それこそが頭の痛いところでして」

「おっしゃることがよくわかりませんが」

「既婚女性が自殺した時、特に今回のような状況では、真っ先に話を聞くのは夫なんです」

「あの優しい小柄なお爺さんにですか？」

「夫であれば誰であってもです」夫という人種をひと括りにするようにクラフトはさっと片手を動かした。「こちらのクロックスリー先生のお話では——我々としても先生の言葉には信を置いているわけです——ウェインライト氏は土曜の午後九時から九時半までの間、クロックスリー先生のそばを離れなかったのです」

クラフトは気味の悪い笑みを私に向ける。「仮に、九時半以降に妙なことが行われたとします。証拠を隠したり犯行の跡を片づけたりといったことですね。その場合も、クロックスリー先生はウェインライトさんが倒れるまで一緒にいました。医師の診立てが正しいとすれば、倒れてからはベッドを離れることはできなかったのです」

「ベッドを離れるなんて絶対に無理だ」私は請け合った。「その点に関しては聖書に誓ってもいい」

「これでおわかりでしょう?」クラフトは説明を続けた。「我々は別の方向を探さなければなりません。これは金や欲が動機の犯罪ではない。二人まとめて殺したいと思うほど憎んでいた人物を見つけ出さねばならないのです。ごく私的な感情が絡んだ個人の内面に根ざした犯罪で、鍵はミセス・ウェインライトの恋愛にあると我々は考えています。

先ほどあなたは、夫人は貞淑だったと思うとおっしゃいましたが、確信はなさそうでした。何かご存じでしたら、お嬢さん、包み隠さずお話しになるのが義務であるとだけ申し上げます。お話しになることはありますか?」

モリーは不愉快そうに顔をしかめる。視線を落とし、二、三のコードを押さえたが、鍵盤に触れるのを恐れるようなごく軽いタッチだった。ためらい、不安、疑惑が表情を覆っている。

やがて深く息をすると、彼女は目を上げた。

「わかりました。お話しします」

8

「お話しするのは気が進まないんです」モリーは肩を片方だけそびやかして不服そうに言った。「私が彼女をつけ回していたみたいで人聞きが悪いんですもの。たまたまそうなってしまっただけなのに。吹聴されたって構いません、やましいことはこれっぽっちもありませんから」

「それで？」

「あれは春、四月だったと思います。はっきりした日時は覚えていません。日曜で、私は散歩をしていました。大通りを外れてベイカーズ・ブリッジへ行く小径をご存じですか？　ここからだと三マイルくらいのところです」

クラフト警視は何か言いたげに口を開けたが、言葉にはせずうなずいた。

「私は小径をベイカーズ・ブリッジまで歩いて、裏道伝いにリンクームへ戻るつもりでした。暗くなりかけていたので、どうしても急ぎ足になります。木々が新緑に向かう時季で、その日はじめじめした天候でした。小径を二百ヤードばかり行ったところにアトリエ風の石造りの小屋があります。ずっと前に絵描きさんが使っていたらしいのですが、長いこと空き家になっています。ご存じですか？」

「ええ」

「小屋まで三十ヤードほどになった時、小屋の脇に駐めてある車に気づきました。その時は知りませんでしたが、リタのＳ・Ｓ・ジャガーでした。小屋は荒れ果てています。アトリエの屋根に採光用の天窓がありますけど、ガラスは砕けて床に散らばっている有様で――二人の人物が戸口に、入るでもなく出るでもなく立っているのが見えたんです。一人は女性で、明るい赤のセーターを着ていました――だから夕暮れの薄明かりでも気づいたんです。もう一人は男性でしたが、戸口の奥にいたので、それが誰でどんな背恰好かわかりませんでした。

女の人は男性の首に腕を回して抱きついていました。見ようとして見たわけではなくて、その光景が勝手に目に飛び込んできたんです」モリーは怒ったような表情だ。「女の人は急に相手から離れました。誰なのか、まだわかりませんでした。彼女はぬかるみの中を急いで車に向かい、乗り込みました。車はエンジン音を上げて落ち葉の上を走り出し、Ｕターンして私のほうへ来ました。その時リタだとわかったんです。

彼女は私を見ませんでした。何も目に入らなかったんだろうと思います。彼女は……その、取り乱し、怒り、苦行を強いられているような表情でした。していることがちっとも楽しくないという風に。車は猛烈な勢いで走り去りました。声をかける間もありません。まあ、声をかけなくて賢明でしたね。私は歩き続けるか引き返すか迷いましたが、引き返すとかえって注意を惹きそうだと考え、歩き続けました。それきり男性の姿は見ませんでした。

申し上げるのはこれだけです。他愛もない話で、大してお役に立たなかったんじゃないでしょうか。でも、彼女の人生に私たちの知らない人物が関わっていたかどうか知りたいとおっしやったので。きっとそんな人がいる――いえ、いたんです」

手帳を取り出すクラフトの動作にモリーはうろたえたが、彼は五、六語書き留めると感情を殺した声で確かめた。

「わかりました、お嬢さん。ベイカーズ・ブリッジ道路ですね。ウェインライト家からは半マイルほどでしょうか」

「そうです」

「男の人相はわかりませんでしたか？」

「はい。ぼんやりした立ち姿で、かろうじて見分けがついたのは手だけです」

「背丈はどれくらいでした？　年齢は？　太っていたか、痩せていたか。どんなことでも結構です」

「ごめんなさい、今お話しした以上のことは何も」

「ひょっとしてお聞きになっていませんか――こんなことまでお尋ねするのは気が引けますが――ミセス・ウェインライトが誰かといい仲だというようなことを？」

モリーは首を横に振った。「聞いていません」

この数分間、H・Mは口をへの字に結び、目を閉じ身動き一つせずに聞いていた。ガルガンチュアを思わせる巨体にふさわしい機嫌の悪さがその渋面に窺える。

「おっほん、ミセス・ウェインライトについては随分と聞かされたが、サリヴァンという男については何かないのか。例えば、本名は何というんじゃ？」

今度ばかりはモリーだけでなくクラフトと私も驚いた。

「本名ですって？　バリー・サリヴァンじゃありませんの？」

「今どきの奴らが芝居のことを知らんのには恐れ入る。わしに立派な髪があればたちまち総白髪じゃ。さて嬢ちゃん、きょうび図々しくもデイヴィッド・ギャリック（一七一七—七九。英の俳優、劇作家）やエドマンド・キーン（一七八七—一八三三。英の俳優）でございと名乗る俳優がいたらどう思うかね？」

「きっと芸名だと思います」モリーはよく考えてから答えた。

「うんうん。それでな、バリー・サリヴァンといえば、十九世紀ロマン派の名優なんじゃ。もちろん、偶然の一致ということもありうる。サリヴァンというご婦人が、男前の我が子にバリーと名づけた場合じゃな。だが、この男が芝居と関わっていたとなれば、探ってみるのも面白いかもしれん」

H・Mは考え深げな表情になって続けた。

「ロンドンのアメリカ領事館に訊くもよし、アメリカの俳優組合を当たるもよし。奴がセールスマンをしていた会社でもいいだろうな」

クラフトはうなずく。

「ロンドン警視庁には照会の電報を打ってあります。その件につきましては後刻」驚いたことに、いつもは冷静なクラフトの顔が赤らみ、しきりに咳払いをしている。バリー・サリヴァンの話題には興味をなくしたようだ。

「お嬢さん、ベイカーズ・ブリッジ道路だったというのは間違いありませんか？」

モリーは目を見開く。「もちろんです！　私は生まれてからずっとこの土地で暮らしてきたんですよ」

「お父さんは昨日何か話していませんでした？　今日になってからかもしれませんが」

モリーは目を瞬《しばたた》く。「父が？」

「土曜の夜遅くに自動拳銃を見つけたのはベイカーズ・ブリッジ道路の入口から十フィートも離れていない場所だったと、お父さんが言っていませんでしたか？」

今度はクラフトがみんなを驚かせる番だった。H・Mは、旧弊な私など若い娘の前で使うのがはばかられる猥《みだ》りがわしい言葉を発したが、当のモリーは驚きのあまり耳に入っていない。それを察したクラフトは事情を説明した。

「父は家に帰ってきてからは何も話しませんでした。たとえそんなことがあったとしても――父は黙っていたと思います。母や私にはあまり話をしない人ですから」

「そのことが事件につながるとお父さんが考える根拠は何もなかったんですよ、お嬢さん。我我だって、それがあの二人を殺した銃だとわかったのは今日になってからです」

「このことを知ったら、父の機嫌がどうなることやら」モリーは声を荒らげた。

「機嫌が？　どうしてです？」

「どんなことだろうと事件に巻き込まれるのが大嫌いなんです。単に『銃を見つけた男』としてであってもです。父に言わせると、弁護士稼業は平穏無事が何よりですから。亡くなってからとはいえ、私がリタの話をしていると父が知ったら……」

その時、メイドがドアをノックして顔を出した。

「お茶をお出ししましょうか？　旦那様が今お帰りになりました」

スティーヴ・グレインジは五十代半ば、痩せた筋肉質の男だった——いや、男だと言うべきだろうが、時制はこの際どうでもいい。いつも背筋をぴんと伸ばし、弾むような足取りで歩く。物腰はいかにも几帳面で、冷淡と言えるほど落ち着いている。骨張っているがすっきりした顔立ちは、端整と言えなくもない。張りを失いつつある皮膚に合わせるように黒い髪には白いものが交じり、細い口ひげも灰色がかっている。もう少しで気障《きざ》と呼ばれそうなぱりっとした身なりは常のごとくだ。夕刊を手に入ってきた彼に、クラフトは前置きもなく事件の話をした。

「困ったことだ！」グレインジは夕刊で左の掌を叩きながら、暗い灰色の目に不信の色を浮かべ、しばらく我々を見ていた。

不意にモリーのほうを向く。

「モリー、お母さんはどこだね？」

「裏庭よ。今ちょうど……」

「お前はお母さんのところへ行きなさい。グラディスには、お茶はあとでいいと伝えてほしい」

「お父さん、私はもう少しここに……」

「お母さんのところへ行きなさい。私はこちらの方々と話がある」

部屋を出ていくモリーに不服そうな様子はなかった。スティーヴは活力あふれる引き締まった体に鋭い知性を窺わせる眼差し、新聞で左の掌を叩く動作を繰り返し、部屋を一周してからようやく意を決した様子で腰を下ろし、我々と向き合った。眉間に深い皺が一本刻まれている。

「厄介な事態になりましたな」彼は骨張った手を心持ち外に向かって広げた。「不愉快なのはもちろんですが、厄介でもあります。それにしても、よく遺体が見つかりましたね」

クラフトはうなずく。

「本当に。海岸沿いの潮の流れからすると、遺体が上がるのは難しいと私も思っていたんです。しかし、現に見つかりました。銃もね。こちらはあなたのお蔭で」

スティーヴの額の皺がさらに深くなる。

「正直に言うと、あの銃がどんな代物かわかっていたら、届け出る気になっていたかどうか。その場合、市民の義務を怠ることになるでしょうが、構ってはいられません」

彼は爪の手入れが行き届いた指で椅子の肘掛けをせわしなく叩いていた。

「迷惑な話だ！　誰にとっても迷惑な話だ！」

「私はあの銃のことであなたから何かお話しいただけるのではと考えています」

「まさか、警視さん」スティーヴの冷淡な口調はいつも通りの効果を上げた。「この私が事件に関わっているとお考えではありますまいな？」

「とんでもない！　私はただ――」

「そう聞いてほっとしましたよ」スティーヴは全く温かみの感じられない微笑みを浮かべた。

「警察は、上がらないだろうと思っていた遺体を回収した。結構なことです！　でも銃が見つからなかったら、今も心中だと考えていたはずです。逆発癖のある拳銃が手に入って、考えを変えたのでしょう？　この私が二人の殺害に関わっていたら、わざわざ銃を渡して警察を助けると思いますか？」

　クラフトは含み笑いで答えた。

「そうは思いません。今お訊きしたのは、あなたがＬＤＶ（地域防衛義勇隊。第二次大戦中、ドイツ軍との本土決戦に備えて設立された英の民兵組織）の地方部隊長だからです」その後ホーム・ガードに改称された組織だ。「その銃をご覧になったことがあるのではと考えたのです」

「何ともお答えしかねる。はっきりとは確認できないのですから。登録番号が鑢《やすり》で削られているのに気づかれたでしょう？」

「ええ」

「警視さん。本題に戻って率直に申し上げますが、銃の出所を突き止めるのは至難の業でしょうな。弾薬を買う際に銃砲所持許可証を呈示した頃なら事は簡単だったでしょうが、今はほしいと言えば簡単に手に入りますからね」

　スティーヴの不興は次第に募っていた。両肘を椅子の腕に突いて両の指先を合わせ、目を半眼にする。お得意のこのポーズは、彼が相手の気を惹くためにやっているのだと思うが、長年やりつけているから、本人はそれがどんなに尊大に見えるか気にしなくなっているのだろう。

「陸軍将校には嘆かわしい癖がありますな。レストラン、クラブ、劇場、そういう場所に赴くと、彼らはベルトごと拳銃のホルスターを外し、クロークだろうがどこだろうが平気で預けっ放しにする。近頃の将校ときたら型でも口径でも好きなものを持ち歩く。あれで頻繁に盗まれないのが不思議に思えるほどで……」

「それが実際に起こったとお考えなのですね？」

「さあどうでしょうか。私は考える材料を提供しただけです」スティーヴはわずかに頭を動かし、いくらか愛想のよい口調になって付け加えた。「で、こちらが高名なヘンリ・メリヴェール卿ですかな？」

「ああ」Ｈ・Ｍは、目の前に立てた松葉杖を睨みながら答えた。

「拙宅にお越しいただき光栄です、ヘンリ卿。実は共通の友人なのですが、あるお方からあなたのことは伺っています」

「ほう。誰なんじゃ、そいつは？」

「ブラックロック卿です。私の依頼人でして」気取った口調は隠しようがない。

「ブラッキーの奴じゃと？　最近見かけんがどうしておる？」Ｈ・Ｍはにわかに興味を覚えた様子だ。

　スティーヴは、名士を肴にくつろいだ会話を楽しもうと椅子に坐り直した。

「あまりお加減がよくないようです。いけませんな」

「そうじゃないかと案じておった」Ｈ・Ｍの心配そうな声には人情味さえ感じられた。「あいつはニューヨークへ行ってから人が変わってしまった。アルコールランプのスターノ（アルコールを含む缶入り固形燃料）まで飲み出す始末じゃ」

「本当ですか？」面食らったのか少し黙ってからスティーヴが言った。「最後にお目にかかってから少々日が経っていますので――それにしても、お酒で体を悪くされたとは！」

「女房のせいじゃ」頼みもしないのに、H・Mはクラフトと私に仔細を話し始めた。「ブリストル海峡より西で一番の性悪女でな、ブラッキーは完全に尻に敷かれておる」

スティーヴの顔には、こんな話を持ち出すんじゃなかったと後悔している様子がまざまざと見て取れた。やがて覚悟を決めたように口を開く。「ところで、ブラックロック卿はあなたにご立腹とお見受けしましたが」

「ブラッキーの奴がわしに？　どうしてじゃ？」

スティーヴはにこりとする。「あの方は田舎の屋敷で一緒に夏を過ごそうと、あなたを招待なさった。ところが、あなたは招待に応じずあの若者のところへ……失礼、何という名前でしたかな？」

（スティーヴは名前を知っているはずだ。何げなさそうに指をパチンと鳴らし、ど忘れした振りをしていたが）

「ポール・フェラーズかね？」と私。

「そうそう、画家のね」

「どうしてあいつのところへ行っちゃいかんのだ？　わしは肖像画を描かせておるんだぞ」

その後に続いた沈黙のさなか、H・Mは深い疑惑に襲われたらしい。眼鏡をかけ直し、ふざけている者はいないかと一同の顔をとっくり眺めた。

「おい、誰か教えてくれ」H・Mは喧嘩腰で低い声を轟かせた。「わしが肖像画を描かせてはいかん理由をな。自分の絵を描かせることのどこがいかんのじゃ？」

（私はその理由を一つ——審美的見地から——思いついたが、言わぬが花である）

「あいつは下の娘の友人なんじゃが、かつて受け取ったこともないほど無礼な手紙をわしに寄越しおった。もっとも、無礼な手紙なら掃いて捨てるほどもらっておるがな。あいつは『あなたのご尊顔は、パリ留学時代を含め、これまでに数多《あまた》拝した中で最高に滑稽なものです。後代に残すお手伝いをしたいので、我が家にお越しください』と抜かした。あんまりふざけた手紙なんで、好奇心も手伝って罷《まか》り越した次第じゃ」

「で、滞在なさっている？」とスティーヴ。

「そうとも。あやつのために一つ言っておかねばならん。あいつはわしの気品ある姿を正しく描いておる。絵としても立派じゃ。わしはもう買い取ることに決めたが、まだ完成とはいかん。下衆《げす》な犬どものせいでな」H・Mは膝掛けの下から片足を突き出した。「わしは立ち姿を描いてもらいたいんじゃが、これのせいで一日にほんの少ししか立ってはいかんと言われておる」H・Mは鼻をグスンといわせ、控えめに言い足した。「わしはローマの元老院議員の姿で描いてもらっておる」

これにはクラフト警視でさえ胆を潰した。

「何の姿とおっしゃいました、ヘンリ卿？」

「ローマの元老院議員じゃよ」H・Mはしばしクラフトを胡散臭げに眺めてから、いかにも威厳たっぷりに胸を張り、トーガの端を肩に投げかける仕種をした。

「なるほど」スティーヴ・グレインジの声は抑揚を欠いていた。「ミスター・フェラーズならそこそこ上手に描くでしょうな」

「あんたはあの男が嫌いなんじゃな？」

「好きも嫌いもありません、彼のことはよく知りませんので。家族のことしか頭にない古臭い人間と言われるかもしれませんが、昔だったらボヘミアンと呼ばれる連中のことは好きになれません」

「ではミセス・ウェインライトのことはどうじゃった？」

スティーヴは椅子から立ち上がった。ピアノの後ろの張出し窓まで歩いてレースのカーテンを片方開け、外を窺う。彼は歩きながら壁の鏡に映る自分を見ていた。どうやら人並みの虚栄心はあるらしい。

「もう一年以上も前に、私はミセス・ウェインライトと言い争いをしました。誰でも知っていることですが、それ以来彼女とは口を利いていません」

彼はこちらを向いてきっぱりと言った。

「どうして口論になったかは言えません。夫人はある仕事をしてほしいと頼んできましたが、それは道理に外れたことだと私は考えました。言えるのはそれが精一杯です。

モリーには、なるべくウェインライト家に行くなと釘を刺しました。どうかご理解いただきたい。確かにモリーはもう自立しています。自ら収入を得ていますし、節度を保った範囲で個人の生活を楽しむ権利もあります。しかし、ウェインライト家の連中やボヘミアン族を私は歓迎しません。モリーを訪ねてくる連中にも私は目を光らせていて、モリーにもその旨伝えてあります」

　そこまで言われると、異議を申し立てないわけにはいかない。

「ちょっと待ってくれ」私は口を挟んだ。「君の言う『ウェインライト家の連中』とは誰を指すんだね？　まさか土曜の夜にブリッジやハーツをやるのがボヘミアン的生活だとは言わんだろうな。だとしたら、わしもお仲間ということになる」

　スティーヴは微笑んだ。「ルーク先生、『ウェインライト家の連中』というのは、夫人と取り巻きの若い男たちのことですよ」

　クラフトが咳払いして、「それこそ私どもが求めている情報です。我々はそのような男を捜しているんですよ。ベイカーズ・ブリッジ道路沿いにある古い石造りのアトリエで、ミセス・ウェインライトと一緒にいるのをあなたのお嬢さんが見かけた男なんですが」

　スティーヴの頬と顎の皮膚が張り詰めたように見えた。頬骨の高い修行僧めいた顔の筋肉が表皮の下で硬くなったかのように。しかし口調は穏やかだ。

「モリーは口を慎むべきでしたね。極めて軽率で、場合によっては告訴されても仕方がないところです」

「お嬢さんが言ったことを疑うんですか？」

「疑いはしませんが、娘はやや想像力がありすぎると前々から思っていました」スティーヴは顎を撫でた。「アトリエの件は他愛のない男遊びでしょう……」

「行き着く先が殺人のか?」とH・M。

「法律の専門家として、皆さんにひと言申し上げたい」スティーヴが椅子に戻る。「この件に男が絡んでいることは証明されないでしょう」両手の指先を打ち合わせながらスティーヴは言った。「さらに言わせてもらえば、あなた方はこれを殺人事件にしようとして時間を浪費しています。これは心中で、検死審問でも殺人の評決を出す陪審はいないでしょう」

抗議しかけたクラフトをスティーヴは片手で制した。細い口ひげの下にかすかな笑みが浮かんでいるが、目は笑っていない。真剣な顔つきで、本気なのは明らかだ。

「私には心中だとしか思えません。殺人だとする根拠は何でしょう? おそらく次の二点だと思います。一つは、二人の被害者いずれの手にも発射時の火薬の痕がないこと。二つ目は、かなり離れたところで銃が発見されたこと。違いますか?」

「おっしゃる通りで、私にはそれで十分ですよ」

「なるほど、それでは」スティーヴは椅子の背に頭をもたせかける。「一つ仮説を立ててみましょう。ミセス・ウェインライトとサリヴァンはこの世に暇乞《いとまご》いしようと決意する。サリヴァンが自動拳銃をどこからか入手。二人で崖っぷちまで歩く。サリヴァンはまず夫人を、次いで自分を撃つ。彼は右手に……何をはめていたでしょう? 手袋なんかどうです?」

白ずくめの居間は静まり返り、時計が時を刻む音だけが聞こえる。

静寂のさなか、私は「手袋をはめて自分を撃つ?」と口にした途端、法医学上、そして実体験でもいくつか前例があったことを嫌になるほどはっきりと思い出した。スティーヴ・グレインジは先を続けた。

「ここで自殺者の習性を思い出してみましょう。彼らは自分が傷ついたり痛い思いをしたりするのを避けようと入念に準備します。首吊りの場合は、よくロープに当て物をします。銃で自殺する場合も、目を撃ち抜くことは滅多にありません。目を撃つのは確実な方法なのにです。ガス自殺の場合、ガスオーブンにクッションを敷いて頭が痛くないようにします。

さて、この一件では、入手した銃に逆発癖がありました。そうなると激しい痛みを伴う火薬の痕がつき、下手をすると大やけどを負います。サリヴァンは自分を撃つ前にミセス・ウェインライトを撃たねばなりませんから、手袋をはめるのはごく自然な……むしろ避けられないことではなかったでしょうか」

H・Mもクラフトも何も言わなかったが、クラフトは驚きの表情を抑えられず、かすかにうなずきさえした。

スティーヴ・グレインジは顎をしゃくって、部屋の奥の壁に並んだたくさんの本を示した。

「我が家では犯罪小説をよく読むんですよ」口調に弁解がましさが交じる。「それでこんなことを知っているんです。警視さん、打ち上げられた遺体は着衣の一部が——時にはほとんど全部——なくなっているというのは本当ですか?」

クラフトは低く唸った。

そんなはずはないが、彼の義眼はいっそう薄気味悪い光を宿していた。その視線は手帳から離れ、あたりを見回していた。

「はい。靴だけ履いた全裸死体が打ち上げられたのを私は一、二度目にしたことがあります。革は縮むので、靴がなくなることはありません。ミセス・ウェインライトとミスター・サリヴァンの衣類はあらかた揃っていました。千切れてぼろぼろになってはいましたが。でも、あなたがおっしゃりたいのは——はめていた手袋が真っ先になくなった、ということですね？」

「ええ、まさに」

そう答えたスティーヴは、細い口ひげの先を噛むようにしながら言い淀んでいた。

「恐縮ながら」やがて冷淡な口調で続ける。「今から述べることは本意ではありません。旧友に腹立たしい思いをさせることになりますので。しかし、言わないわけにはいかないのです」

彼は私を正面から見据え、穏やかに言った。

「ルーク先生、公正を期して申します。現場に、二人以外の足跡はあなたのものしかなかった。あなたがミセス・ウェインライトに好意を抱いていたのは周知の事実。あなたは嫌だったでしょう、彼女が自殺したことを世間に知られるのは。彼女は不実だと知れ渡る、それは我慢ならなかったはずだ。（当たり前だ、それは私も認める！）

銃は〈恋人たちの身投げ岬《ラヴァーズ・リープ》〉の崖っぷちにある、半円形の草むらに落ちた。先生は腹這いになって崖下を覗いた時、杖に銃を引っかけて引き寄せることだってできた。いや、そうしたに違いない！　銃を回収し、警察を呼びに行く途中で落としたのだ」

スティーヴは再び真顔になり、非難と憐れみの交じった眼差しを私に向け、警視とヘンリ卿のほうを向いた。今や彼は身を乗り出し、両の掌を上に向け、こんな事態になって申し訳ないとでも言うように額に水平の皺を寄せていた。

「さあ皆さん、何とでもおっしゃってください。でも、これが唯一可能な解釈です」

(この時H・Mは、珍しいものを見るように彼を眺めていた)

「検死陪審が受け入れる唯一の説明でもあります。おわかりでしょう? 言い忘れましたが、これが真相です。自殺をほのめかす書置きがそれを物語っていますし、裏書きする事実もいろいろあります。我々はルーク先生を敬愛しておりますし——」

クラフトは再び唸った。

「——先生の善意を疑う者はいませんが、そこに危険が潜んでいるのです! 公正さを欠くのはもとより、よからぬ噂やおぞましい問題が湧き出し、潔白な人物が取り調べを受け痛くもない肚を探られることにつながる。ですが、ルーク先生が『あれは悪意のない嘘だった』と認めてくだされば、不愉快な事態を避けることができます」

再び誰もが黙り込む。クラフトは持て余し気味の長身を坐ったまますっくと伸ばし、私を見下ろすようにしていた。三人とも曰《いわ》くありげな表情で探るように私を見つめているのが痛いほどわかった。

「わしはそんなことはやっておらん!」気がつくと私は怒鳴っていた。

どう説明したらいい? 本当に自殺だったらいいと私が願っていること、望む結果が得られるなら嘘をつくことさえ厭《いと》わなかったであろう私の心情を、どうすれば伝えられる? これは殺人、親しい友が殺された事件であり、しかるべき報復がなされなければならない。

「やっていませんか？」クラフトが咎めるように尋ねた。

「断じてやっていない！」

「ルーク、気をつけなきゃいけないよ」スティーヴが子供を諭《さと》すように口を挟む。「体のことを考えないと」

「体のことなんかどうでもいい！　わしの言葉に一つでも偽りがあったら、この瞬間に事切れても文句は言わん」スティーヴは我が家でそれは困ると言いたげに片手を上げた。「わしは誰かを犯人にしたいと思っているのではない。嫌な噂を蒸し返すつもりもない。そもそも噂は大嫌いだ。だが、事実は事実で、どうこうできるものではない」

クラフトが私の肩に手をかけた。

「わかりました、先生」親しげな口調は、この場合むしろ不吉な響きを際立たせた。「そうおっしゃるなら、そうだったんでしょう。外へ出て改めてお話ししましょうか」

「いいかね、言っておくが……」

「グレインジさんからもう何もなければですが」

「全部お話ししました」スティーヴは椅子から立ち上がった。「お茶でもいかがです？」

誘ったくせに、我々が辞退すると彼はあからさまに安堵の表情を浮かべた。

「そのほうがいいかもしれませんな。先生は帰って横になるのがよろしいでしょう。ところで検死審問はいつです？」

「あさってです。リントンで」クラフトが答えた。

「ああ、そうですか」スティーヴはうなずき時計を見た。「ではレイクスと話してみましょう。確か彼が検死官でしたな。親しい友人です。我々の考えを伝えれば、きっと検死陪審の面々に真実がはっきり見えるように計らってくれます。では皆さん、ご機嫌よう。気持ちのいい夕方ですな。肩の荷を下ろして今夜はよく眠れそうです」

我々がH・Mの車椅子を押して玄関前の小径から通りへ出た時、ポケットに手を突っ込み颯爽と戸口で見送るスティーヴの髪を微風が撫でていった。

9

「もう百遍は繰り返したからこれで最後にするが、クラフト警視、わしはやっておりませんかな」

「先生、グレインジ氏の話を聞いたでしょう？　実際にああだったとしか考えようがありませんよ！」

「あなたは他殺だと考えとったじゃありませんか。つい今朝のことですぞ」

「ええ、全く！　私のお粗末な頭で、ああいう説明は思いつかなかったんです」

クラフトの忍耐力は限界に近づいていた。彼と私は警察の大型車輛のフロントシートに坐り、ウェインライト家への道を快調に飛ばしていた。

H・Mは車椅子と一緒に後部の荷台に放り込まれていた。本人は車椅子から降りて坐らされ、車椅子は横向きに収まっている。ビア樽のような腹の上で太い腕を組んだH・Mには、コンバーティブルのトップを下ろしているため風がまともに当たり、頭の両側にかろうじて残った髪が吹き上げられて角《つの》のように見える。ここまで二マイル余りの道中、H・Mは無言で、もっぱらクラフト警視が話していた。

「辻褄は合っているじゃありませんか」動くほうの目を私に向け、彼は執拗に言う。「けちのつけようがありません。足跡が三筋、こうありますよね」——手で宙に描く——「どれも崖っぷちへ向かっています」

「ハンドルから手を離さんでくれよ！」

「わかりました。二人の足跡は小さな草むらで終わっています。直径四フィートばかりでしょうか。崖の上はあそこにしか草は生えていません。あなたの足跡は、腹這いになったところで乱れています。足跡はどれも平行に延びています。これは間違いありません。あなたの足跡は二人の足跡から六フィート離れている、これも確かです」

「ああ、そうだとも！」

「あなたもグレインジ氏の説明をお聞きになりましたよね。あなたは草むらに落ちている銃を、杖で取ることができた……」

「杖とは何だ？　わしは杖など持って歩かん。誰にでも訊いてみるがいい。わしを何だと思っているんだ、棺桶に片足を突っ込んだ、するめじじいかね？」

その時、言い得て妙とばかり鼻を鳴らす音が後部から聞こえた。しかし、前方に気を取られているクラフトの耳には届いていない。

「それはそうと先生、今思い出したんですけど」クラフトは咳払いした。「今年の一月、うちの坊主が重い病気になった時、先生は三週間ほとんど毎晩往診してくれましたよね。その時の診療費の請求が来ていないんです。あれはおいくらです？　おおよその金額でいいんですが」

話が思いも寄らぬ方向に逸れ、私は面食らった。よりによって、これほどどうでもいい話はない。

「クラフト、わしにそんなことがわかるわけないよ。トムに訊いたらどうだ？　トムなら知っているかもしれん」

「それはどうでしょう。トムだって、あなたと同様いい加減で頼りないですからね。彼も滅多に請求書を送ってきません。たまに送ると宛先が間違っている。金額を教えていただければ私のほうでいいようにしますから」

「一つ言っておく。わしは金など要らん」

ハンドルを握るクラフトの手にいっそう力が入った。

「それはそうかもしれませんが、誰の助けも要らないと言うのはどうでしょうか。例えば、水曜には検死審問があります。証言の際には宣誓をする決まりです。ご存じですよね？」

「もちろん」

「その時も、今私たちにしているのと同じ話をするつもりですか？」

「なぜそれがいかんのだね？　本当にあったことを話すんだぞ」

「いいですか、陪審が心中の評決を出すのはまず間違いありません。男が女を撃って、それから自分を撃ったという風にね。その場合、彼らは、あなたが証拠を改竄《かいざん》したという参考意見を添えることになります。そうなると――やっとおわかりのようですね――我々は偽証罪であなたを逮捕しなければならんのです」

涙が出るほどありがたいご意見だ。正直、私はこの可能性に思い至ったことはなかった。

長い人生で、私は真実を述べたために投獄された経験はない。若い連中には何やら崇高な行為に思えるらしいが、私は得心できない。我が家に平和がもたらされるのであれば、ガリレオと同じく喜んでひざまずき「地球は動いていない」と言うだろう。しかし今回は純粋に私個人の問題だ。

「わかりかけてきたよ。どうやら、君は金を借りている相手を逮捕したくないらしい」

「まあそんなところです」クラフトは臆面もなく認めた。「あなたが本当のことを話してくれれば、我々は余計な苦労を背負い込まずに済むのですがね」

「ああ、約束しよう。『真実を、真実のみを、すべての真実を』述べるとね」

クラフトはいかにも疑わしそうに私をじろじろ眺めた。傍目《はため》にわかるほど、彼は戸惑い途方に暮れてもいた。私が嘘をつく人間でないとわかってはいるが、目の前の事実は私が嘘を言っていると示しているからだ。彼を責める気にはなれない。私が彼の立場だったら、やはり私の言葉を信じないだろう。クラフトは後ろを向いた。

「ヘンリ卿はどうお考えです？　グレインジさんが言ったことが、成り行きを説明する唯一の解釈だと私は考えますが」

「ふむ……そうさな」Ｈ・Ｍは唸るように言った。「『唯一の』と聞くと、わしには何もかも胡散臭く思えてくる」

「唯一の解釈であるがゆえに信じられないとおっしゃるんですか？」

「ああ」Ｈ・Ｍはこともなげに答える。「お前さんがそう言うのをマスターズに聞かせてやれんのが残念じゃ」

「宙に浮いて移動する殺人者なんて聞いたことがありますか？」

「何を言うか！　お前さん、わしの華々しい経歴を知らんとみえる。わしは死んでいながら死んでいなかった奴に会ったことがある。同じ手で二組の異なる指紋をつける男にも会っておる。誰も触れていないきれいなグラスに毒殺者がアトロピンを入れるのを見たこともある」Ｈ・Ｍは鼻を鳴らした。「宙に浮かぶ殺人者なら、ぜひお目にかかりたいもんじゃ。そうすりゃ、この老いぼれが歴史のゴミ箱に入って（十月革命の際、反ボリシェヴィキ勢力に対してトロツキーが用いた言葉）お役御免となる前に、わし流のサイクルヒットを達成できる」

「失礼、何のゴミ箱ですって？」

「気にせんでよい」Ｈ・Ｍはひと声唸ってから私を見た。「さて、先生。差し当たってあんたの言うことが真実としておきたい」

「それはご親切に」

「土曜の夜、崖っぷちに行った時のことじゃが、銃が落ちているのに気がついたかね？」

「いいえ」

「銃があったとして、あんたは気づいたかな？」

「何とも言えません」記憶の中の光景がありありと浮かんで胸を締めつける。「動転していて、ろくに気が回りませんでした。銃はなかったと思いますが、断言はできません」

「では、視点を変えてみようかの」組んでいた腕をほどき、Ｈ・Ｍはクラフトを指す。「自動拳銃は空薬莢を排出する仕組みになっておる。警察が調べた時、現場に薬莢はあったのか？」

「見つかりませんでした。ですが、ご存じのように——」

「わかったわかった！　初級犯罪学講座第二回というわけじゃな。『空薬莢は発射の際、弾倉から転がり出るのではない。勢いよく弾き出されるために、高く右後方へ飛んでいく』。きっと海の中にぽちゃんだ。ところで崖の下は調べたのか？」

「いいえ。我々が到着した時には満潮で、海面が三十フィートもせり上がっていまして。遺体もたぶん流されていましたし。小さな真鍮の空薬莢については……」

「それでも捜しはしたんじゃろうな？」

「いえ、残念ながら」クラフトは口ごもる。「初級犯罪学講座といえば、グレインジ家の面々をどう思いました？」

「あの娘は気に入った。だがな、つんけんしながら『殿方に興味はありません』と言う若い娘は信用せんことにしておる。たいてい興味は大ありで、それをどっかに隠しておるだけじゃ。ちょうど——」

H・Mはしばらく目を閉じていた。唇がへの字に結ばれる。再び腕を組んでシートにもたれると、今度は前方を見据えた。次に口を開いた時は、やや穏やかな声音になっていた。

「なあ、クラフト。ベイカーズ・ブリッジ道路は近くかね？　わしは、ウェインライト夫人が逢い引きを重ねておったアトリエが無性に見たくなった」

クラフトは驚く。「すぐ先ですから、お望みとあらば寄るのは簡単です」

「じゃあそうしてくれ。でもいいか！」声が苛立たしげになる。「そこでどんな発見があるか、何にお目にかかるか、わしに何の当てもないことは覚悟しておけよ。何をするかも決まっておらんのだ。きっと無駄足になる。だが、行ってみたいんじゃ」

ベイカーズ・ブリッジ道路は宏大な土地をうねうねと縫うように延び、やがて間道を介してバーンスタプルへの本街道に通じているが、実態はごく狭い小径にすぎない。ここからは枝道を通ってエクスムーアの荒野へ出ることもできる。我々が通りを曲がってこの小径へ車を進めたのは夕方の六時になんなんとしている時だった。小高い土手に挟まれ、ところどころに苔を生やしたひょろ長い木々が太陽を遮り、ぼんやりとした柔らかい光が漂っている。車が道に呑み込まれてしまったように思えた。落ち葉の上を何かが駆けていく気配がする。曲がりくねった道を五十ヤードばかり進んだ時、クラフトは突然ブレーキを踏んだ。

「おや？」クラフトが呟いた。

小柄な老人が、木々の天蓋《てんがい》の下をこちらへ歩いてくる。つばの広い帽子に色あせた服、ネクタイはせずに薄汚れたワイシャツのボタンが上まできっちり留めてある。もじゃもじゃの白い口ひげはしだれ、先のほうが煙草の脂《やに》で染まったように茶色くなり、顔色との違いが際立っている。とぼとぼ歩きながら、声は聞き取れないが木々に向かってしゃべり続けているようだ。

「いい男に出くわしましたよ」とクラフト。「あれはウィリー・ジョンソンです」

「うん？　ウェインライト家から暇を出された園丁じゃったな。せっかくだから話を聞こう」

呼び止めるまでもなく立ち止まったジョンソンは、我々を見るや雷に打たれたように棒立ちになり、それから威張ったような足取りで寄ってきた。振り回しているのは、紳士の、そして伊達《だて》男の象徴である籐のステッキ。全身ビール漬けだが酔ってはいない。体中から滲み出すほど飲んだらしく、血管をビールが流れ、出口を求めて目から吹き出すごとくだ。彼は細い首を襟から突き出すように伸ばしてクラフトに声をかけた。

「あっしは被害の訴えがしてえんだが」

いきなり叱りつけはしなかったが、クラフトはうんざりした顔だ。

「なあ、ウィリー爺さん。リントンの巡査が言っていたが、あんたの被害申し立てには付き合いきれんとさ」

「こいつは初耳のはずだ、ええと――」ジョンソンは懸命に頭の中から言葉を引っ張り出そうとした。「窃盗だ、そう旦那、窃盗罪なんだ。あいつがあっしから盗んだんでさ」

「何を盗まれたんだ?」

「ああ!」それが話の最も忌まわしいところだと言わんばかりに大きく息を吐くと、ステッキで自分の鼻先をコツンとやろうとした。が、狙いが外れてばつの悪そうな顔になる。「長さ四フィートはあったんだが、あいつに盗まれたんだ。あの旦那ならどこにあるかわかってるはずだ、間違いねえ」

「誰のことだ?」

「ウェインライトの旦那でさ。すげえ別嬪《べっぴん》の奥さんを亡くしたばかりの。かわいそうだって言う奴もいるが、あっしに言わせりゃとんでもねえ。人が見てねえと、こすっからい真似ばかりしやがる」

「お前、酔っ払ってるな、ウィリー。酒が抜けてから出直してこい。こっちで訊きたいこともあるしな」

ジョンソンは酔っ払っていないと抗弁することしきり、そこへH・Mが割って入った。

「なあ、あんたはこの土地に住んで随分長いんじゃろう?」

このひと言が郷土愛を刺激したらしい。最初は二十年住んでいると言い、次に三十年になり、しまいには五十年住み続けている、と話が大きくなった。

「それなら、この先にあるアトリエを知っておるな? ふむ。誰の持ち家なんじゃ?」

「ジム・ウェザーストーン爺さんのだった」間髪を容れずに答えが返ってきた。「死んで八年、いや十年になるかな。絵描きに貸したらそいつが自殺しちまって。あの二人とおんなじさ」

「そうか。で、今は誰が持ち主じゃ?」

「偉そうな奴ら、ほら弁護士とかそんな連中だよ。あんなとこ誰も住む気にならねえよ。ろくな下水もねえし、そいで自殺騒ぎだろ」ジョンソンは道端に唾を吐いた。「直したら百ポンドは持ってかれるし、どうせ借り手は見つからねえし」

H・Mは気前のいいところを見せようとポケットに手を突っ込んで銀貨を探したが、十シリング紙幣《さつ》しかなかった。それをぽんと放ったのでクラフトは面食らい、ジョンソンは目を白黒させた。

「十シリングあれば、浴びるほどビールが飲めるな、ウィリー」クラフトは釘を刺すように言った。

「ビール？」相手はいかにも気取った様子で言う。「あっしは映画にお出ましでさあ」（リントンでは週に一度映画がかかっていた）「教育映画でね、ローマ人がキリスト教徒を火あぶりにしちまうらしい。んでね、女の子たちは服を着てねえときてる」感謝の気持ちが昂じて本当に目からビールが抜けたのかもしれない、受け答えがしっかりしてきた。「ご機嫌よう、クラフトの旦那。こちらの旦那にも、大変ご機嫌ようと言わせてくだせえ。あっしらの土地に長く快適に逗留しておくんなさい」

「気をつけるんだぞ！」クラフトが後ろ姿に向かって叫ぶ。「そのうちピンクのウサギが見えるようになるからな、よくよく気をつけろよ！」ジョンソンは振り返りもしなかった。「あいつなら大丈夫でしょう。じきに酒も抜けます。あんな金はやらないほうがよかったですな。アトリエはもうすぐです」

実際、アトリエは通りの分岐から二百ヤードばかり先にあった。頻繁に利用する道ではないが、私はいろんな用向きで何度も通ったことがある。その時も暗い気分だったが、夕闇の帳《とばり》が下り始めた今時分の陰鬱さはひとしおだ。

塀はなく、家は道から引っ込んだ場所に建っていた。石造りの納屋のような建物で、かつては白かった漆喰が薄汚い灰色になっている。棟の高い切妻《きりづま》風の屋根だが、ガラス張りだった北側の屋根も残っているのはほんのわずかで、ほとんどは割れ、あるいはすっかりなくなっていた。残ったガラスも黒く塗ったように汚れている。

道に面して、トラックも入れそうな両開きの扉が設けられている。横手に回ると小さめのドアがあり、雑草の生い茂る路地から二段上がって入るようになっている。春の夕暮れが深まる頃、真っ赤なセーターを着て男に抱きついたリタをモリーが目撃したのはこのドアだろう。階下に窓はない。二階の二つの窓は――少なくとも我々から見える側は――板でふさいである。右手の奥に頑丈な石造りの煙突。アトリエの裏は、黒にしか見えないほど昏《くら》い緑の松林だ。想像力の強い者なら、この場所にはリタの幽霊がいそうだと思うかもしれない。今でも目に浮かぶが、道に面した両開き扉の近くに釣り鐘形をしたブルーベルの花がひとむら咲いていた。

クラフトが一度空吹かししてからエンジンを切ると、夏の夕暮れの生暖かい静けさが押し寄せた。

その時、女性の悲鳴が聞こえた。

大きな声ではない。それゆえいっそう背筋が凍る思いがした。全身が衰弱したか、あるいは恐怖で気力が失われたかして、からからに乾いた喉からやっと絞り出されたような悲鳴だ。それに合わせるように、薄暗がりに沈む古いアトリエも薄気味悪い声を上げていた。苦痛に、そして間違いなく恐怖に駆られた声を。悲鳴と一緒に、板を打ちつけた窓をやっとの思いで叩く弱々しい音が二階から聞こえた。アトリエに向かって左の窓だ。

わしを置いていくな、というH・Mの怒声を無視して、クラフトと急行した。車椅子を押していく時間はない。クラフトは車のサイドポケットから懐中電灯を取るとすぐに車を離れた。

「玄関へ」肩越しに声が飛んできた。「開いていると思います」

二人で玄関に回る。オーク材の立派な両開き扉に鍵は掛かっていなかった。やっつけ仕事で外から掛け金と錠が取りつけてあり、その錠は外れていた。地面と同じ高さに据えられた扉を押し開く。

中は湿っぽくかび臭いが、大きな天窓のお蔭で視界は利き、やがて間取りもわかった。アトリエが大半を占め、裏に台所と物置が増築されている。作品展示用なのか、玄関の上に室内室といった趣で宙吊りに造られた部屋がある。普通の二階は存在せず、アトリエ正面の壁に直接造りつけられたその部屋が我々の頭上にあるだけだ。かつては白く塗られていたであろう階段が右手の壁沿いに延び、その先にドアがある。

かすかなうめき声ともすすり泣きともつかない声はそこから聞こえる。

「あそこだ」とクラフト。

彼は懐中電灯を点け、階段を上がる前に周囲を照らした。アトリエは農家風に煉瓦敷きで、右手の壁に大きな暖炉が真っ黒な口をあんぐりと開けている。あちこちに壊れた家具があった。

「もう大丈夫だ！　今行くからな！」クラフトが叫んだ。

階段を駆け上がったところのドアには鍵が掛かっていたが、鍵穴に真新しい鍵が差さっている。クラフトが鍵を回すとドアは軋みもせずに開き、不安げなうめき声が衣擦れの音と共に聞こえた。

「誰なの？」

「もう大丈夫ですよ、お嬢さん。私は警官です」

懐中電灯が室内を照らしたその時、目に飛び込んできた光景に私は驚いた。クラフトの懐中電灯と板を打ちつけた窓から切れ切れに差す光に照らされた部屋には、家具が備えてあったのだ。しかも、かなり豪華な家具が。

懐中電灯の光が部屋を探るように動き、一人の女性の上に落ちた。少女と言ってもいいような印象の女性が、和箪笥の角を回り壁に体を押しつけて遠ざかろうとしていた。金蒔絵《きんまきえ》に真珠の象嵌《ぞうがん》を施した箪笥で光がまばゆく反射する。明かりを向けられると女性は両手で顔を覆い泣き出した。

彼女が身に着けているものすべてが都会的だった。華奢《きゃしゃ》なハイヒール——ただし乾いた灰色の泥がこびりついている。淡褐色の絹のストッキング——ひどい伝線だ。切り込みのあるグリーンのワンピース——これにも泥の染み。非常に小柄で、せいぜい五フィートだろう。やや肉付きがよすぎる嫌いはあるものの、極めて美しい肢体は目の保養になった。ポケット・ヴィーナスという言葉が頭をよぎったが、彼女が置かれている状況を思い出し、そんな考えを頭から追い払う。

彼女が瘧《おこり》にかかったように震えているのは、恐怖のせいだけではなかった。衰弱が激しいのだ。クラフトが一歩近づくと、彼女は再び身を引いた。片手を上げて光を遮り、我々をしっかり見ようとしている。

「いいかい、落ち着いて」説き伏せるように言うクラフト自身も戸惑っていた。「私は警官だ。もう心配要らない。言っていることはわかるね？　あなたの——あなたの名前は？」

彼女は泣き出した。

「ミセス・バリー・サリヴァンです」

10

その言葉に仰天したとしても、クラフトはおくびにも出さなかった。

「いつからここに閉じ込められていたんです？」

「わからないの」アメリカ訛りの感じのよい声だが、震えているので途切れ途切れのあえぎになっていた。「ゆうべかも。朝……からかも。お願い、ここから出して！」

「もう大丈夫ですよ。私たちと一緒にいらっしゃい。何も心配要りませんから。さあ、私の腕につかまって」

彼女は箪笥の角を回って小刻みに一歩、二歩と近寄ったが、そこで膝をついてしまったので私が助け起こしてやった。

「最後に何か食べたのはいつだね？」と私は尋ねた。

彼女は記憶を懸命にたどっていた。「昨日の朝……汽車の中で。夫は、バリーはどこ？」

クラフトと私は目配せをし、私は彼女をクッション付きのスツールに坐らせた。

「まだ歩ける状態じゃないよ、警視。ここにはまともな明かりはないのかな？」

「灯油ランプがあるけど点かないの。油が切れていて」

こうなったら窓に打ちつけてある板を叩き割るしかないなと私が言うと、クラフトは所有権の侵害を何よりも恐れるイギリス人らしく断固反対した。仕方なく、悪者になるのは慣れっこの私が板を叩いてみた。この女性が自力で脱出できなかったのも無理はない、板は棺桶のようにしっかりと釘づけされていた。椅子に乗って蹴飛ばし、何とか打《ぶ》ち破った。盛大に音を立てるわ、床に板の破片が飛び散るわの騒ぎを経てようやく窓から顔を出すと、意地悪く横目で睨んでいるヘンリ・メリヴェール卿と目が合った。驚いた様子も見せず、H・Mは車からこちらを見上げていた。

「ブランデーをお持ちですか？」と私は声をかけた。

遠目にも卿の顔がやや紫色に変わった気はしたが、無言で尻ポケットから馬鹿でかい銀色のフラスクを出し、取りに来てみろと言わんばかりにゆっくり振った。車へ行くと、H・Mの癇癪玉は破裂寸前、火薬の匂いまで漂ってきそうだった。

「二階で女性を見つけました。恐怖でヒステリーを起こしかけていますし、何も食べていないので衰弱が激しい。誰かが閉じ込めたらしいですな。ミセス・バリー・サリヴァンだと名乗りました」

癇癪玉爆発の気配はすっと消えた。

「こりゃたまげたわい」H・Mはぼそぼそと呟く。「で、知っておるのか？　夫が……」

「いえ、知らないようです」

H・Mはフラスクを寄越した。「クラフトがばらさんうちに、こいつを持って早く戻れ。大急ぎじゃ！」

激しい動きは体に悪いのだが、私は大急ぎで二階に戻った。開いた窓から差し込む残光が、ごたごたと飾り立てた部屋を照らす。驚くべきことにクラフトが細やかな心遣いを見せて、汚れた服を着てスツールに坐った女性をいたわっている。彼女は時折、痙攣の発作に襲われたように身を震わせていたが、それを冗談めかして笑い飛ばそうとさえしていた。

顔はやつれて髪は乱れ、化粧は涙で台無しになっているものの、非常に美しい女性だ。ポケット・ヴィーナスは褐色の髪を――その方面に疎《うと》い私の判断ながら――細かくカールさせた流行の髪型にしていた。小さな口、きらきら輝く大きな灰色の目――ただし今は涙で曇り、腫れぼったい。痛ましい姿ながら、抑揚にコケティッシュな魅力を感じさせる甘ったるい話し方をする。彼女はフラスクを目にすると、再び笑ってきれいな歯並びを見せた。

「あら！　一口いただける？」

私はフラスクの蓋にブランデーを満たしてやった。手は震えていたが彼女は瞬きもせずに飲み干し、咳き込んだのち蓋を差し出してお代わりを要求した。

「いや、もう十分でしょう」

「そうね。これ以上飲んだら酔っ払っちゃうわね。お行儀の悪いことをしてごめんなさい。煙草をお持ちかしら」

クラフトが箱から一本取り、火を点けてやった。彼女の手は震え、煙草を何度もくわえ損ねたが、ブランデーが効果を発揮し始めていた。私は彼女の目を膜のように覆っている激しい恐怖が何に由来するのか気になった。

「ねえ」彼女は話し出した。「どういうことなの？　ここで何が始まったの？」

「それは、こっちがあなたにお訊きしたいくらいです」とクラフト。「えーと……」

「サリヴァン、ベル・サリヴァンよ。ところで、あなた本当にお巡りさん？　からかっているんじゃないでしょうね」

クラフトは身分証を見せた。

「こちらの方はどなた？」

「医者のクロックスリー先生です。リンクームからいらしています」

「ああ、お医者さんなの。じゃあ、問題ないわね」煙草を持つ手が震える。「実は、これからとっても恐ろしいことを聞いてもらおうと――」

「ここじゃないほうがいいでしょう、ミセス・サリヴァン」私は口を挟んだ。「表に車がある、もう少し落ち着いて話せるところへ行きませんか」

クラフトは厳しい顔になった。「先生、私は今ここで話を聞くのがいいと思います」

「あたしもそうしたいわ」彼女はまた身震いした。「夫はサリヴァンというんです、バリー・サリヴァン。ご存じないでしょうけど」

「名前は聞いていますよ、奥さん。あなたもアメリカ人ですか？」

彼女はためらった。「あの……違うの。生まれはバーミンガム。でも、お客さんはそのほうが好きだから、アメリカ人ということにしてあるの」

「お客さん？」

「あたしはロンドンのピカデリー・ホテルでダンス嬢をしているの」

「では、どうしてここへいらしたんです？」

この若い女性は非常に率直で、婉曲《えんきょく》な言い回しとは無縁のようだ。答える声が高くなった。

「すごく頭にきたからよ。頭に血が上って冷静でいられなかったわ。あの人、ここで浮気をしていたのよ。リンクームの消印がある封筒を見つけてわかったの。でも相手の名前もわからなくて。全くもう！」

目に涙を浮かべたが、声の震えは収まってきた。

「あたし、揉め事を起こしに来たんじゃないの。揉め事なんてごめんよ。女の顔が見たいだけ。そのあばずれに、あたしにはないどんないいところがあるのか知りたいだけなの」ベル・サリヴァンは言葉を止めてフラスクの蓋を左手で差し出した。「やっぱりもう一杯くれない？　気を失って迷惑をかけたり、くだを巻いたりしないから。お願い、もう一杯だけ」

私は注いでやった。

うまく隠しているが、クラフトは女性のあけすけな態度に驚いたようだ。だが私は違った。慎みに欠ける嫌いはあるが、率直な態度は気に入ったし好感が持てた。彼女は二杯目も一気に飲み干した。

「バリーが出かけたのは金曜の夜。土曜の夜になると、あたしはもう気が気じゃなくてじっとしていられなくなった。それで日曜の朝、列車に乗ったの。行動を起こす前から『ベル、本当に馬鹿げてるわ』って自分に呆れてた。知らない町で、知らない人にいきなり『失礼ですが、あたしの夫と寝ている女をご存じですか?』なんて訊けるわけないもの」

「まあ、確かに」

「それに、ここへ来たことをバリーに知られたくなかったの。あなただって、あたしと同じ立場になったらきっと同じように感じると思うわ。

ここへ来るだけでもさんざんよ。まず、ロンドン発の列車はエクセターでバーンスタプル行きに乗り換えなくちゃいけないとわかったの。やっとバーンスタプルに着いたと思ったら、リンクームはさらに十三マイルも先だというじゃない。汽車は出てないし、バスは日曜には走ってないの。仕方なくタクシーをつかまえたけど、持ち合わせが少ないから心細くて。

運転手がリンクームのどこに行きたいのかって訊くの。その時にはもう、こんな田舎くんだりまで来て馬鹿もいいとこだって、気分はやけくそよ。口が悪くてごめんなさいね。もうじき、育ちのいいお嬢様みたいに話せるようになるから。でも、その時はやけっぱちだったの。で、一番大きなパブへ行ってちょうだい、お願いだから近道にしてねって言ったわ。運転手は近道なら任せろって、この道を通ったの」

夕闇が次第に濃くなりつつあった。あたりは静まり返り、彼女の震える甲高い声はよく通る。表の車に鎮座ましましているH・Mにも、一言一句はっきり聞こえているはずだ。

ベル・サリヴァンは下唇を嚙んだ。

「それが日曜の晩のことですね、奥さん」クラフトが念を押した。

「ええ。八時半頃だけど、まだ明るかったわ。車はのろのろと這うように走ってこのアトリエに差しかかった——」彼女の視線が周囲をさまよう。「下に大きな両開きの扉があるでしょう、道路に面して」

「ええ、ありますね」

「あの扉が開いていて、中にバリーの車が見えたの。後ろのナンバープレートでわかった」

クラフトのげじげじ眉が吊り上がった。

「ミスター・サリヴァンの車が？」陰気な声でクラフトが言う。「私の知る限り、彼はこちらで車を使ったことはないんですがね」

「そりゃあそうでしょう。車に乗るお金なんかないもの。夫は車のセールスマンで、あれは見本用の営業車よ。会社だって、車をロンドンから持ち出して遊びで乗り回すなんてこと、許すはずがないわ。最近は売る車がなくてセールスマンが馘《くび》の心配をしなきゃいけないから、なおさらよ。車を見た時にはぞっとしちゃったわ。

でも考えたの。『車があるんだったらバリーはそこへ戻ってくるし、相手の女も一緒にいる可能性が高い』って。だから、タクシーの運転手にここで降ろしてちょうだいって頼んだの。

運転手はあたしの頭がどうかしたと思ったみたい。無理もないけど。何年も誰も住んでいない、しかも画家が喉を掻っ切って死んだ場所だって脅かすのよ。でもあたしはお金を払って運転手を帰し、アトリエ探険を始めた。その時にはまさかこんなおまけ部屋があるなんて思わなかったけど」彼女は顎をしゃくって部屋を示した。「あたしが見つけたのは、階段の上の鍵が掛かったドア、あとは煉瓦敷きの汚いアトリエにバリーの車があるってことだけ。

逢い引きにはもってこいの場所でしょう？　まあ、ごたごた飾り立てた売春宿みたいなこの部屋は別にしてだけど。車で来て、ガレージみたいに乗り入れればいいんだもの。扉を閉めちゃえば、中に人がいるなんて誰にもわからないわ」

私も同じことを考えていた。

「そのうちに暗くなってきたの」

きらきらと輝く大きな灰色の目が、反射的に窓へと動いた。窓からは梢の淡い緑が見える。彼女は乱れた褐色のちぢれ髪をひと振りし、組んでいた脚をほどく。火の消えた吸いさしを深紅の絨毯に落として、

「田舎は苦手よ。いらいらして落ち着かなくなっちゃう。ちょっとやかましいくらいのほうが好き。近くに人がいて呼べば来てくれるようなところじゃないと。ここはどこもかしこもひっそりしてるし、あたりはどんどん暗くなってくるでしょう。おまけに煙草を切らしちゃって。それで思ったの。人や物から随分離れたところへ来ちゃったなあって。道はわからない。よそへ行きたくてもどこへ行けばいいかわからない。万事休すよ。そしたら、喉首を掻っ切って死んだとかいう画家のことを思い出しちゃって。薄気味悪いことをいろいろ考えて、すぐそこの隅に誰かいるような気がするのはそういう時よね。車を動かすのはもちろん、ライトを点けることもできなかったわ。何しろキーがないんだから。車のステップに腰掛けるか、あたりをうろうろするくらいしかやることがなくて。だいぶ遅くなっていたはずよ――もう真っ暗だったから――その時、誰かが歩いてくる音が聞こえたの」

クラフトと私はひと言も聞き漏らすまいと身を硬くした。話に夢中になっていなければ、彼女もそれに気づいたはずだ。

「もちろんバリーだと思ったわ」そこでためらい、下唇を噛む。「たぶんバリーだったのよ、だって……」

クラフトは咳払いをした。

「それはミスター・サリヴァンのはずはありません。日曜の晩でしたらね」

「どうして？」

「ま、追い追いわかりますよ、お嬢さん」クラフトはややもすると彼女のことをお嬢さんと呼ぶ。若く見えるからだろう。「私の言うことを信じてください。あとで説明します」

「彼はもうここにいないのね？」美しい顔がこわばる。

「まあ――そうですね。どうか先を」

ベルは何か言いかけたが、思い直して話を続けた。

「最初は、怖い思いをさせた彼に腹が立ったわ。でも、あたしにもプライドがあるし、ここにいるのを見つかりたくなかったの。だけど、彼を見失ったら寂しい場所に一人で残されてしまう。それまですることがなくてうろうろ歩き回っていたのに、バリーが戻ってきたらこうするんだとは考えなかったんだから、呆れちゃうわ。

できることはたった一つ。バリーの車はパッカードのオープンカーで二人乗りなんだけど、後ろにランブルシート（畳み込み式の補助席。蓋を起こすと座面が現れる）がある。蓋を上げて潜り込み、元通りにしたの。

ほら、あたしってちびでしょう」――彼女は、さあ見てちょうだいと言わんばかりに両腕を広げた――「だから隠れるのは簡単。シートには小さな風通しの穴が二つあって、空気の心配も要らない。そのうちに彼がアトリエに入ってきた。その時よ――」彼女は手の甲で額を拭って付け加えた。「あの人が泣くのが聞こえたの」

クラフトも私も身じろぎしなかった。

「今、赤ちゃんみたいにって言いかけたけど、赤ちゃんはあんな泣き方しないわ。体をガタガタ震わせてしゃくり上げるひどい泣き方だった。体の具合が悪くて息ができないみたいに。男の人がそんな風に泣いているのを聞くのは本当につらいものよ。何て言うのかしら、泣き声があたしの体を通り抜けていく感じ。彼は車の横を一、二度拳で殴っていたわね」

（そいつが誰にしろ、神に見放された哀れな奴だ）

「恐ろしくて、あたしも泣きたくなった。でも思ったの、『まあ、ひどい人！ あたしのためにはそんなに泣いてくれないくせに』って。そしたら憎らしくなって、黙っていることにしたの。バリーは子供みたいなの。まだ二十五よ。二十八だからあたしのほうがお姉さんね。その時は考えている暇がなかった。あたりを歩き回って階段を上り、鍵穴に鍵を差す音が聞こえたわ。それから車に乗り込む音がして、エンジンをかけ、車をバックさせたの。焦ったわ。『どうしよう、これからあばずれに会いに行くんだわ。あたしがここに隠れているのに』」

ベルは話をやめ、笑おうとした。ブランデーの効き目で態度はしっかりしてきたが、状態はよくない。

クラフトは静かに尋ねた。

「いいですか、お嬢さん。よく考えて答えてください。あなたが聞いたのは本当に男の泣き声でしたか？」

ベルは戸惑ったような表情になった。「確かよ。あたしはバリーだと思ったわ、当然だけど」再び彼女は口をつぐみ、やがて目を見開く。「ちょっと待って！　まさか、あばずれのほうだったって言うんじゃないでしょうね？」

「いえ、私はただ……」

「あたしが勝手な思い込みでバリーの悪口をべらべらしゃべっているんだとしたら――」

「お嬢さん、あれはあばずれじゃありませんでした。私があばずれの意味を正しく理解しているとしてですが。あなたは誰かが泣き、歩き回るのを聞いた。話している声は聞かなかったんですか？」

「聞かなかったわ。あれがバリーでもあばずれでもなかったとしたら、いったい誰なの？　ねえ、ここでいったい何があったの？　二人ともどうしてそんな変な顔をしているの？」

「お嬢さん、話を続けてくれたら先生がもう一杯ブランデーをくれるみたいですよ」

「いや、あげませんな」と私。「このご婦人は具合がよくない。リンクームへ連れていきます。食べるものも介護の手もある」

「あたしなら平気よ」ベルは言い張った。弱々しげではあるが拗《す》ねたように唇を突き出し、微笑んで、フラスクの蓋をスツールに置いた。「話したいの。これからがいよいよ自分の頭では理解できないところなんだから。

さっきも言ったけど、車はバックしてから走り出したの。ひどいでこぼこ道だったけど、ランブルシートの下で丸まっていたから、あまりぶつからなかった。頭にあったのは、ひどい恰好になってるだろうなってことだけ。特に、帽子は目も当てられないわって」

彼女は不安そうに頭に手をやった。

「それから平らな道に出て、何マイルも走ったと思う。坂道を上っているようにも感じたけど、本当のところはわからない。シートの両側、ドアに近い低い位置にある風通しの穴から、時々月明かりが見えただけ。

またでこぼこ道になって、温度がぐっと下がってきた。隙間風がくるぶしのあたりを撫でていった。それから少し下り坂になったわ。これは確かよ、落ちないように踏ん張ったんだから。そして突然、何の前触れもなく車がひどく揺れ出したの。頭を嫌というほどぶつけたわ。帽子はぺしゃんこ、ベールは揉みくちゃ。毛皮のコートとハンドバッグはどこかへ行っちゃうし。

車が道じゃないところを走っているのがわかったわ。乾いた草が当たる音がしたし、ひんやりした霧が入ってきたから。匂いでわかったの。車は走り続け、あたしは勇気を振り絞ってバリーに怒鳴ってやろうと思った、そしたら……

車がスピードを緩めたの。バリー――か誰かがギアを変えたのね。そして急にドアが開く音がしたの。何て馬鹿な真似をするのよ、走行中にドアを開けたりして、と思ったけど、すぐに閉まったから、ちゃんと運転する気になったのねってほっとしたわ。そしたら今度は猛烈な勢いで走り出した。ピューって、油の上を滑るみたいに滑らかにね。でも、その状態が続いたのはほんの二、三秒で、誰かが車を押し戻そうとするように止まったの。

羽根布団に乗っかっている感じだった。あんなにしっかりしてはいなかったけど。今、車の下には何もないんじゃないかって恐ろしい考えが浮かんだわ。それから、空気の泡がゴボゴボいうような音があたり一面から聞こえた。人間の声みたいだったわ、生き物が人間の体をかじっているような。一度聞こえた音は本当にげっぷに似ていた。そして匂いもしてきたの。

車は沈み始めていた。速い動きではないけど、中にいてもそれはわかった。あたしは――どうしてそんな気になったのかわからないけど――手を伸ばしてハンドバッグを捜した。そしたらどろどろしたものが風通しの穴から入ってきて手に触れたのよ。すぐにもう一つの穴もふさがって真っ暗になった。突然車全体が揺れ始め、車の前が六インチくらい、がたんと下がった。その間もゴボゴボいう音はどんどん大きくなる。まあ大変！　その時やっと気づいたの」

ベル・サリヴァンは話をやめ、震えまいと肩に力を入れスツールの端をしっかりとつかんだ。

クラフト警視はうなずく。

「わかります、お嬢さん」厳《いか》めしい口調だった。「流砂ですな」

ベルは返事の代わりにうなずき、目を何度も瞬《しばたた》いた。「自分がエクスムーアの荒野の近くにいることはわかっていたわ、当たり前だけど」唾をゴクリと呑み込んで、「子供の頃『ローナ・ドゥーン』（R・D・ブラックモアの時代ロマンス。エクスムーアの荒野が舞台）を読んだし、流砂のことは聞いたことがあったの。でも、まさか本当にあるなんて考えてもみなかった。映画でもないのに」

クラフトは馬鹿にしたように鼻を鳴らした。

「本当にあるんですよ」と駄目を押す。「荒野のどこに何があるか知らない者は近寄っちゃいけない。どうしても行かなければならない時は、ムーア・ポニー（エクスムーアに半野生状態で棲息する稀少種の馬）の後をついていくといい。あいつらは決して間違わないから。そうですよね、先生？」

私は勢いよくうなずいた。職業柄エクスムーアについては熟知しているが、風が吹きすさぶ殺風景な荒野は今も好きになれない。

「次に起こったことが最悪だったわ」ベルが再び話し出した。「長くは続かなかったのが救いだけど。どうやってランブルシートの蓋を上げたか覚えていないの。最初は、バリーがハンドルを回してあたしを閉じ込めたんだと思ったわ。ダンスマラソン（一九二〇年代に始まった耐久ダンスコンテスト）をしたみたいに体のあちこちが痙攣していた。あの中は思ったより空気が少なかったに違いないわ。

体を起こして坐るところに立とうとしたら、めまいがして危うく沼地に落ちそうになったの。きっと気が動転していたのね。何度も何度も大声で叫んだけど返事はなし。それに、運転席には誰もいなかった。

場所はどこかなんて訊いちゃ駄目よ！　真っ白な霧の向こうにお月様がぼんやり見えるだけで、三メートル先も見えなかったわ。おまけに、とても寒くて滲んだ汗が冷たく感じられた。ああいう時って、どうしてそんなことをと思うようなことを考えちゃうわよね。運転席に誰もいないことに腹が立って仕方なかったわ。あいつ、自分だけ車から飛び降りて、あとはどうにでもなれって考えたに決まってるわ、ってね。

フロントガラスにもやもやしたものが付いていたし、車の内装も覚えているわ。ダッシュボードの時計や速度計、燃料計。サイドポケットに道路地図みたいな本が二冊、突っ込んであった。確か一冊は青でもう一冊は緑よ。でも、あの人はいなかった！　そして、灰色がかった茶色の恐ろしい流砂がオートミールみたいに広がって、手当たり次第に闇の中へ呑み込もうとしていたの。しかもそれは動いていた。いい、動いていたのよ！」

「お嬢さん、落ち着いて！　もう心配は要らないんだから！」

ベルはしばらく両手で顔を覆っていた。

「あたしは車の端に立って」――顔を手で覆ったまま――「ジャンプしたの」

クラフトの顔が青ざめる。

「大したもんだ、お嬢さん」彼は呟いた。「あなたは勇気がおありだ。誰にでもできることじゃない。それで、ちゃんと固い地面に着地しましたか？」

「ほら」――顔から手をどけた――「あたしはここにいる。そうでしょ？　何フィートあるかわからない流砂にまみれて死んだわけじゃないわよ」

彼女は微笑んだが、下唇が震えていた。

「言うことはもっとあるわ。もう最期だって時に過去の人生が走馬灯のように浮かぶって言うでしょ？　あれは嘘よ。経験したあたしが教えてあげる。思ったの、『あの人は近くにいる。叫び声を聞いたのに、あたしが流砂に呑まれるのを見ているだけなんだわ』って。『あたしが車の中にいたことを知っていたくせに』とも思ったわ。なぜかと言うと、あたしの吸い殻がアトリエの床一面に落ちていたし、香水もつけていたから。彼が好きな香水よ。で、こう考えたの。『妻殺しの最高の方法よね』」

しばらく、誰も何も言わなかった。

「信じても信じなくてもいいけど、車からジャンプする時、結婚してからの彼のありとあらゆる姿が目に浮かんだの。お人好しで、子供っぽくて、時々すごく間が抜けていて、見てくれが自慢のうぬぼれ屋。そしてお金が大好き。次に気づいた時にはもう着地していたわ。ちょっと覚悟していたんだけど、砂に呑み込まれることもなく、固い地面があった。水から上がった人がよくそうなるように、よろよろ進んで気を失ったの。気がついた時にはここに閉じ込められていたってわけ」

ベルは片方の肩をすくめ、さりげなく付け加えた。

「癪に障るのは、車にハンドバッグを置いてきちゃったことよ。コンパクトも口紅もお金も、何もかも入っていたの。それに、毛皮のコートと帽子。さあ、これで話はおしまいよ。煙草をもう一本いただける？」

クラフトと私は再び目配せをした。日曜の晩彼女を車に乗せて走った人物が彼女の夫ではありえない理由を話さねばならない。不安げな表情の警視は、煙草とマッチを出しながら、私に向けて咳払いをした。ベル・サリヴァン自身がこの決断を強いたのだ。

「では、なぜ嫌な話をここでしてくれとお願いしたか、理由を話しましょう。煙草は取りましたか？」

クラフトはそう言ってマッチを擦った。

鮮やかな黄色い炎が、深まりゆく夏の宵闇にひときわ明るく浮かぶ。ベルが待ちきれないように激しく煙を吸い込んだ時――そのせいで頭がくらくらしたに違いない。私は思わず注意しかけた――明かりを受けて涙がきらりと光るのが見えた。頰の柔らかな線も小刻みに震えている。しかし、口を開いた時には、それまでと同じ何げない調子の声だった。

「そういえば、ジャンプした時にもう一つわかったことがあるの。あたしはバリーを愛していないってこと。これは本当よ」

「それを聞いて少し安心しました、お嬢さん」

「じゃあ、あなたもあたしのことを馬鹿な女だと思ってるのね」

クラフトは藪蛇だったと悔いたらしい。「このような話題は先生のほうが適任かと――」

「ねえ、お二人はずっとあたしの様子を見ていたでしょ？　そうよね？」

「それはですね……」

「それにね、あんなことをしたのはバリーじゃないとあなたは言った。それを信じるかどうかあたしは決めかねているんだけど。二人とも、何か隠しているわね」

「ですから、お嬢さん――」

「バリーがあたしのことを厄介払いしたいと考えたとして、なぜあんなことをしでかしたのかがわからないわ。あの車は七、八百ポンドもするのよ。自分の車じゃないし。会社に弁償しなきゃならないでしょうけど、あの人には無理。何より不思議なのは、厄介払いしたいのなら、なぜあたしをわざわざここへ運んで閉じ込めたのかよ」

「おっしゃる通り！」クラフトがうなずく。

「ちょっと待って。あれがバリーじゃないのなら、あの人、今どうしてるのよ。なぜここにいないの？　なぜ車のキーを差しっ放しにしたの？　そのせいで誰かが勝手に運転して沈めに行ったんじゃない。それに、あなたの話では、あの人ロンドンに帰ったって！」

「いや、ロンドンというわけではないんです、お嬢さん」

「ロンドンへ行ったたって、あなたが！」

「私は、彼はもうここにはいないと言っただけです」

「じゃあどこへ行ったの？」

クラフトは私のほうを向いて両手を広げてみせた。もう逃げてはいられない。話すことには危険が伴うが、いつまでも黙っていたら彼女はヒステリーを起こすだろうし、そうなると事態は余計悪くなる。思案したあげく、私はフラスクの蓋をスツールから取り上げ三杯目のブランデーを注いで手渡した。彼女はろくに見もせず口をつけた。

「ミセス・サリヴァン、あんたのご主人と、その……あばずれだが」

「ええ」

「その女性にはもう会えないと思う。それに、ご主人に会うつもりなら、気を強く持たねばなりませんぞ」

「二人は土曜の晩に銃で自殺したあと崖から飛び降りたんです」クラフトがぞんざいな口調で言い捨てた。「今は検死台の上です。ミセス・サリヴァン、お気の毒ですがそれが事実です」

私は顔をそむけ、部屋の反対側をつぶさに観察した。家具は何回にも分けて運び込まれたに違いない。リタ・ウェインライトの手が加わっているのを感じる。床の絨毯と板を打ちつけた窓を覆う深紅のビロードのカーテンは、現実世界を隠し空想の世界を出現させただろう。一隅に目立つ絵柄の屛風《びょうぶ》が立ててあり、裏に回ってみると、水差し、洗面器、タオルを備えた洗面台だった。見すぼらしい？　確かに。だが、リタはリタだ。

ベル・サリヴァンをどうしたものかと私は頭を悩ませていた。身の回りのものを持っていないのは明らかだ。モリー・グレインジなら喜んで世話をしてくれるだろうが、スティーヴの顔を思い出すと、この案は引っ込めざるを得ない。私の家に来るのがいいだろう。ミセス・ハーピングならきっとうまく面倒を見てくれる。

部屋の設《しつら》えを見ながら、私は暗澹たる気分で立っていた。手にしたフラスクから一口飲みたいという欲求に負けそうだ。

「もう大丈夫よ、先生」ベルの声が聞こえた。「こっちを向いても平気。取り乱して先生に迷惑をかけたりしないわ」

我らがポケット・ヴィーナスは片脚をたくし込んでスツールに腰を下ろし、煙草を深く吸い込んでいた。灰色の目が私をじっと見た。

「あの人といい仲だった女性についてちょっと訊きたいの。本当にそんな感じだった？」

「そんなというのは？」

「あばずれだったの？」

「いや。大学の数学教授の奥さんでカナダ人だった」

「名前は？」

「リタ・ウェインライト」

「きれいな人だった？」

「ああ」

「お高くとまった感じ？」

「そうでもない。普通の家庭だよ。先生をやっている人の家によくあるような」

「お金持ち……いえ、それは訊いても仕方ないわ」ベルは眉を寄せ目を細めた。「死んじゃったんならね。年はいくつ？」

「三十八」

ベルは口から煙草を離した。

「三十八？」信じられないという風に声が裏返る。「三十八ですって？　嘘でしょ、あの人どうかしちゃったの？」

クラフト警視は、ピンでつつかれたように飛び上がった。それまでに聞いたどんなことよりも、彼女の最後の言葉に驚いたらしい。それまで陰気そうに眉を寄せ、彼女の気丈な振る舞いを称《たた》えようと待ち構えていたクラフトだが、突然言葉を失った。しかし、ベル・サリヴァンがそんな言葉を発したのは、薄情だからでも酔いが回ったからでもない。他のあらゆる感情をしのいで紛れもない戸惑いの気持ちが湧き上がったのは、夫の人となりを知り抜いていたからなのだ。

「話しておくのが筋だと思うから言うんだが、わしは、二人が自殺したとほんの一瞬でも考えたことはない」

「え？」

「誰かが二人を撃ったんだ。きっと警察からは違う話を聞かされると思うがね。だが、わしの言うのが真実だ。しかし、この話はこれでやめておこう。わしと一緒にうちへ来なさい」

「でもあたし、着替えも持ってないわ！」

「心配は要らんよ。近所に若い娘さんがいるから、いいようにしてくれる。何か食べてぐっすり眠ることだ。もう歩けるなら、階下《した》へ行こうか」

この提案を、突如起こったけたたましい音が促した。道路から耳障りなクラクションが聞こえ、ベルは小さな悲鳴を上げた。音はなかなかやまない。窓に寄って下を見ると、ヘンリ・メリヴェール卿が形容しがたいほど意地の悪い顔で身を乗り出し、松葉杖の先でクラクションを押していた。

「わしは辛抱のいい男じゃが、夜露が頭に降りてくるし、足の指が風邪を引きかけておる。牢番も捕まえに来たから、そろそろお暇《いとま》したいと思ってな」

ポール・フェラーズが、警察車の後ろに駐めた古ぼけたフォードからちょうど出てきた。窓から顔を出している私を見て驚いた様子からして、H・Mが風変わりな友達付き合いを始めたと思ったのだろう。

「すぐ行きます」と私は言った。

ベルは異を唱えなかった。しゃっくりのせいで声がおかしな具合になり、足取りも怪しいのは残念だが。しかし、酔って満足な思考ができないのは、かえって好都合かもしれない。私は階段を下りるベルに手を貸し、クラフトが二階の部屋を施錠して鍵をポケットにしまった。

アトリエを出て車へ向かうと、H・Mと車椅子は――車椅子は逆さまになっていた――フォードの後部座席に移されていた。これは単なる偶然か、思いやりか。というのは、我々がH・Mをリド・ファームまで送っていけばエクスムーアをかすめることになり、ベル・サリヴァンにとって愉快な経験とは言えないからだ。

フェラーズは絵の具がついた古いフラノのズボンをはいてフォードにもたれかかり、サクラ材のパイプをくゆらせている。わざと櫛を入れないぼさぼさ頭の下、いかにも頭のよさそうな顔は、私たちの連れている人物を見るまではのんきそうな表情を浮かべていた。だが、彼女を見た途端にぽかんと口が開いた。

「まさか！」彼はそう呟くと口から落ちたパイプを危なっかしい手つきで受け止め、空いているほうの掌で車の横をバンと叩いた。「ベル・レンフルーじゃないか！」

ベルは反射的に身をひるがえし、アトリエに戻ろうとした。私は彼女の腕をつかんでこちらを向かせた。

「大丈夫だよ。我々の友人だ、何もしやしない」

「ベル・レンフルー！」フェラーズはまた叫んだ。「こんなところで何をしているんだ？　この人たちに何かされたのか？　僕たちはあんなに仲よくやっていたのに――」

「ミス・レンフルーじゃありませんよ」クラフトが素っ気なく言う。「こちらはミセス・サリヴァン、ミセス・バリー・サリヴァンです」

「そうですか」フェラーズはしばらく黙っていたが、やや顔を赤らめて付け加えた。「すみませんでした」再び口を閉ざし、当惑した様子でフォードの運転席に乗り込んだ。

フェラーズにベルが言葉を投げかけた。「ピカデリー・ホテルで働いている時は結婚指環を外すの。嫌がるお客さんもいるから」

後部座席のH・Mはいつになく真面目くさって我々を見ていた。優しくベルに声をかける。

「奥さん。わしが、天窓から煉瓦を降らせたりする術《わざ》に通じていると悪名高き老いぼれじゃよ。

こんな時にあんたを煩わすような真似はせんが、足の悪い犬が柵を越せずに難儀しておるのを見ると助けてやりたくなる癖がわしにはあってな。あんたの話なんじゃが……」

「聞いていたの？」

「うん……それはだ、あんたの話し声が大きかったからな。怪我で動けんからといって、坐って考えとるだけではないんじゃ」私は、しっかり蓋をしてフラスクをH・Mに返した。「ブランデーの効き目がなくならんうちにあんたが質問に答えてくれたら、わしらが難渋しておる問題を解決する助けになるかもしれんのじゃ」

「バリーは自殺なんかしてないわ！」ベルは叫んだ。「そんな勇気あるわけないもの。だから、何でも訊いてちょうだい」

「ありがたい。あんた方はいつ、どこで結婚したのかね？」

「あら、あたしが結婚のことで嘘をついたと思ってるのね？」

「何を言うか、そんなことはない！　情報をせがんでおるだけじゃ」

「お藤さまで、あたしは何かほしいと人にねだるような真似をしないで済んでるわ。カムデン区役所のハムステッド登記所よ。日付は一九三八年の四月十七日」

「バリー・サリヴァンというのはあんたの夫の本名かな？　それとも芸名かな？」

「本名よ」

「どうしてそうだとわかる？」

「どうしてかって……それが本名だからよ！　いつもそう書いてるし、その名前で手紙も来るわ。小切手にそう書くし、とにかくサインはいつもそれよ。こんなに確かなことはないじゃない」

Ｈ・Ｍは彼女を見つめた。

「あんたはアメリカへ行ったことがあるかね、ミセス・サリヴァン」

「いいえ」

「どこでもいいが、外国へ行ったことはあるかな？」

「ないわ」

「ふむ。そうじゃろうな」フェラーズの肩を松葉杖でつつき、「車を出してくれ」

フォードのエンジン音が宵の静寂をつんざくように響く。フェラーズは車をバックさせて方向転換した。最後に見えたのはＨ・Ｍの見事に禿げ上がった後頭部で、車が走り去っていく時いかにも意地悪そうにぎらりと光った。

12

私がこれを書いているのは十一月の半ばだ。黒い風が家々の窓を叩き、大地には残酷な死がはびこっている。爆撃機がロンドンに来たのは九月。ほんの数日前の夜、まずコヴェントリー、バーミンガムと地方都市が襲われ、次はブリストルかプリマスだろうと噂されている。

今思うと、手記を書き始めてから日々の生活は大きく変わり窮屈になった。一九四〇年の夏までは備蓄に余裕があり、ガソリンが配給制になってもさほど不便は感じなかった。食糧も一部は配給になったがまだ十分な蓄えがあった。客を食事に呼んでも後悔することはなかったのだ。

顧みると、ベル・サリヴァンが我が家に来た七月の晩のことを思わずにはいられない。トムもミセス・ハーピングも私も彼女が気に入った。彼女は若い連中が「キュート」と呼ぶタイプで、大きな目が魅力的だ。ベルの回復力には目をみはるものがあった。我が家に来た当初は予想通り遅延性のショック症状が見られた。悪寒と吐き気があり、脈は速く微弱で手首では触れにくいほどだった。食欲もなかった。

ミセス・ハーピングが彼女を風呂に入れ、トムのパジャマを着せ、湯たんぽと一緒にベッドに寝かせた。すると、よく眠れるようにトムが薬を飲ませたにもかかわらず、十一時にはもう起き上がって、ミセス・ハーピングが――驚くほど丹念に――スポンジで汚れを取ってくれたワンピースのほころびを、針と糸で繕っていた。

トムは彼女が気に入って、いつも以上にくどくど説教し、鼻持ちならないほど威張っていた。十一時を回り、私が寝室で一日に一回だけ吸うことにしているパイプをくゆらせていると、隣室の二人の会話が聞こえてきた。ロマンティックで恐れ入る。

「君、お願いだ、アメリカ英語を話さなくちゃ気が済まないというのなら、ちゃんとしたアメリカ英語にしてくれ。映画で聞きかじったのをべらべらしゃべるのはやめてな。それは別物だよ」

「アカンベーー！」

「なら倍にしてお返しだ！」不作法な息子は叫んだ。トムの病人の扱い方は、手際のよさというよりも、力任せで通っていた。

「あたしの髪はどうかしら」

「ひどいもんだね」

「もう、あっちへ行ってよ……あら、上着のポケットの裏地が破れてる。あなたみたいにだらしない人見たことないわ。貸してごらんなさい、直してあげる」

「手をどけてくれ。獰猛な雌の捕食動物に、世話を焼かれたり撫で回されたりするのはごめんだね」

「誰が獰猛な雌なのよ、不細工なおたんこなす先生」

ベルが本気で怒っているのでないことはわかってもらえるだろう。彼女はぞっとする言葉を選んで無遠慮な話し方をするが、声には優しさと情愛が感じられる。

「君さ。女性はみんなそうだけどね。分泌腺の問題なんだ。階下《した》から人体解剖図を取ってこようか？　それを使って説明してあげるよ」

「全身の皮を剝がれた様子が描いてあるやつでしょ？」ベルの声は震えていた。「ぶるる、結構よ。あたしは自前の皮が気に入ってるから」彼女の顔に影が差したようだった。「ねえクロックスリー先生。クラフト警視のことは知っているわよね」

「ああ。彼が何か？」

ベルは先を続けるのをためらっていた。彼女の様子は想像できた。輝くような透き通った肌とカールした褐色の髪。針と糸を手に、質素な寝室にいる。かつては妻の寝室だった。

「あの人の話では──あさって検死審問があるんですってね」

「横になって眠りなさい。いいか、これは命令だ」

「いやよ。ねえ、聞いて。あの人が言ってたけど──あたし、証言台に立ってバリーの遺体確認をしなきゃいけないかもしれないの」

「遺体確認は近親者がするのが普通だからね」

「バリーを見なきゃいけないってこと？」

「いいから眠りなさい！」

「あの人──ひどい状態なの？」

「七十フィートの崖から三、四フィートの深さしかない海に飛び込んで、傷がつかないってわけにはいかない。でも検死をした医師は、損傷は少ないと言っていた。きっと落ちた時にはもう死んでいて脱力していたからだろうね。その医師が言うには、一番ひどい傷は波で岩に叩きつけられた時にできたそうだ」

そこまで聞くと、私は隣室との境の壁を強く叩いた。医学的な説明をやたらに聞かせるものではない。

「さあ、もう寝るんだ」トムは大声で言った。

「眠れないのよ。そう言ってるじゃない」

しかし睡眠薬が効いてくると彼女は眠りに就いた。目を閉じることさえできずにいたのは私のほうだ。ベッドで身をよじり寝返りを繰り返す。時間は刻々と過ぎ、どっちを向いてもリタの顔が浮かぶ。ついにはナイトシャツ（男性が寝間着に用いる膝丈のシャツ）のまま診察室へ下り、弱い睡眠薬を飲んだ。医者ならちょくちょくやってしまう悪弊で、褒められたことではない。ぐっすり眠って次に目覚めたのは昼過ぎで、明るい日差しに活力がみなぎるのを感じた。

実際、風呂から上がるとうきうきした気分になっていた。どうやらクラフト警視とH・Mはもう我が家に来てベルと面会したらしい。H・Mは松葉杖を突いて二階へ上がったようだ。二人は、午後三時にアレック・ウェインライトの家に来てほしいと私に言伝を残していた。気が咎めるほど遅い朝食を取りに階下《した》へ行こうとしたら、ベルの部屋から出てくるモリー・グレインジに会った。

物静かで控えめなモリーが我が家の滞在客とうまくやっていけるか実は心配だったが、彼女をひと目見て杞憂だとわかった。顔を少し赤らめたモリーは、私に向かって微笑んだ。

「ミセス・サリヴァンに会ったのかい？　起きていたかね？」

「はい。今、着替えています」

「彼女をどう思う？」

「とっても好きになりました」だが、モリーは困った顔になる。「ルーク先生、あの人の言葉遣い、ひどくありません？」

「じき慣れるよ」

「それにあの人、ずっと窓の前をうろうろして……その、ほとんど何も着ずに。〈トテ馬車亭〉のお客さんたちが酒場の窓から見ているんですよ。目が飛び出しちゃうんじゃないかと心配になるくらい。ルーク先生、用心しないとリンクームで先生に悪い評判が立ちますよ」

「ほう、この年で？」

「やっとストッキングをはかせたんです。あれ、私の最後の絹のストッキングなんですよ。でも、ベルなら『もう構やしないわ』と言うでしょうね。ふふ、あの人に会わせたら父は卒倒しそうです」

「警察は彼女に何の用だったんだね？」

モリーの顔が曇る。

「バリー・サリヴァンの写真がないか訊きに来たので、あると答えたそうです。ロンドンの警察がサリヴァンの部屋を捜しても見つからなかったらしくて」

「役者が自分の写真を持っていない？」

「おっしゃることはわかります」

「モリー、ウェインライトの家にはあの男のスナップ写真がたくさんあるはずだ。覚えていないかね？　あの男とリタは写真を撮り合っていたじゃないか」

「そうですけど。警察はあの家も捜したようです」モリーは唇をきつく結んだ。「誰かが二人の写真を全部破ってしまったんです。ルーク先生、信じられます？　写真を破るほど二人のことを憎んでいた人がいるなんて」

どうやら悪意がまたうごめき始めたらしい。私はこの話をしているモリーの姿を忘れることはできないだろう。胸を大きく波打たせ、背後の窓からの逆光で黄色みがかった髪が輝いていた。

「二人を殺したいほど憎んでいる人物がいたことを忘れたかね、モリー」

彼女は信じられないといった表情を浮かべた。「まさか、まだ信じていらっしゃるわけじゃありませんよね？」

「いや、信じているよ。検死審問でもそう証言するつもりだ」

「駄目です、そんなことをなさっては！」

「そうするつもりだ。さあ、わしはこれから朝飯だ、もう帰りなさい」

しかしモリーはぐずぐずしていた。「ミセス・サリヴァンは、ここに友達が一人もいないわけじゃありません。ポール・フェラーズとは知り合いのようです」

「ああ」

「彼女が出し抜けに言ったんです。一緒にへべれけになるなら――酔っ払うということだと思いますが――ポールほど楽しい人はいないって。とっても興味深い話。でも、用心しないといけませんよ、ルーク先生。私たちの小柄な友達は、近所で噂の的になりそうです」

朝食後に外へ出た時、モリーの心配が当たったことを思い知らされた。〈トテ馬車亭〉のハリー・ピアスが、気は進まないが使者の役を任せられたという体《てい》で店から出てきた。ハリーは昔ながらの酒場のおやじで、恰幅がよく、つやつやした巻き毛を額に垂らしている。近づいてくる際に、少し離れたところから荒い息遣いが聞こえた。

「ルーク先生、こんなことは言いたくねえが」ハリーは小声で言った。「あっしもうちの客も、ここで何がおっぱじまったのか知りたいんですよ」

「おっぱじまったって、何のことだね？」

「まず、気の毒なお二人さんが〈恋人たちの《ラヴァーズ》身投げ岬《リープ》〉から身を投げたでしょう。んで、昨日は――ちくしょうめ！――でぶっちょ紳士がドイツの機甲師団みてえにうちの酒場に押し入って、パイントジョッキを十一個、テーブル一つ、水差しを二つ、灰皿も一つ壊していった」

「すまなかったな、ピアスさん」

「あのお人が弁償してくれなかったと言ってるんじゃありませんよ、いいですかい？」ハリーは宣誓するように片手を挙げて念を押した。「たんまり弁償してくれましたから、あの人に含むところはないんです。だけど——怒らないでくださいよ、先生——その日最初の一杯を楽しみにしてて、いざって時にあんな目に遭うのは嫌なもんです。そうでしょう?」

「もちろんそうだな」

「それで常連客は臍《へそ》を曲げましてね。そこへ今朝の騒ぎだ。若いお嬢さんが——しかもすごい別嬪だ、そうでないなんて言わせねえ!——先生んとこの窓の前を、ほとんど素っ裸でうろうろしているんだから、あっしは本当に参りましたよ」

「常連さんもそのことでは臍を曲げなかったと思うがね」

「そうなんだけど、うちのかみさんが角《つの》を出しちまって」ハリーは小声になった。「ほかのご婦人方も機嫌を悪くしましてね。誰かが聖マルコ教会の牧師さんにご注進に及んだわけです。すっ飛んできた牧師さんは、ちっとばかり遅くてお嬢さんに説教できなかったもんで、しょんぼりしてました。ウィリー・ジョンソンのネロ野郎の件もあります」

「何野郎だって?」

「皇帝ネロですよ、ローマが焼けてる時にバイオリン弾いてたとかいう」

「その男がどうかしたのかね」

ハリーは、わかってないなあ、と言わんばかりに首を振った。

「あんな馬鹿騒ぎする奴は見たことないですぜ。昨日誰かが十シリングやったばっかりに」

「ああ、そのことは知ってるよ」

「あいつはリントンで映画を観た帰りに〈王冠亭〉へ行って、そのあとあっしの店に来て本格

「的に飲み始めたんです。あいつときたら、ネロの話ばっかり。映画でも、ネロみたいに腹黒くて野蛮な、さもしい野郎は見たことない、とにかくひどい奴だって。キリスト教徒を五十人か百人がとこライオンの餌にしといて、自分はビールをあおっていたとか」

「ああ、だが——」

「ずっとその調子なんで、あっしは酒を出すのをやめたんでさ。うちの看板に少しは誇りを持ってるんで。ところがあいつ、今度は〈黒猫亭〉に行きやがって、亭主のジョー・ウィリアムズの馬鹿が、つけでウィスキーを一瓶飲ませちまったんです」ハリーは再び、こりゃ駄目だと言わんばかりに首を振った。「今頃はウィスキーを抱えていい調子でしょうや」

「わしがあんたなら、あの男のことは気にしないがね。自分の面倒くらいは見られるさ」

「ならいいんだけどね、先生」

「我が家にいる娘さんについてはだな——」

「ええ?」

相手の目に浮かんだ好色そうな興味の色が、私は気に食わなかった。

「あの女性はミセス・バリー・サリヴァンだと、おかみさんやご婦人方に教えてやるといい。ご主人を亡くしたばかりで気が動転しているとな。それに、覗き見されるのは好きではないな。そう言ってくれるかね?」

ハリーはためらっていた。

「いいでしょう、ほかならぬ先生がそう言うんだ。でも、あの連中が面白く思っていないから」

って、責めちゃいけませんぜ。戦争やら何やら、あっしらには呪いがかかってるみてえだ。今度はいったい何がおっぱじまるのかと心配してるだけなんでさ」

誰にも言っていないが、最後の部分は私も同じ考えだ。まだ二時を回ったばかりで指定された時間には早いと思いつつ、私は車でアレックの家に向かった。

空は「駒鳥の卵の青」と呼ばれる鮮やかな色だった。あたり一面きらきらと輝き、田舎は一番美しい季節を迎えている。しかし〈恋人たち《ラヴァーズ》の身投げ《リープ》岬〉に建つ家は主《あるじ》と同様に老いさらばえ、数日前の夜に気づいた見すぼらしさがいっそう強く感じられた。明るい色のビーチチェアが芝生の上に置きっ放しになっている。私はふと思い出した。土曜の晩に雨が降り出した時、バリー・サリヴァンがビーチチェアを取り込んでくると言ったことを。だが、取り込まれていない。

私は車を敷地内の道に駐めた。年配のメイドのマーサが二階へ案内してくれた。ここの堅木の床は足音がやけに響く。

アレックとリタがこの家に住み始めた当初、二人は海が見える裏手の広い寝室を一緒に使っていたが、ここしばらくは寝室を別にしていた。リタは裏手の部屋を使い続け、アレックが表に移ったのだ。土曜の晩に倒れたアレックを運ぶ時、私はそのことを忘れていた。だから私は今、リタの寝室へ向かっているわけだ。

日勤の看護婦ミセス・グローヴァーが、私のノックに応えてドアを開けてくれた。

「アレックの具合はどうだね？」

「私の見る限り、良くも悪くもありません」

「譫言《うわごと》を言ったりするのかね？」

「そんなことはありません。時々奥様の名前をお呼びになりますが」

「誰にも会わせていないだろうね？」

「はい、先生。ミス・ペインと私が昼も夜もついていますし、どのみち訪ねてくる方もございませんから」


私は部屋に入ってドアを閉めた。海を見下ろす二つの大きな窓は開いて、真っ白なリンネルの日除けが下りている。ドアからの風で日除けが小さく揺れた。灯火管制用の暗幕は、重たげな飾りカーテンと花柄のインド更紗《さらさ》のカーテンの後ろにたくし込まれている。

アレックは右手の壁際に据えられたマホガニーのダブルベッドに横たわり、弱々しくあえぐような息遣いで眠っていた。部屋にこもった病人特有の匂いは私にはなじみのものだが、いつになっても神経に障る。アレックがこうなったのは、長年の飲酒で弱っているところに精神的ショックが加わったからで、まあ自業自得だ。あの年齢で体が保つわけがない。しかし今さら説教したところでどうにもならない。私は脈を診てベッドの裾のほうに置いてあるカルテに目を通した。日除けのせいで部屋はほの暗いが、掛け布団から出て胸許にあるアレックの手がしっかりと何かを握っているのは見えた。

手はひびが入ったように荒れ、黒ずんでいた。鬱血があって血の循環がよくないのだろう。胸の動きに合わせてその手がゆっくり上下する。握っているのは――見える部分から判断してなものらしい。

――クロム製の手持ち部分に〈マルガリータ〉の文字と恋結び模様を刻んだ鍵だ。よほど大切
「グローヴァーさん！」

「何でしょうか、先生」

「患者が握っている鍵だけど、どうしてあれほど大事にしているんだろう。そもそも何の鍵か知っているかね？」

ミセス・グローヴァーは答えたものか迷っている様子だった。看護婦は患者のプライバシーを穿鑿《せんさく》しないことになっているが、そうしたのは間違いない。かまをかけられたのではないと判断したのだろう、彼女は三面鏡付き化粧台の引き出しを開けた。

「先生、これの鍵だと思います」と指を差す。「確かなことはわかりませんが」

引き出しにはリタの持ち物が詰め込まれ、象牙に似た材質の大きな箱があった。錠の上に金文字で〈マルガリータ〉、そのすぐ下に青で恋結び模様が刻まれている。

「ほら、模様が同じです」とミセス・グローヴァーが指摘した。

手に取ってみると、かなり重い。振っても音はしなかった。持ち上げた拍子に、こぼれていた白粉《おしろい》が舞い、艶《あで》やかな香りが漂う。亡きリタがすぐそばに立っているような気がした。

リタが使っていた小物類は――死んだ今となっては哀れを誘うだけだ――いかにもリタらしいものだった。薄手のキッドの手袋が片方。ガラスも針も取れた高そうな腕時計。色物の紗《しゃ》のハンカチが数枚。ヘアピン、カールピン、空き瓶、チューブ入りコールドクリーム、束ねた配

給手帳、パスポート。白粉にまみれ、いずれも生気を失っていた。

私はパスポートを取り上げて開いた。リタとアレックが若い時の写真だ。アレックは健康そうで自信にあふれ、口許に微笑を浮かべている。リタは釣り鐘形の帽子をかぶり、無邪気だがどことなく悲しげな表情だ。「本旅券を携帯する者は妻マルガリータ・デュレーン・ウェインライトを同道する。同女は一八九七年十一月二十日生まれ、出生地はカナダ自治領モントリオール……」

するとリタは、自称していた三十八歳ではなく四十二歳だったことになる。大した問題ではないが。パスポートと象牙の箱を元通りにして引き出しを閉めた。

ミセス・グローヴァーが咳払いをした。「先生、先ほど誰もいらしていないと申しましたが、実はちょっと前に一人だけいたんです。大騒ぎしたのでマーサが追い返しました」

「誰だね？」

「ウィリー・ジョンソンです。ぐでんぐでんでした」

(この時にはもう、私はその名前を聞いただけでうんざりするようになっていた)

「あの人は、ウェインライト教授に何か盗まれたと言うんです。酔っ払ってくだを巻いて、なかなか帰ろうとしません。やっと出ていったと思ったら、ガレージの裏にある道具小屋に入ってしまって。きっとまだ、あそこで毒づいたり、うだうだしたりしているんだと思います。こんなことで警察に電話するのもどうかと思いまして。何とかならないでしょうか」

「わかった。あの男のことは任せなさい。おとなしくさせるよ」

私は向かっ腹を立てて階下《した》へ行った。居間で曖昧な微笑を浮かべたリタの肖像画に迎えられ、食堂、台所を通り、木の階段を下りて裏庭に出る。

土曜の晩から雨は降っていなかった。芝生と呼ぶには貧弱な、草がまばらに生えた場所の向こうは、湿った軟らかい赤土が〈恋人たちの身投げ岬《ラヴァーズ・リープ》〉まで続いている。白い小石で描かれた幾何学模様の中を、やはり白い小石で縁取りされた小径が断崖まで延びている。戻らなかった恋人たちの足跡がくっきり残っていた。

大きく曲線を描く崖っぷちの様子も、その向こうに広がる海も、はっきり見渡せる。はるか遠く、日光を受けて輝く波頭をアクセントにした濃紺の海を、灰色のトロール船がのんびりと進んでいた。海から心地よい微風が吹いてくる。その時、叫び声が聞こえた。

「おーい！」

家の左手を回って、道具小屋のほうからウィリー・ジョンソンがやってきた。いかにも細心の注意を払って獲物の跡をつけるような歩き方だ。つばの広い帽子を目深にかぶり、その下の血走った目は、鼻筋を睨んで必死に焦点を合わせようとしていた。上着のポケットから、中身の減ったウィスキーの瓶が覗いている。距離はかなりあったが、彼は立ち止まり、体を揺らしながらふらつく指を懸命に私に向けながらしわがれ声で言った。

「あっしは、おっかねえ夢を見た」

「ほう？」

「おっかねえ夢だった」人差し指を伸ばして狙いを定めるような仕種をする。「一晩中見たんだ。金をくれたら夢の話をしてやってもいいんだがな」

「酒をやめる気がないんなら、酒代は自分で工面するんだな」

ジョンソンはこれには取り合わなかった。

「夢を見たんだ。皇帝ネロがあっしを裁きにかける夢だ。あいつは半クラウンもする葉巻を吹かしてた。何人もの体に松脂《やに》を塗って、葉巻の火を点けて焼き殺そうって肚なんだ。あんなおっかねえ顔の人間は見たことがねえ。あいつの後ろには、剣と干し草用のピッチフォークを構えた剣闘士が何人も並んでた。あいつは顔を近づけて、あっしにこう言ったんだ――」

ジョンソンは話をやめ、嗄《か》れた喉で咳払いを一つした。声嗄れを直すには別のものが用意してあるらしい。ポケットからウィスキー瓶を取って上着の袖で飲み口を丁寧に拭うと、瓶を太陽に透かし片目をつぶって残量を測るや口へ持っていく。

事件が起きたのはその時だった。

13

私は数秒前からポンポンポンポンという規則正しい音に気づいていた。軽車輌の接近を告げるかすかな音だ。振り返るまでもない。告白するが、その音を聞いて、時計を呑み込んだ鰐《わに》が近づいた時の『ピーター・パン』のフック船長さながら、災難が間近に迫っていると感じていた。しかし、どんなにひどい災難かまではわからなかった。

まだ視界に入ってはいないが、車は家の反対側を回り規則正しい音を立てて近づいていた。ポンポンという音は次第に大きくなり、いよいよ私の後方の角を曲がる。何かが危なっかしい大きな曲線を描きながら現れ、我々のほうへ寄ってきた。ウィリー・ジョンソンは、ウィスキー瓶を口に当てたまま、横目でその物体を見た。

その時の凍りついたような激しい恐怖の表情を、私はほかで見たことがない。ジョンソンは帽子をかぶっていたから、実際に髪が逆立つのを目にしたわけではない。しかしこの場合に限って、本当に逆立っていたと言ってもいいと思う。恐怖で動けなくなったジョンソンを前にしたら、石でできた人間だって憐れみを掻き立てられるだろう。形相のすさまじさに、私は思わず振り返った。

迫りくる車椅子に乗った人物に、見覚えがあると言えるかどうか。禿げ頭に、あとで月桂冠だと正体を教わったものを載せていた。競馬の賭け屋がかぶる山高帽を思わせる月桂冠は頭にしっかりと収まり、両端が角《つの》さながらに突っ立っていた。

ビア樽のような体を不器用に巻いた包帯みたいに覆っているのは、濃い紫の縁取りがある白いウールのかさばった服。右腕だけが見えており、真鍮飾りのようなものが陽光を受けて輝いていた。車椅子の足乗せから突き出た足にはサンダル。馬鹿でかい右足の先に包帯が巻いてある。眼鏡は鼻先までずり落ち、大きな顔にぞっとする悪意を浮かべて葉巻をくわえていた。

続いて起こったことはいささか混沌としている。ウィリー・ジョンソンが上げたこの世のものとは思えぬ悲鳴は、入り江のトロール船にも聞こえただろう。しかし、ジョンソンが完全に麻痺して動けなかったのはほんの一秒ほどで、瓶が口を離れ腕がだらりと下がるや再び悲鳴を上げ、およそ時速二十マイルで着々と迫っている物の怪《け》めがけて瓶を投げつけた。

そのあとに起こったことは、ジョンソンが逃げ出した、という表現では控えめにすぎる。目もくらむ速さで脱兎のごとく駆け出し、走りながら自転車を回収した。私に言わせれば、彼は立ち止まって乗ったのではない。人と自転車が溶け合い、いわば人車一体となって一目散に走り去ったのだ。

しかし私の関心はほかのものに移っていた。

半分ほど残っているウィスキー瓶をまともに食らったら、ローマの貴人といえども平気ではいられまい。

唸りを上げてヘンリ・メリヴェール卿の頭をかすめた瓶は、ちょうど家の角を曲がって駆けつけたクラフト警視とポール・フェラーズの間に落ち、着替えを抱えていたフェラーズがその瓶につまずいた。

H・Mは咄嗟に両手を上げて飛んでくる瓶から顔をかばった。そのため操縦桿がお留守になって車椅子は勝手に動き回り、大きな弧を描いた。おまけに車椅子のエンジンは本来の残忍な性質を刺激されたかのように突然回転を上げ、H・Mを乗せて急行列車さながら崖に突進した。

「向きを変えてください！」フェラーズが叫ぶ。「先は崖です！　後生ですから――」

H・Mが命拾いしたのは、地面が軟らかかったのと重い目方のお蔭だ。車椅子がゴトゴト揺れ弾みながら進んだあとには二本の深い轍《わだち》ができていた。松葉杖が飛んでいき、エンジンは咳き込むような音を立てて止まった。車椅子は傾《かし》いで地面にいよいよ深くめり込んだが、最後のあがきにスピードを上げ、狙いすましたように崖っぷちまで行ってようやく止まった。サンダル履きの足の下は全くの虚空が広がっている。

暖かな日差しの下《もと》、あたりは静かになった。

沈黙を破ったのはフェラーズだった。抱えていた着替え一式からズボンを慎重に抜き出し、サスペンダーを鞭のように持ってズボンを地面に叩きつけた。

「もう我慢できない！」

「わしのズボンに何をしておるんじゃ」崖の上に坐って固まり、海を見ている人物から怒声が飛ぶ。「鄭重《ていちょう》に扱わんか！　後ろを向くことはできんが、お前さんがわしのズボンによからぬ仕打ちをしておるのは音でわかる。ズボンに何をするつもりじゃ？」

「どうってことないですよ」フェラーズはかろうじて自分を抑えて答える。「僕があなたにしたいと思っていることに比べたらね。いいですかアッピウス・クラウディウス（アッピア街道敷設で有名な共和政ローマの政治家。H・Mが車椅子で轍を刻みながら突進したことを皮肉っている）、この世とおさらばしようと決心なさったのなら、なぜ銃を使ってすっきり片をつけないいんです？　このようなことにはもう我慢できません」

「動かないで、ヘンリ卿！」沈痛の面持ちでクラフト警視が叫ぶ。「何をなさってもいいですが、動くのだけはいけません」

「それこそ、かぼちゃ頭からの役立たずの忠告、とわしが呼んでいるものじゃ。いったいわしが何をすると思っておるんじゃ——二歩前進して空中浮遊か？」

「私はただ——」

「ウィスキーの瓶を投げつけるとはな！」海に向かって発せられた腹立たしげな声が、薄気味悪い効果を上げていた。「家の横を回って来てみれば、いきなり瓶が顔めがけて飛んできおった。なあ、この土地で気が狂っておるのは犬だけじゃないぞ、人間もだ。で、お楽しみが終わったのに、お前さんたちからちょっとばかりの助けも期待できんのか？　わしはここでクヌート王（イングランド王。在位一〇一六—三五。海辺に玉座を運ばせ王の無力と神の偉大さを説いた逸話がある）よろしく海と睨めっこか？　それとも引っ張り戻してもらえるのか？」

　クラフト警視は怪しむようにH・Mを見やる。

「どうやったらあなたをこちらへ戻せるかわかりませんな」

トーガを着た男は両手を月桂冠に持っていき、あたかも自分の頭に栓をするように、冠をさらにしっかりはめ込んだ。

「わしだけかもしれんが、海を眺めるのは最高の楽しみでな。ここの景色は素晴らしいと認めよう。だが、丸二日もこうしておったら、この眺めも鼻につきそうじゃ。便所に行きたくなったらどうすればいい？　なあ、わしを引っ張り戻してくれんか？」

我々三人は座礁したも同然の車椅子に近づいた。H・Mは操縦桿さえ失っていた。それは前方の絶壁のほうへまっすぐ突き出ていた。

「さて、ヘンリ卿」とクラフト。「車軸のあたりまで地面に埋まっています。引き戻すのは無理ですね。車椅子を引っ張り上げるしかありません。でも、そうすると弾みを食らってあなたは崖の向こうへ放り出されるかもしれませんな」クラフトは考え込む。「そろりと後ろを向いて、自力で降りられませんか？」

「そろりと後ろを向くじゃと？　そりゃまたありがたい忠告で涙が出る。わしを何だと思っておる？　蛇のようにのたくれと？　雁首《がんくび》並べてくだらんおしゃべりをしとらんで、気の利いた方法を考えんか」

「思うに」クラフトは慰めるように言う。「あなたが落ちたら事態はもっと面倒になりますね。満潮が近いので、水の中に落ちるだけですから」

H・Mの首の後ろが紫色に変わる。

「いい方法がありますよ」フェラーズが口を挟んだ。

ゆっくり、かつ極めて慎重にH・Mは首を伸ばし、体をねじって我々を見ようとした。月桂冠は片方の耳の上にいなせに傾き、口の端には葉巻。フェラーズのほうへ向けた視線はいかにも疑わしげだ。

フェラーズは真面目くさった顔をし続けるのが難しくなったらしく、唇を引きつらせた。折からの風が彼の明るい髪を撫でつけ、緑がかった目にいたずらっぽい光がほの見える。なおもH・Mのサスペンダーで地面を叩いていた。

「こうしましょう。物干しロープでこの人を車椅子に縛りつけるんですよ」

クラフトはうなずく。「それは悪くない考えですな」

「そうでしょう？　思い切り引っ張れますし、この人だって落ちないかもしれません」

「気に入ったよ」とH・M。「その『かもしれない』ってところがな。心強いことこの上ない。信じてもらえるかどうかわからんし、不思議に聞こえるかもしれんが、尻に二百ポンドの電動車椅子がついていなければ、わしは泳いでみせるつもりなんじゃ。お前さんたちに任せておくと、フーディーニも顔色《がんしょく》を失うトリックばかり考えよる」

「大丈夫、あなたを落としはしませんよ」クラフトが安心させるように言った。「この方法が駄目だとして、どんな手があるんです？」

「わしは知らん」ローマの貴人はひと声上げると、拳で車椅子の肘掛けを叩き始めた。「神がアッシリアの猿どもにも与えた常識を少しばかり働かせてくれと頼んでいるだけじゃ。そうすれば――」

「気をつけて、ヘンリ卿！」クラフトが叫んだ。車椅子が二インチほど傾いたのだ。

Ｈ・Ｍは葉巻を吐き出した。狙い違《たが》わず、葉巻は崖の向こうへ落ちていった。再び慎重に首をねじって私を視界に捉える。

「なあクロックスリー先生、あの男がウィスキー瓶を投げつけた理由をこの老いぼれに教えてくれんか。ええ？　わしの記憶違いじゃなければ、あれはわしが昨日十シリングくれてやった奴じゃろ？　そうか、何ともひどいことがあるもんだ。人に十シリングやると、そいつはその金でウィスキーを買う、それから引き返してこっちの顔めがけて瓶を投げつける。これが感謝の表れじゃないとはわかるが、聞いたこともないひどい話じゃ」

「ジョンソンはあなたを皇帝ネロだと思ったんでしょう」

「わしが誰じゃと？」

「ジョンソンはゆうべ映画を観たんです。『クォ・ヴァディス』（ポーランドのシェンキェヴィチの小説。ネロ治世下のローマが舞台）か何かだったんでしょうが、それでネロのことが頭から離れなくなったようです。あなたが角を曲がって勢いよく現れた姿を見て、頭の中が真っ白になったのも仕方ないですかな」

驚いたことに、Ｈ・Ｍの機嫌がよくなった。

「まあ……そうじゃな。いくらか似とるかもしれんな。ローマの元老院議員の恰好でフェラーズに描いてもらっておるとわしは話したかな？」

「おっしゃいましたよ」とフェラーズ。「それとこれとは話が別です。あなたをここから引っ張り出したら——」

「わしを引っ張り出したら？」

「ちゃんとした人が着る服を着ると約束していただきます。それから、ろくでもない車椅子に金輪際《こんりんざい》乗らないこと。でないと、あなたが石像に変わるまでほったらかしにしますよ」

「車椅子なしで動けと？　おい、そりゃ無理な話だ、わしは怪我人だぞ」

「白々しいことを」フェラーズが言い返す。「今朝医者が副木《そえぎ》を取ったじゃありませんか。そうっとなら歩いてもいいって太鼓判を押していましたよ」

再びH・Mは乱暴な仕種で月桂冠に手をやった。

「世の中には」さっそく即興で一席弁じ始める。「優雅で機知に富んだ会話は小ぢんまりした居心地のいい崖っぷちで体を半分突き出してするに限る、と考える向きもあるようじゃ。お前さんだっけな、バーナード・ショーだったかもしれん。しかし、わしはごめんじゃ。正直言ってな、『ポーリンの冒険』（米の連続短編活劇映画）の第三話を思い出すし、尻がむずむずしてかなわん。わしを引っ張るのか引っ張らんのか、どっちなんじゃ」

「着替えると約束しますか？」

「わかった、わかったと言っておる！　ただし――」

「危ない、ヘンリ卿！」クラフトが叫んだ。

「今必要なのは、うんと見映えのいい崖崩れじゃな。どうも、わしの下あたりが動いている気がする。いいか！　お前さんたちがわしにしようとしていることは、赤ん坊のミルクに毒を入れたり目の見えない男から小銭をくすねたりするのと大差ないぞ」

フェラーズが満足そうにうなずきＨ・Ｍのズボンで地面をもうひと叩きすると、小銭と鍵束がポケットから落ちた。彼は服を地面に重ね、私に向き直った。

「先生、一緒に来てください。台所に物干しロープがあると思います」

マーサはいなかったが、食器棚の下にあったロープを持ち出し、Ｈ・Ｍの体を車椅子の背にしっかりと括りつけた。そうしておいて、慎重に車椅子を引っ張る。その間、結わえられた人物からありとあらゆる罵詈雑言《ばりぞうごん》が浴びせられた。車椅子が傾いて胆を冷やしもしたが、何とかＨ・Ｍを安全な場所まで引き戻すことに成功した。Ｈ・Ｍを縛っていたロープをほどいた時には、安心して吐き気がした。

一人けろっとしていたのは、当のローマの貴人。勿体をつけて車椅子から立ち、右足を大げさに引きずりながら行ったり来たりした。微風にはためくトーガ、大空を背景にした異様な風体に、折悪しく小舟で通りかかった二人の漁師は雷に打たれたようなショックを受けたに違いない。彼がフェラーズを睨みつけ服を取り上げようとしていると、裏口からマーサが出てきた。

この世に存在する何ものも、きっとマーサを驚かせることはできない。Ｈ・Ｍの態《なり》を見ても彼女はいっこう動じなかったが、声には畏怖の響きが感じられた。

「恐れ入ります、ロンドン警視庁《スコットランドヤード》からクラフト警視様にお電話でございます」

陽光の降り注ぐ崖の上に死んだような沈黙が広がった。肌が粟立つ気がした。私は何と言っていいかわからず、とりとめもなく口走った。

「じゃあ、電話は直ったんですな」

「ああ、そのようじゃ」H・Mが唸るように言う。「となれば、電話線を切ったいたずら者についても何か聞けるかもしれん。さて、行こうか」

フェラーズが彼に松葉杖を渡し、一同は家に向かった。台所、食堂を通り、居間に入る。土曜の晩に四人で『ロミオとジュリエット』を聞いたラジオからそう離れていないところに電話機があった。この部屋は日が差さないので薄暗い。皆が腰を下ろす――うずくまると言うほうが適切かもしれない――と、クラフトが受話器を取った。

「もしもし、クラフトです」電話の相手が愉快そうにくっくっと笑う声が聞こえる。クラフトの義眼でないほうの目がH・Mに向けられた。「ええ、ここに。私のそばにおられます」

はじかれたようにH・Mが身を起こした。「誰からじゃ?」

「マスターズ首席警部です」クラフトは受話器を片手で覆って言う。「何かお伝えすることはありますか?」

「ある。そいつに、喉を詰まらせて息ができなくなると嬉しい、と伝えてくれ」

「ヘンリ卿がくれぐれもよろしくとのことです、マスターズ警部……何ですって? 私は酔ってなんかいませんよ……ええ、足の具合はかなりいいようです……いやいや、楽しくやっておられるかどうかはちょっと」

「楽しく? こっちは日を置かず二度も殺されかけたのに、楽しくやっているもないもんだ。ちょっと貸せ、その大馬鹿野郎と話をさせろ!」

再びクラフトは受話器に手を当てた。

「そうかんかんになっておられては駄目ですよ。――先方はわかってくれたみたいですし」

何を言っているのか皆目見当はつかなかったが、電話は長々と続いた。誰も口を利かない。フェラーズは詰め物をした椅子にもたれるように坐り、絵の具がついたフラノのズボンをはいた脚を組んで、灰色のセーターのポケットに両手を突っ込んでいる。シャツの胸許が開いていて、喉仏の動きがわかる。視線は暖炉の上に掛かっている自ら描いたリタの肖像画に注がれ、表情には憐れみと悔恨が見て取れるように思えた。やがて彼は目を閉じた。

クラフト警視は、義眼と同じくどんどん無表情になっていった。受話器を耳に当てたまま片手で内ポケットから器用にメモ帳と鉛筆を出し、メモ帳を電話台に置いて素早く書き込んでいく。やがて深い息を吐き、礼を述べて受話器を置いた。こちらに向き直った時、その表情は前にもまして陰気だった。

「ええと、ヘンリ卿」彼はもう一度ため息をついた。「結局あなたが正しかったようです」

「当たり前じゃ」

「それに、たぶん」クラフトは私を見た。「先生も正しかった」

「何のことです?」瞑《つぶ》っていた目を開けてフェラーズが尋ねる。

「遠慮せずに話せ!」H・Mが促した。「わしはこの男の家に長逗留して、こいつのことはよく知っておる。べらべらしゃべる男ではない」

クラフトはメモ帳を見る。

「演劇関係の〈スポットライト〉という雑誌をご存じですか?」

「ああ。役者連中の宣伝用媒体みたいなもんじゃ。あれがどうした?」

「ロンドンの警察はバリー・サリヴァンの写真をなかなか見つけられず、〈スポットライト〉の編集室でやっと一枚探し当てました。かなり古いものですが、それを今朝グロヴナー・スクエアのアメリカ領事館に持ち込んだそうです」

クラフトは鉛筆の先を見つめていた。口許は厳しく結ばれ、思い詰めた様子が窺える。次に口を開いたのはしばらく経ってからだった。

「領事館の記録に『バリー・サリヴァン』の名前はありませんでしたが、写真を回覧してもらったら、旅券課の若い女性がすぐ思い出しました。そこには彼の写真と右手の指紋が保管されているんです――戦争が始まって導入された制度ですな――だから、照合は簡単です。

本名はジェイコブ・マクナット。一九一五年アーカンソー州リトルロック生まれ。そのほか細々とした情報も聞きました」クラフトはメモ帳をぽんと叩いて伏せていた目を上げた。「新聞でご覧になったでしょうが、アメリカの定期船ワシントン号が今週ゴールウェイに入港する予定です」

「ああ。アレック・ウェインライトがそう言っていた」と私。

「帰国を希望するアメリカ人とその家族を乗せるためですね?」

「その通り」

「ジェイコブ・マクナット、別名バリー・サリヴァンは」クラフトはゆっくりと言う。「少し前に妻同伴でワシントン号の乗船予約をしています」

ぼんやりと真実の曙光が差し、次第に焦点を結びつつある確かな予感が私の脳裏でうごめき始めた。

「妻？」とフェラーズ。

クラフトは大げさにうなずいた。

「ウェインライト夫人の写真は入手できませんでしたが、口頭で特徴を伝えたところ、領事館員の一人が彼女だと認めました。妻とはリタ・ウェインライトです。その職員が覚えていたのも当然で、彼女にアメリカ合衆国渡航用のパスポートを査証してやったのが当人なのです」

私は思わず椅子から立ち上がったが、すぐに坐り直した。

「彼女はリタ・デュレーン・マクナットの名前で発行されたイギリスのパスポートを持っていました。その一番下に『アメリカ市民の妻』と記入してあります。それが決まりですからね。アメリカ人男性と結婚したイギリス人女性は――アメリカの法律では――夫の国籍を称しません。自分のパスポートを携行します」

「リタはサリヴァンと結婚していないはずだ」私は抗議した。

クラフトは鼻を鳴らした。

「でも、結婚の手続きを取ったんです。パスポートを手に入れるために必要でしたから」

「リタは既にパスポートを持っていた！　わしは二階の化粧台にある実物を見たぞ！」

「それは彼女の役には立ちませんでした。いいですか先生、ワシントン号はアメリカ人とその家族だけを乗せる船なんです。それに、身を隠してよその土地で新しい生活を始めるつもりなら、新しい身分証が必要でしょう。ですから、彼女は身許を偽って新しいパスポートを手に入れる必要があったのです」

両手を組み親指をくるくる回しながらH・Mが説明を引き継いだ。

「いいかな、先生。あんたは目の前で事件が展開するのを見ておった。だがな、何が起きているか、本当のところにはさっぱり気づかんかったんじゃ。リタ・ウェインライトとバリー・サリヴァンは、心中しようとはこれっぽっちも考えておらんかった。『心中』は最初から最後まで見せかけ、入念に計画された嘘で、認めるのは癪じゃが、舌を巻くほど見事に演じられた。アレック・ウェインライトだけでなくイギリス全部を騙そうとしてな。

あの女にしてみれば解決法はそれしかなかった。わかるかな？　彼女が夫を愛しておったのは嘘ではない。夫の気持ちを傷つけるのは耐えられん。さりとて若い男を諦めることもできん。そこで、もともとヒステリー気味で夢想癖のある彼女は万事うまく収まる方法を考え出した。いきなりバリー・サリヴァンと出奔したりはしない。しかし、彼女とサリヴァンが死んだのであれば夫も世間の連中もやがて構わなくなる、というわけじゃ。

なかなかよくできた計画だし、いかにもあの女らしい。あとのことはほったらかしでな。まだわからんか？」

14

「呑み込めんのなら、思い返してみるがいい」

Ｈ・Ｍは葉巻入れが入っているはずのポケットに手を伸ばしたが、着ているのがトーガだと気づき恨めしそうな顔になる。しかし、すぐ何事もなかったように言葉を継いだ。

「五月二十二日、リタ・ウェインライトは混乱した様子であんたの診察室へ行った。相談があると言ってな。彼女が最初に何と言ったか覚えておるかね？　わしが言おうか。『私、うちの弁護士さんとは喧嘩したっきりなんです。こんなこと牧師さんはやってくれませんし、あいにく治安判事さんの知り合いもいません。もう先生にお願いするしか……』と言ったんじゃ。確かそこで話をやめたんじゃったな」

私はうなずかざるを得なかった。

「ええ」

「では、医師、弁護士、聖職者または治安判事による推薦や人物証明が必要なのは、何を申請する場合かな？」

もたれていた椅子から半身を起こしてフェラーズが答えた。

「パスポートだ」

真っ赤なマニキュアをし、焦躁の色が濃い目で診察室の天井を見上げ、絶えず口ごもり、何か言いかけては言葉を呑み込んだリタの姿が、残酷なくらいはっきりとよみがえった。「もうどうしようもないんです」彼女の声が聞こえる気がする。「アレックが死ぬかどうかしてくれれば……」そして私の反応を素早く盗み見たあの目つき。

しかし私は抗《あらが》った。

「そんな馬鹿な！　金はどう工面したんです？　サリヴァンは文無しで、リタにも金はなかったんですぞ」

「覚えておるかな」H・Mは唸るように言った。「あんたは同じことを彼女に尋ねておる。彼女は全く気にしていなかった。かけらもな。それは、金の当てがあったからなんじゃ——ダイヤモンドはどうじゃ？」

H・Mの視線は暖炉の上のリタの肖像画に向けられた。そのとき初めて、私の関心は画中の彼女の顔——焦らすような微笑を浮かべている——から離れ、この手記にもしたためたダイヤモンドのことに移った。フェラーズはダイヤのネックレスとブレスレットを着けた彼女を描いたのだ。興味の中心が変化すると、肖像画中のダイヤモンドは何かを思い出させようとこっそり合図の輝きを送っている気がした。

「あんた自身がわしに何度も語ってくれた。ウェインライト教授は彼女をダイヤで飾り立てるのが好きだった、とな。もうすぐ宝石類の国外持ち出しを禁じる法律ができるだろうが、それまでは恰好の取引材料じゃ」

「しかし、アレック・ウェインライトは破産同然ですぞ。ダイヤモンドは残された唯一の財産に違いない。まさかリタがあれを持ち去ってアレックを無一文にするとは……」

「破産同然とな。ふむ。彼女は夫に金がないことを知っておったかな？」

（真実を知るのは頭がくらくらする経験だ）

「その――いや。彼女は知りませんでした。アレック自身がそう言っていました」

「金の問題を自分の胸だけにしまっていたんじゃな？」

「はい」

「彼女は夫が金持ちだと考えていたわけじゃな？」

「きっとそうだと思います」

「ついでだから、この問題をはっきりさせておこう。ダイヤの隠し場所を知っていた者はおるのか？」

「僕は知っていますよ」フェラーズが口を挟む。「ゆうべもお話ししましたがね。彼女はダイヤを、鉄で裏打ちした象牙の箱にしまって寝室に置いています――少なくとも以前はそうでした。小さなエール錠の鍵みたいなもので開けるんです。鍵には〈マルガリータ〉という文字と恋結び模様が刻んであります」

H・Mは私を見ながらやはり親指を回していた。渋い表情は変わらない。

「夫は二人が何か企んでいることを知っていた。彼が土曜の晩に言ったとあんたが教えてくれた言葉が裏書きしておる。『私を殺す？　どうやら家内のことをご存じないようだ。それはありえん……あの二人は私を殺そうとなんぞしとらんよ。二人が何を企んでいるのか、心当たりがあるんだ』ただ、彼は少しばかり読み違えた。まさかあんなに凝った偽装心中をやるとは思っていなかった。駆け落ちするだけだと思っていたんじゃ。

それは、その後に起こったことから推測できる。あんたが家に飛び込んで二人が〈恋人たち《ラヴァー》の身投げ岬《ズリーブ》〉から身を投げたと話した時、彼はラバに蹴られたようなショックを受けた。茫然自失し、自分は信じないとわめき立てた。それから彼はどうした？　彼女の服があるか確かめに二階へ上がったんじゃ。戻ってきて『彼女《あれ》の洋服は残っている』と言ったあと『だが……』と鍵を掲げた。かぼちゃ頭諸君、つまりダイヤがなくなっていたんじゃよ」

沈黙。

フェラーズは頭をゆっくり横に振り、絨毯ばかり見ていた。一度視線を上げてリタの肖像画を見た時、尖った顎に沿って筋肉がこわばった。

「まさかこうおっしゃるんですか」フェラーズは言い淀む。「ミスター・ウェインライトは二人にダイヤモンドを持っていかせるつもりだった、と」

「いかにも」

「その結果、手許に金がなくなってしまうのに？」

「世の中にはそんな人間もいるんじゃ」H・Mは弁解するように言った。「アレック・ウェインライトもその一人だと証拠が示しておる。それに、ちょっとばかり世の中に疲れ、倦《う》んでいたのではないかな？」

事件の構図が見え始め、次第に細部の収まり具合が腑に落ちるにつれて、H・Mの説明に異を唱えるのは無駄だと思えてきた。また、そうしたいと思ったところで、パスポートと査証という証拠まである領事館員の証言は否定できまい。

しかし、たとえそうであってもリタの思い出を踏みにじり鞭打つ必要があったろうか。H・Mが言うように、いかにもリタらしい事件だ。彼女は破滅をもたらしたが、あくまでもよかれと思ってしたことだ。アレックが危うく命を失いかけたのは、彼女の意図したことではない。アレックの肩を持つからといって、リタを貶《おとし》める必要があるだろうか。

「ミセス・ウェインライトとサリヴァンじゃが——あの男のことはサリヴァンと呼ぶことにせんか？——二人が何をせねばならなかったかはわかるな？　女は新しいパスポートを手に入れ、男はロンドンから車を持ってきてアトリエに隠す。計画がうまくいったらこっそり逃げ出せるようにな」

「逃げ出す、ですか？」クラフト警視が訊いた。

「ああ。まずリヴァプールへ行って車を始末し、海路でアイルランドへ、そしてゴールウェイじゃな。二人は自分たちの写真を全部破り捨てた。なぜか？　決まっておる！　自分たちは間もなく恐ろしい悲劇の主人公になる予定だからじゃ。新聞に載せる写真を探しに記者が押し寄せる」

クラフトがうなずく。

「なるほど。誰かが——例えばアメリカ領事館員やイギリス旅券局員が新聞の写真を見て、

『おや？　これはミセス・ウェインライトとミスター・バリー・サリヴァンじゃないぞ。今アメリカへ航行中のジェイコブ・マクナット夫妻じゃないか』と言い出す事態は避けねばなりませんからな」

H・Mは両腕を広げ、私に向かって言った。

「これでも証拠が足りなければ、土曜の晩のことを思い出してみるんじゃな。

メイドが休みを取る土曜の晩を選んだのは誰だった？　リタ・ウェインライトじゃ。仕事を怠けると言って、敷地内をうろつき回るジョンソンを馘にさせたのは誰だ？　リタ・ウェインライト。もっと大勢呼びたいと言う夫に反対して、あの晩集まるのをたった四人にしたのは？　これもリタ・ウェインライト。

とどめに、リタとサリヴァンが大がかりな芝居を実行したのは何時だった？　もちろん九時。なぜか？　アレック・ウェインライトがニュースマニアだからじゃ。ジョゼフ・マクロードやアルヴァー・リデル*の落ち着いた声が聞こえてくると、ほかのことは一切アレックの目にも耳にも入らなくなる。二人が部屋を出ていっても止めはしない。夫はニュースに夢中、たった一人の客は何が起こっているのか五里霧中というわけじゃ。

いいかな、リタの行動がまるっきりの演技ではなかったことは念を押しておくぞ。気持ちの高ぶりや人騒がせな振る舞いは、自殺騒ぎがそうであったように、彼女にとっては実際にあったことと変わりなかったんじゃ。夫の髪を撫でている時には本当に夫を慈《いつく》しんでいたし、頬を伝っていたのは空涙ではなかった。

ある意味では彼女は本当にこの世を後にしようとしていた。暇乞《いとまご》いをしていたんじゃ。切れ味のよいナイフで、今までの人生、友人知人とのつながりをスパッと断ち切るつもりじゃった。馬鹿馬鹿しい気取りだと言ってもいい。だが肝心なのは、彼女自身はそうは思っていなかったということじゃ。これっぽっちもな。彼女は部屋を出ていく。色男のサリヴァンは――五、六千ポンドの値打ちのダイヤを持って歩くことにびくびくしておったかもしれんが――その後を追う、というわけじゃ」

H・Mは顔をしかめ、咳払いをした。

フェラーズはいつものサクラ材のパイプに火を点けていたが、ほんの一瞬目を上げた。マッチの明かりが、筋張った手首と、煙を吸い込むたびにできる頬骨の下の窪みを照らした。

「一つ教えてください、ヘンリ卿」そう言ってマッチの火を消す。「バリー・サリヴァン、またの名ジェイコブ・マクナットは」猫のような油断のならない微笑が鼻の下をかすめた。「リタのことを本当に好きだったんですか。それともダイヤのほうに興味があったんでしょうか」

「ふむ……そうさなあ。わしはその男と会ったこともないんでな。だが、聞いたこと、特に彼の妻が言っていたことから判断して――」

「ベルのことですね？」

「そうじゃ。推測になるが、きっと両方だな。あの男に、してはならんことを思いとどまる良

＊マクロード（一九〇三―八四）とリデル（一九〇八―八一）は共にBBCのアナウンサーとニュース読み上げを務めた。本書冒頭、ドイツとの開戦を告げるニュースはリデルが読んだ。

心の持ち合わせはなかった。せいぜい、嬉々としてやったわけではない、という程度じゃろう。それについては土曜の晩の二人の行動をたどってみればよい。まずこの部屋を飛び出す。それから……」

「それから？」

クラフト警視が穏やかに口を挟む。

「さっぱりじゃ！」H・Mが吼えた。「全く考えが湧いてこん。この老いぼれは困《こう》じ果てておる」

この問題は本当に彼を悩ませていた。紫の縁取りをしたトーガで着膨れしたH・Mは、爪先の怪我も忘れて暖炉の前をドタドタと行き来した。外した月桂冠を不快なもののように眺め、ラジオの上に置くと話を再開した。

「さて、かぼちゃ頭諸君、続きを考えよう。これまでにわかっているのはこうじゃ。九時から九時半の間に二人は〈恋人たちの身投げ岬《ラヴァーズ・リープ》〉へ歩いていき、そこで姿を消した。しかし二人は飛び降りてはいないし、そのつもりもなかった」

クラフトはうなずいたものの、不満そうに眉をひそめている。

「可能な説明は二つ」H・Mは怒ったように続けた。「どうにかして崖伝いに降りた。サリヴァンの車で逃げるために、どうにかして足跡を残さずに家に戻った。このどちらかじゃ」

咄嗟にクラフトが上半身を起こした。フェラーズは口からパイプを離して戸惑ったように私を見たが、私としても肩をすくめるのが精一杯だった。

「ちょっと待ってください！」警視が強い調子で言った。「どちらの場合も、崖っぷちで殺されたという話はどうなるんですか」

Ｈ・Ｍは顔をしかめる。

「おい！　この期《ご》に及んで、殺人が崖の上で行われたと考えてはおるまいな？」

「私はその仮定に基づいて議論を進めてきました。ですからもちろんそう考えています」

「だったら、その仮定が間違っておる」

クラフトは鉛筆でメモ帳をせわしなく叩き、陰気な表情のまま興奮気味にまくし立てた。

「その根拠をお聞かせ願いたいですな、ヘンリ卿」

「よかろう。話して進ぜる」Ｈ・Ｍはシーツを持ち上げるようにトーガをたくし上げて私を見た。「先生、あの時あんたはここでウェインライト教授と坐っていた。裏口の戸は開いていた。あんたと外との間には台所に続く薄いスイングドア」――太い指でドアを示す――「下に隙間があって風が通るあのドアしかなかった。そうじゃったな？」

「はい」

「二人が崖の上で撃たれたのなら、そこで三二口径のブローニング自動拳銃が二回発射されたことになる。その音が聞こえたかな？」

私は記憶をたぐった。「いいえ。しかし、それは必ずしも不自然ではないし、撃たれなかった証拠にはなりませんぞ。このあたりは風が強いですから、風向きによっては発射音が聞こえない……」

「いや、風はあさってのほうへ吹いていたのではない、断じてな！　あんた自身が何度も、外に出たとき風がまともに吹きつけてきた、ここにいても感じられたくらいだ、と話しておる」人を落ち着かない気分にさせるH・Mの鋭い視線が私に据えられる。「発射音が聞こえなかったのはどうしてじゃ？　消音器を付ければ、とか愚にもつかんことを言い出す奴がおったら、わしは帰ってベッドにもぐり込むぞ」

長い沈黙が続いた。

クラフトが鉛筆でメモ帳をトントンやりながら言った。

「あなたのお考えはどうなんです、ヘンリ卿」

「こういうことじゃ」H・Mがすこぶる真剣な口調で言った。「仲睦まじいお二人さんは、自分たちに『三重の鎧』（R・L・スティーヴンスンが一八八一年発表のエッセイ集で用いた、元はラテン語の表現）があると思っていた。心中したと信じさせる絶対確実な計略じゃな。実際、それは鉄壁だった。

二人は外に出て細工をした。長くはかからなかったはずじゃ。その後、家を離れ土地を離れ、車で逃げるつもりだった。たぶん九時過ぎには出ていったろう。しかし二人は犯人につかまった。犯人は至近距離から二人を撃って、遺体を海に投げ捨てたんじゃ」

「ふーむ」とクラフト。

「魔法を使ったのかと思うほど事件が不思議に見えるのは、犯人の手柄ではない。犯人は極めてわかりやすい性格の人物だからな。そやつが次の日、つまり日曜に、何をしなければならなかったかわかるな？　サリヴァンの車の始末だ。仲睦まじいお二人さんが何か企んでいたと誰にも思われんように、心中として片がつくようにじゃ。犯人は車をエクスムーアへ走らせ、流砂に突っ込ませた。ベル・サリヴァンが、道路地図みたいな本が二冊サイドポケットにあったと言ったのを覚えておるか？」

「ええ、それがどうかしましたか？」

「あれは道路地図ではない。パスポートじゃ。青はイギリスの、緑はアメリカのな。ベルには海外渡航の経験がないから、わからなかったのも無理はない」

Ｈ・Ｍは鼻をグスンといわせた。

トーガを片方の肩に撥ね上げ、挑みかかるような無遠慮な視線を我々に投げかけて、Ｈ・Ｍは再び腰を下ろした。態度は相変わらず真剣だ。

「繰り返すが、魔法を使ったかのごとく事態が不思議な様相を呈しているのは犯人の意図ではない。ここで我々は逆ひねりを食らっとる。だから、我々が知るべきなのは、犯人ではなく、いまいましい被害者の計画なんじゃ」

フェラーズがパイプの柄で歯を叩く。「出てはいったが戻らなかったことですか？」

「さよう。今回はこの老いぼれの頭もどうかなりそうじゃった。ついさっきわしは、どうにかして崖伝いに降りた、どうにかして足跡を残さずに家に戻った、そのどちらかだと言った。わかっとる、わかっとるって！」Ｈ・Ｍは、クラフトが発言しようとしたのを獰猛な仕種で制した。「どっちもでたらめじゃ」

「それは確かですか？」

「ああ。蠅だってあの崖を登ったり降りたりはできん。足跡についても……」

クラフト警視が決然とした口調で割って入る。

「私も繰り返させていただきます。あの足跡に怪しいところは全くありません。ミセス・ウェインライトとミスター・サリヴァンは崖へ歩いていって戻ってきませんでした。私はそう言明します」

「よくわかった」とH・M。

「そうなると」フェラーズが煙草の煙の向こうから言い放った。煙を透かしてもわかる目の輝きは、成り行きを意地悪く楽しんでいるのか、本当に助けになろうとしているのかわからない。「この展開はあなたをさっきより難しい立場に追い込んでいる、それはおわかりですよね?」

「もちろんわかります」クラフトがぴしゃりと言った。

「最初あなたは、軟らかい土の上を足跡を残さずに歩くことができる犯人を相手にすればよかった。今度は空中浮遊する死体が二つ、ということになりましたね。いや、もっと悪いかな。男女が〈恋人たちの身投げ岬《ラヴァーズ・リープ》〉まで歩いて石鹸の泡のように消え、別の場所に姿を現すんだから……」

「もう結構!」とクラフト。

フェラーズは頭を椅子の背にもたせ、ふうっと煙の輪を吐く。首筋の腱が突っ張り、半分閉じた目がきらりと光った。彼は片肘を椅子の腕に乗せ、もう一方の手に持ったパイプの柄で空中にゆっくりと円を描いた。「興味深いですね」

「ほう。どうやらお前さんは楽しんでおるようだな」とH・M。

「僕は真面目に考えているんです」パイプの柄がまた円を描く。「あなたはこうおっしゃるんでしょう、僕たち三人が束になっても——三人寄れば文殊の知恵といいますが——リタ・ウェインライトとバリー・サリヴァンが出した問題を解くことはできないと。二人を貶める気はありませんが、あの二人はすごく頭が切れるというわけではありませんよ」

クラフト警視は隅で腕組みをしていた。何を考えているかわかる気もしたが、彼は自らを奮い立たせて尋ねた。

「あなたはあの二人をよく知っていたんですか、ミスター・フェラーズ」

「リタのほうはよく知っていました」フェラーズは肖像画を見上げ、パイプをくわえると物思うように吹かした。「サリヴァンのことはほとんど知りません。会ったのは一度か二度ですし。ハンサムで、あまり知恵の回らないおめでたい男、といった印象でした。モリー・グレインジのような女性が、あんな男のどこに……」

フェラーズの顔の輪郭が鋭さと険しさを増した気がした。やがてパイプの柄を嚙んで話し始めた時には皮肉そうな表情になっていた。

「しかし、一つ才能がありましたね。ああいう連中には珍しくもないですが、彼はクイズが得意でした」

「それだ！」私は思わず叫んだ。

三人がこちらを振り向いた。

「それが何なのじゃ?」H・Mが怪訝そうに尋ねる。

「あの二人に関連してクイズのことを聞いた気がして、それがいつどこでだったかずっと考えていたんです。ようやく思い出しましたよ。土曜の晩に集まる話をした時、リタもサリヴァンもクイズ好きだから余興にクイズをやるかもしれないとアレックが言ったんでした」

「ウェインライト教授は」フェラーズがにやりとした。「予言者めいていますね。しかも、紳士らしく約束を守った」

「彼自身もクイズが得意だったんじゃろうな」とH・M。

「あんな風になる前は名人でした。わしは数学クイズというやつには閉口でしたな。ほら、よくあるでしょう。ジョージとかいう小賢しい奴が言うんです、『うちの鶏小屋には雌鶏《めんどり》が何羽かいます。昨日うちにいた雌鶏の数の二倍と、火曜にマチルダ叔母さんのところにいた雌鶏の三倍半の数を足したものだとすると、今いる雌鶏は何羽でしょう?』とかね。こっちは言い返したくなりますよ。『おいジョージ兄さん、頼むから人生をややこしくするなよ。お前は何羽いるか知っているんだろう?』」

再びフェラーズが物憂げに煙を吹き上げた。

「でも今度の事件は数学的じゃありませんから本物の想像力が要る。そう賢いとは言えないサリヴァンが考えたことなら、足跡を調べるとか単純なやり方だけで解決できなきゃ嘘だ」

「単純とな!」H・Mが唸る。「こりゃ驚きじゃ。若さゆえの自信過剰にしても、あれを単純とはな!」

「自分の考えは譲りませんよ。ミスター・サリヴァンごときに」フェラーズの鼻に皺が寄った。「負けてたまるもんですか。やっつけてみせます。もしマエストロがお手上げだと言うのなら」

H・Mに顎をしゃくる。「僕が挑戦します。構いませんか、警視さん」

クラフトはまだ考えていた。顔を上げた時にはいかなる表情も読み取れなかった。腕は組んだままで、自分を抱き締めているように見えた。

「皆さん、よろしいですか、私の考えを簡潔に申し上げます。私は殺人が行われたという見方にどうしても納得できません」

15

この発言はちょっとした騒ぎを惹き起こした。H・Mと私は抗議したが、クラフトは動じることなく片手を上げて我々を黙らせた。

「今はっきりしている事実は何でしょうか。ヘンリ卿はあの二人がアメリカへ高飛びするつもりだったと証明しました。それは私も認めます」

「ふん、ありがたいこった。嬉しいよ」

「しかし卿は事件全体を誤った方向に導こうとしています。二人が崖の上で撃たれたのではないとおっしゃいましたが、それならどこで撃たれたんです?」

「わしにどうしてわかる?」H・Mは吼えた。「アトリエの小汚い逢い引き部屋かもしれんし、この辺の海岸にある洞窟かもしれん。この男なぞ」顎でフェラーズを示す。「洞窟巡りを楽しんでおる」

「それが証拠だとおっしゃる?」

「そりゃ違うかもしれんが……」

「必要なのは証拠なんです」警視は、ごくもっともな指摘をした。「そして、私に関する限り、この事件の証拠は昨日から変わっていません」

「お前さん、あの二人が自殺したとまだ信じておるのか？　やれやれじゃな」

「ええ、証拠から導かれる事実は変わっていませんよ、二人が駆け落ちするつもりだったとしてもね！」

「駆け落ちする計画だったことは疑っておらんのだな？」

「ちょっとお待ちを。私は昨日あなたにした質問について考えていたんです。私が『二人が自殺するつもりだったのなら、犯人はなぜわざわざ殺したんです』と尋ねたら、あなたは『それは大した問題ではない。二人は本当に死ぬつもりだったが、土壇場で決意が鈍ったのかもしれん』とおっしゃいました」

「ああ、それで？」

「それを逆に考えたらどうでしょう。二人はダイヤモンドを持ち逃げする入念な計画を立てる。いよいよという時になってミセス・ウェインライトが――明らかに彼女が首謀者です――実行をためらう。彼女がどんなに夫を愛していたか、クロックスリー先生が話していますし、あなたも認めています。私に女心はわかりませんが、『そうするくらいなら死んだほうがましよ！』という言葉は、この場合かなり真実味があります」

「ほう、それで？」

クラフトは組んだ腕に力を込めた。

「気が変わった彼女はサリヴァンを崖っぷちへ連れ出す。彼を撃ち、次に自分を撃つ。その後クロックスリー先生が行って、彼女を心中と結びつけて考えるのが我慢ならず、落ちていた銃を持ち去る。昨日我々はそう結論づけました」

そこへ逆戻りか。

いくら否定しても無駄な気はしたが、今H・Mは私の味方だ。

「申し訳ないが」弁解口調だが、H・Mは相変わらずの大声を轟かせた。「お前さんに厄介事を一つ背負わせねばならん。わしは生まれつきつむじ曲がりでな、言わずにおれんのじゃ。日曜の夜、誰かがサリヴァンの車をエクスムーアへ走らせ、流砂に沈めておる。この事実をお忘れかな?」

クラフトの薄ら笑いは義眼のそばまで広がった。

「いいえヘンリ卿、忘れてはおりません。ここにお一人、エクスムーアの荒野を知り尽くしていると自ら認め、どこに車を捨てればいいか心得ていると思われる方がいます。普通の者ならとても無理ですが。先生、失礼ながら日曜の夜は何をしておられました?」

信じてもらえるかどうかわからないが、この男が言ったことを理解するのに数秒かかった。私が鈍いのかもしれないが、あまりにも馬鹿げた言い種で、単に頭に入ってこなかったのだ。三人の目が私に向けられ、フェラーズが吹き出してから、私はようやく気づいた。きっとフェラーズはH・Mからいろいろ聞かされているのだ。

「ねえ、ルーク先生」パイプの灰を叩いて落とすべく暖炉まで歩きながら、フェラーズが言った。「僕なら信じるかもしれませんよ。いかにもあなたがやりそうな、騎士道精神にあふれた行為ですからね」

私はその時、激高して恥ずかしい真似をしかけたに違いない。H・Mが慌てて止めに入った。

「気を平らかに、先生！　あんたの心臓のことを考えてやるんじゃ！」

「でも、事実ですよ」フェラーズが畳みかける。「夜中に出かける先生の姿が目に浮かぶ気がします。女性の名誉を守り、サリヴァンと駆け落ちしようとしていた証拠を消すためにね」

どうやら私はしばらく怒鳴り散らしたようだ。落ち着いてから改めて言った。

「わしが何を言っても信じてもらえないらしいが、君たちだって品位を重んじる人間が――いや、何かを感じることのできる人間が――流砂に沈んでいく車の中でミセス・サリヴァンが悲鳴を上げているのを見捨てると思うかね？」

「あのご婦人は怪我でもしましたか？」とクラフト。「私には覚えがありませんな」

「僕もです」フェラーズが相槌を打つ。どうせふざけて尻馬に乗っているのだ。猫を思わせるおなじみの笑いが高い鼻の下に浮かぶ。「そういえば、ベルの扱いも優しかったですよね。僕じゃあ、とてもああはできませんよ」

「彼女は連れ帰ってもらえました」クラフトが先を続けた。「あれが殺人者だったら、きっと荒野に置き去りにしたでしょうな。凍えて死のうがお構いなしでね。気がついた時、彼女はアトリエの上の部屋にいたんです。いかがです、ヘンリ卿？」

前屈みになり、膝に片肘を乗せ、拳に顎を乗せているH・Mの耳には入っていないようだった。眼鏡がなければ、皇帝ネロというより元老院の騒ぎをじっと見ているマルクス・トゥッリウス・キケロ（共和政ローマの雄弁家、政治家、哲学者）を思わせたかもしれない。

「気がついたらアトリエにいた」彼はぼんやりと呟いていた。口許がへの字に垂れ下がっている。「気づいたらアトリエに……ああ、そうじゃったか」我に返ると、大げさな身振りをして、鼻先にずり落ちた眼鏡を押し上げた。「失礼つかまつった。ぼんやりしとった。で、先生はどんな汚い仕事をしたことになっておるんじゃ？」

「私は何も言っていませんよ。ほのめかしてもいませんからね」クラフトは出任せを言った。「日曜の夜どこにいたかとお尋ねしただけです」

「ふん、白々しい！　わしは家にいましたぞ！」

「そうですか。では、お休みになったのは何時ですか？」

「かなり早い時間でしたな。九時前です。前の晩に動きすぎたと皆が言うもので」

「お休みになってから、どなたかと会いましたか？」

「ふむ……誰にも会いませんでした。邪魔をしないように気を遣ってくれたんでしょう」

「となると、先生が家にいたことは証明できませんね」

私はシャツのカラーをぎゅっとつかんだ。

「先生にお話ししておきます」組んでいた腕をほどき鉛筆の先を私に向けて、クラフトは鼻白むほど真面目くさった調子で言った。「私はできるだけ穏やかにと配慮してきました。しかし、先生がそんな態度を取られるのではどうしようもありません。二人が心中した場所から誰かが銃を持ち去り、車の始末をしました。ミセス・ウェインライトをかばうためにです。警告しておきます。明朝の検死審問で、先生は非常にまずい立場に置かれます。私がそう仕向けることになります」

クラフトはＨ・Ｍのほうを向く。

「ヘンリ卿、私がほしいのは証拠だとおわかりいただけましたか？　あの二人が自殺したのではないという証拠があるのなら、どうか見せてください！　この期に及んで、彼らが空中浮遊や足跡を残さずに歩き回る新しい方法を考案したとかおっしゃるなら……」

「おっしゃるつもりじゃ」

「それなら、どうやったか教えてください」

Ｈ・Ｍは大きく息を吸い込んでから無造作に言った。「いいかな、わしはこれまでもずっとこいつを得意にしてきた」

「こいつとは何ですか、ヘンリ卿」

「このような状況じゃ。わしは、この世の出来事のとんでもない行き違いと呼んでおる。加えて、困った立場に追い込まれることもじゃ」──Ｈ・Ｍは気難しい顔で私を見た──「先生、あんたは口達者な弁護士の友人、スティーヴ・グレインジに感謝してもいいかもしれん。警官の頭に毒を吹き込む連中の話はいろいろ聞いてきたが、あの男の右に出る者はおらん」

「ヘンリ卿、私に言わせれば、分別があるのは彼だけですよ」クラフトが異議を唱えた。「彼は検死官に顔が利きますし」

「ふん。晩鐘が鳴る頃にはクロックスリー先生が留置場に入れられるのは間違いない。だからこそ、こうやって腰を据えて考えておるんじゃ」Ｈ・Ｍは胸を大きく膨らませ、剣闘士に身をやつしたローマの貴人がこれから闘技場に入場するかのように、我々を睨《ね》め回した。「ほかに手はない。空中浮遊のトリックを見破るしか道はないんじゃ！」

「この僕が有能な助手としてお手伝いしましょう」フェラーズが言った。「さっそく提案があります。僕はあなたに代わって解決して差し上げられると思うんです」

「お前さんが？」H・Mは、虫けらも口を利くのか、と言わんばかりにあからさまなせせら笑いを浮かべた。

「そんなに威張るもんじゃありませんよ、お師匠様。いかがわしいことが好きなのはあなた一人じゃありませんから」

「そりゃそうじゃろうが、わしの考えておるいかがわしいことは、お前さんの好きないかがわしいこととは違うぞ。ベル・レンフルー・サリヴァンとか……」

驚いたことに、フェラーズの顔にさっと朱が差した。空のパイプで歯をコツコツ叩きながらゆっくり椅子に戻っているつもりだろうが、体の動きがぎこちない。

「コンモドゥス（一六一―一九二。マルクス・アウレリウスの長男でローマ皇帝。剣闘士として闘技場で戦うのを好んだ）よ」とフェラーズ。「ベルと僕との間には誓って何もありません。ゆうべは酒を過ごして、暖炉の火を前にして盛り上がりましたが。お願いです。このことはモリー・グレインジの耳には入れないでください」

「ほう？」

「ほんの気の迷いですし」

「わしにはお前さんという人間がよくわからん。人生に倦《う》んだ放蕩者じみているかと思えば、イートンから帰省した小僧っ子みたいなこともある」

「お師匠様、僕の記憶に間違いがなければ、僕はあなたに代わって問題を解決しようとしていましたよね」フェラーズは鄭重《ていちょう》な物言いを変えない。「あなたは、駆け落ちを計画した我々の友人たちが崖を降りられたはずがないとおっしゃいました」

「いかにも」

「でもパラシュートを使ったら？」

Ｈ・Ｍは厳しい顔つきでフェラーズを見た。

「やめんか。戯《ざ》れ言は好かん。それに」――鼻をこする――「わしもそれは考えてみた」

「じゃあ戯れ言じゃないですよね」フェラーズは穏やかに言った。「違いますか？ 最近パラシュートを使って離れ業をやる人がいますね。七十フィートの降下距離でパラシュートが十分開くかどうかわかりませんが。でも、できないってことはないでしょう？」

「わしができんと言ったらできんのじゃ！」Ｈ・Ｍは胸を叩きながら吼えた。「訓練を積んだ落下傘兵が特製のパラシュートで平らなところに降りられたとしても、あの現場で成功する望みは薄い。経験のない、そもそもパラシュートを持っていない二人が、強風の吹く闇夜にどうやったら岩の上に無事着地できるんだ。その考えはいただけん」

「じゃあ、どうやったんです？」

「それを今から考えようとしておる。ついて参れ」

「その恰好じゃ駄目ですって！」

「どこがいかんのじゃ。おい、この恰好で描きたいと言ったのはお前さんじゃぞ。もっとも、わしはお前さんが面白半分に言い出した気がして仕方なかったがな。もしあれが……」

「うちのアトリエならいいんですが、その恰好で外を歩き回られたらかないませんよ。僕が客に古代ローマ人の服を着せてうろつかせているとミスター・グレインジの耳に入ったら、何を言われるかわかりません」

「そうか。で、どうすればいい？」

フェラーズは黙ってH・Mの服を指す。

二十分後、我々は遅い午後の淡い光のもと、リタ・ウェインライトとバリー・サリヴァンが残した足跡を見ていた。

それは白く塗った小石で縁取られた小径の中にきっちりと収まっていた。その明瞭さがかえって腹立たしい。クラフト警視は小径の片側に立ち、上がり札を握っている男の余裕綽々たる態度で顎を撫でている。フェラーズはあっさり負けを認め、裏口の階段に腰掛けていた。H・Mは――普通の服に着替えたので、片足に履いている毛のスリッパを除けばさっきまでの醜怪さは和《やわ》らいでいる――太鼓腹が許す限り深く屈んで足跡を観察していた。

「いかがです、ヘンリ卿？」クラフトは愉快そうに尊大な口調で話しかける。

H・Mは顔を上げた。

「お前さんの声を聞くと、マスターズの奴を思い出して胃のあたりがむかつくわい。全くお手上げじゃな。どちらも真っ当な足跡じゃ。怪しいところはどこにもない」

「だから、ずっとそう言ってきたでしょう？」

H・Mは両手を腰にあてがう。

「お前さん、気づいていたか？　爪先のほうがへこんでおる。走ってきたみたいにな」

クラフトの返答は素っ気なかった。「ええ、気づいていました。実際、二人は走っていたんですよ。歩幅でわかります。でも、あまり速度は出ていません。せいぜい小走りというところでしょうね」

H・Mは力なく首を横に振った。

「なあ、足跡の上を歩いてもいいか？　地面が乱れずに残っておるのはこの辺だけなんでな」

「お好きにどうぞ。石膏で採った型が署にありますから」

H・Mは小径を歩き出した。土曜の晩から雨は降っていないが、深く足跡がついた。怪我をした爪先を大げさに気遣いながら、片足を引きずるようにして〈恋人たちの身投げ岬《ラヴァーズ・リープ》〉へ向かう。たどり着くと、まばらな草が半円形に生えている場所に足を置いて、崖の下をゆっくりと覗いた。この距離でも、それを見ただけで私は胃に込み上げるものを感じる。高いところが平気だとはうらやましい。H・Mは崖下を覗くことに抵抗がないらしい。

「何か見つかりましたか？」クラフトが声をかけた。

H・Mは大空を背に、腰に拳を当てたまま振り向く。海から吹く風がリンネルの上着を膨らませた。その目は小径を右から左へ——我々のも含めた多くの足跡と車椅子の轍がついている——眺め渡し、白く塗った小石で作られた幾何学模様に見入っていた。やがて声が風に乗って大きく聞こえた。

「おい！」

「何です、ヘンリ卿？」

H・Mは大きな手であたりを指していた。

「いろんな奴が動き回って踏み荒らす前は、ここは均《なら》してあったはずじゃ。あの小石なんか、ユークリッドが海辺で遊んだみたいじゃないか。小石で縁取られた小径もな。あの小石を使ってインチキを企てるのはどうじゃ？」

「その上を歩くとかですか？　ご自分でやってごらんなさい」

H・Mが右足の踵《かかと》を恐る恐る乗せると、小石は埋まってしまった。これではどうしようもない。

「これは目的があって並べたんじゃないのか？」

「ここには何も生えませんから飾りでしょう。それに」クラフトは薄気味悪い笑いを浮かべた。

「暗闇でも見えるそうです」

H・Mの顔に困惑しきったような表情が浮かんだ。やれやれと頭を振りながら、四フィート幅の小径をのそのそと引き返してくる。立ち止まり、再び足跡を覗き込む。

「ちょっとおかしいな。二つの足跡は、走りながら歩調が合っておる。これじゃまるで――」

そこで話をやめ、顎を撫でる。

「さあ、もういいでしょう」クラフトが急に鋭い声で言った。「時間潰しはやめましょう。クロックスリー先生、そろそろ良識を発揮されたらどうですか。銃をここから持ち去ったと白状なさって我々をお茶を飲みに帰らせてください」

「お前さん、とんでもない間違いをやらかしておるぞ」H・Mが静かに言った。

「結構です、ヘンリ卿」クラフトの声は喉の奥から聞こえた。「私が間違っている、そういうことにしておきましょう、明朝の検死審問まではね」

「よく聞け！　心中の一件は目くらましじゃ。お前さんだって、二人が入念に駆け落ち計画を立てたと言っておる。そうすると、二人は『ロミオとジュリエット』を聞きながら、咄嗟に心変わりして情死したことになる。それなら、銃はどこで手に入れたんじゃ——銃の出所がわかっていないのをお忘れかな？」

クラフトは首を振った。

「私は彼らがそうしたとは言っていませんよ、ヘンリ卿」

「じゃあ、どうやったんじゃ」

「私の見るところ、彼らは最初は駆け落ちするつもりでした。あなたが証明されたように。しかし、事件の数日前にミセス・ウェインライトは心変わりしました。彼女はサリヴァンを説得して心中を決意させます。そしてあの晩『ロミオとジュリエット』をこの世の聞き納めにして心中を決行したんです。覚えておいでですか、二人が服を持ち出した形跡はありません。スーツケースも小さな鞄も一切。逐電するつもりなら、着替えは用意したはずです」

（これは至極もっともだと私も認めざるを得なかった）

しばらくH・Mはまっすぐ前を見ていた。それから指をパチンと鳴らす。

「ダイヤじゃ」呟くように言う。「危うくダイヤモンドのことを忘れるところだった」

「ダイヤがどうかしましたか？」

「二人が持ち逃げしたダイヤじゃ！」

「彼らがダイヤを持ち逃げしたかどうかは不明です。それはあなたの推測にすぎません。象牙の箱にはお目にかかっていません、何しろ看護婦さんが頑張っていて部屋に入れてくれないんですから。従って――」

H・Mがその言葉を遮った。

「ダイヤモンドがなくなっていたり模造品とすり替わっていたりしたら、二人が駆け落ちしようとしていた立派な証拠になるな？　リタが心中するつもりなら、何千ポンドもする宝石を持ち出しはせん、そうじゃろ？」

クラフトは考え込む。

「なるほど、それは理に適《かな》っています。リタが前もって宝石を現金に換えていた場合は別ですがね」

「寝室へ行ってみるのがよさそうじゃな、先生。もちろん容体が許せばの話じゃが」

「大丈夫でしょう」と私は答えた。

ようやく希望の光が見えてきた。自分が何とも決まりの悪い、そして危険な立場にあることは、この手記をしたためている私が誰よりもよく知っていた。クラフトの心境は私にとって快いものではなく、しかも彼は本気だった。警察に、目の玉が飛び出るほど高価な自動車を持ち出して流砂に沈めた罪を着せられたら、どうやって身の証を立てればいいのかわからなかった。私が押しつけられる罪は、銀行強盗や鉄道爆破の犯人として告発されるのと同じくらい馬鹿馬鹿しかったので、ついまごついたり怒鳴り散らしたりしたが、十分深刻な問題だった。母屋に引き返した時、こう言わねばならないのは情けないが、怒りの涙が込み上げるのを禁じ得なかった。

私が日勤看護婦のミセス・グローヴァーに事情を話すと、彼女は不承不承脇へどいて入れてくれた。アレックは眠っていた。部屋は薄暗く、家具の黒っぽい輪郭が白い日除けで際立っている。

H・Mは歩いていって、アレックが力なく握った手からそっと鍵を取った。

「おやめください！」ミセス・グローヴァーが叫ぶ。

その鋭い声は無視できないほど大きく響いた。気後れしたフェラーズは入ってこようとせず、ドアの陰から化粧台を指す。クラフトが日除けを上げると、看護婦は再び抗議した。H・Mは化粧台の引き出しを開け、重い象牙の箱を出して鍵を差し込んだ。

蓋が開くと、箱はまずスティール、その上に濃紺のビロードと、二重に裏打ちされているのがわかった。中に長方形、円形、正方形、楕円形と様々な小箱が積み重なっている。いずれも外側は濃紺のビロード、内は白いサテン張りだ。H・Mが一つずつ出して化粧台に置く。数えると十六個あった。ブレスレットの箱だけが空で、収まっているのはダイヤモンドばかり。

「偽物じゃな」輝く宝石を山と積み上げていくうち、さながら光のゴミ捨て場の様相を呈し始めると、H・Mはひと声唸った。手早く小箱を開けては放り出していく。「にせ……」しかしそのあとに言葉が続かない。口をつぐみ、重い体を支えるように化粧台に両手をついた。彼は小箱の一つ――確かダイヤのペンダントが入っていた箱だ――を手に取り、片足を引きずるようにして明るい窓際へ寄った。

眼鏡をかけ直し、口をへの字に結んで、ペンダントを検《あらた》める。窓の向こうに広がる灰色がかった暗い海、夕焼けに燃える水平線、そして彼の手の中で輝く宝石の光を、私は今でも覚えている。彼は一つ一つ窓際へ持っていっては悪鬼のような形相で入念に調べた。調べ終わり、疲れた目を休ませるように閉じた時は、全くのポーカーフェイスだった。木に彫られているかのように。

「どうでした?」と私は訊いた。

「ちょっとばかり誤算があったようじゃ」抑揚のない声で彼は答えた。「偽物ではない。どれも本物のダイヤじゃ」

ベッドでアレック・ウェインライトが目を開けた。確信はないが、その時アレックがにこっとしたように思う。

我々の後ろでクラフト警視が忍び笑いを漏らしていた。

16

リンクームに戻ると、モリー・グレインジとベル・サリヴァンが門口に立っていた。

二人を見て眼福に与《あずか》った気になった。モリーはベルより背が高いが、トムなら小難しく「胸部と臀部」と呼ぶであろう部位はベルほど発達していない。細く描いた黒い眉がベルの灰色の目を引き立て、ダークレッドの唇、褐色のちぢれ毛さえ輝いているが、一方のモリーはいずれも持ち合わせていない。しかし、我が家の客人がいかに魅力的であろうとも、私の軍配は今もこれからもモリーに上がる。

車を玄関前に駐め、私は薄暮の中に降り立った。モリーが声をかけてきた。

「ルーク先生、どこへお出かけだったんです？　とてもお疲れのようですけど」

「ウェインライトの家にな。わしのことなら大丈夫だよ」

「先生は二日続けてお茶をすっぽかしていますよ。トムはかんかんです」

「それはかんかんになって当然だな」

「あなたったら放蕩親父よね。間違いないわ」とベル。煙草の吸い口が口紅で真っ赤だ。「誰と一緒だったの？　車椅子に乗った太っちょ？　あたしが結婚してるって言ったら嘘つき呼ばわりした」

「ああ。それからクラフト警視とポール・フェラーズもな」

モリーの青い目が細くなる。「ヘンリ卿は何を企んでいるんですか、ルーク先生」

「あの人はローマの元老院議員のような恰好をしていた」

二人の若い女性は目を丸くして私を見た。どうやら事情が呑み込めたらしい。二人は顔を見合わせ、口を揃えて言った。「皇帝ネロだわ」

「ほう、あんたたちもその話を聞いたのか」

「その話を聞いたかって？　呆れちゃうわ！」ベルはせわしげに煙草を吸うと口から離し、興奮して振り回した。「あたしたちが聞いたのはそれだけだと思う？」

モリーが説明役に回った。「ハリー・ピアスとウィリー・ジョンソンのことですよ」

「あたしはど真ん中にいたってわけ」ベルが付け加えた。

「ジョンソンだと！　あいつは今どこにいるんだね？」

「ハコの中よ」

「どんな箱だ？」

「ブタ箱に決まってるじゃない」ベルはいらいらして言う。「警察が連れていったわ」

「そう聞いても驚きはしないが、それにしても……」

「残念ね、あれを見逃すなんて。あたしはここに立って、ピアスさんと話していたの。あの人ったら六回も来たのよ。二時二十分頃かしら。店を閉める時間でもないでしょうに。

『ねえ奥さん、あっしらは胆っ玉が縮み上がる出来事はそろそろ打ち止めにしてほしいと思ってるんですがね』とか言い出した時よ、男の人が自転車に乗ってすっ飛んできたの。地獄から逃げてきたコウモリ（コウモリは火を嫌う）みたいに。わあ、こっちへ来る、と思ったわ。

　ピアスさんは目をむいて、道に出ると両手を振りながら怒鳴ったの。『うちの店に近寄るんじゃない、ウィリー・ジョンソン、うちの店に近寄るな！』って。それがかえって自転車の人を怖がらせちゃったのね。スリップしてひっくり返ったその人は、自転車もろとも、それこそ地獄から逃げてきたコウモリみたいな勢いでピアスさんの酒場に突っ込んだの」

「またか」

「ええ、またです」モリーが答える。「一度にたくさんのものが壊れるあんなすごい音、聞いたことがありません。昨日のよりひどかった」

「ここからが本番よ」ベルが請け合う。「お巡りさんが来て、みんな寄ってきたの。そしたら、あの人が――つまりジョンソンがってことよ――通りのこっち側にいても聞こえるような声で話し始めたの」

「皇帝ネロのことかね？」

「ええ。昨日ベイカーズ・ブリッジへ行く道で皇帝ネロに会って、十シリング紙幣《さつ》をもらったそうよ。ところが彼は――やっぱりジョンソンのことよ――度しがたい罪人で、そのお金で飲んじゃった。そしたら今日、皇帝ネロが翼のある玉座に乗って追いかけてきたんですって。で、警察はドイツ軍のネーベルヴェルファー（ガス弾投擲機）の攻撃でも食らって頭をやられたんだろうと考えてブタ箱に入れたの。でも、案外本当のことをしゃべっていたみたいね」

モリーは見聞きしたことすべてに半信半疑といった顔だ。

「うちの父がさっきまでここにいました」彼女は訊かれもしないのに話し出した。「でもリンマスにいる依頼人のところへ行かなければならなくて。父にジョンソンさんの力になってやれないのかと尋ねたら、驚くような答えが返ってきたんです」

「というと？」

「引き受けよう、と言ったんです」モリーは無邪気に答えた。「やれるだけやってみると」

「二人とも裏庭に来なさい。話しておくことがある。初耳のはずだ」

深刻な話だと見当がついたに違いない。モリーは半ば予期していたようでもある。

「私たちもお知らせすることがあります」と彼女は言った。

リンゴの木の下に籐椅子が置いたままになっていた。私は手で示して二人に坐るよう促しながら、どう切り出そうかと考えていた。

「ところで、あんたのほうはもう大丈夫なのかね？」

「ええ、ぴんぴんしてるわ」ベルは無表情に答え、煙草を捨てて踏み消した。緑色の短いワンピース、日に焼けた肌の色に揃えたストッキングと靴という小ざっぱりした身なりからは、二十四時間前はショック状態にあった女性とは思えない。

「あたしは明日の検死審問でバリーの遺体の確認をしなくちゃいけないって、みんなが言うの。きっとピカデリー・ホテルの仕事はもう駄目になったと思うけど、構やしないわ。リントンの銀行の親切な支店長さんが小切手を現金に換えてくれたから、何があっても平気」

「みんなよくしてくれたかな」

「いい人ばっかりよ」モリーに笑いかける。「男の人はみんな同情してくれるわ。気晴らししなくちゃ駄目だ、一緒に〈岩の谷《ヴァレー・オブ・ロックス》〉とかダートミート（ダートムーアの中央に位置する観光名所）へ行こうって誘ってくれるの。どんなところか知らないけど。海岸沿いの洞窟巡りにも誘われたわ。ボートで洞窟を見物するのは楽しいでしょうね」

「あのね、ベル」モリーは大声で言った。「その洞窟は崖の中ほどにあるの。ボートで行けるのは満潮になる午後四時か真夜中の一時だけよ。どっちみちそんなところへ行っちゃ駄目。世間の人があれこれ言うわ」

「そう？　そんなの構やしないわ」

「いいえ、駄目よ！」

「だって、誘ってくれたのはあなたのお父さんよ。きっとよくしてくれるわ」

　モリーは耳を疑うほど驚いたに違いない。

「うちの父が？」

「ええ」ベルは再び微笑む。相手を思いやるような微笑で、意地の悪さは全く感じられなかった。「いいこと、あたしの仕事には男性を見る目が必要なの。あの着こなしから考えて、あなたのお父さんは粋に振る舞って女性に優しくするのが好きなのよ。そう思ったことない？　あたしの言うことを悪く取っちゃ駄目よ。お父さんは、気取った上辺で、いい人の素地を隠しているの。あのお年になってサー・ガラハッド（アーサー王の円卓の騎士のうち最も穢れなき騎士とされる）の真似をする、それのどこがいけないの？」
モリーは腕組みをして考え込んだ。腕が上下するので呼吸しているのがわかる。青い目が横に動いて、値踏みするようにベルを見た。視線はすぐに戻って、自分の靴の先に落ちる。

「目利きのあなたから見て、ミスター・フェラーズはどう？」

「ポール？　いい人よ」ベルは即座に答えた。「ちょっと神経質なところがあって、どんなことにも心を痛めちゃう。で、そんな自分が嫌になるのよ。本音を聞きたきゃ、お酒を十杯くらい飲ませなきゃ駄目。すごくロマンティックな詩の引用とか始めるわよ」

「きっとそうでしょうね」

「でもあたし、目利きだなんて偉そうなことは言えないわ」ベルは鼻に皺を寄せ顔をしかめた。

「あたしなりに男の品定めはできても、自分のことになると大失敗よ」

　この話題をこれ以上避けることはできない。

「ミセス・サリヴァン、亡くなったご主人のことだが……」

　ベルは肩をそびやかす。「先生、お願いだからやめてよ、あの人のことを『亡くなったご主人』だなんて。大きな家庭用聖書を読んでいるんじゃないんだから。バリーでいいわ」

「だがな、そこが困ったところなんだ。彼の名前はバリーでもサリヴァンでもない。明日になれば嫌でも聞かされることになるが、いきなり検死審問でガツンとやられるよりわしの口から聞くほうがいいと思ってな」

　残照で空はほんのり明るかったものの、裏庭は暗がりに沈んでいた。ベルは少し顔をそむけ、しばらくそのままでいた。籐椅子から立ち上がって駆け出そうとするかのように、身を硬くしている。

「それじゃ、太っちょ爺さんの言う通りだったのね」

「あの人は――あんたの言葉を借りると、太っちょ爺さんは――滅多に間違わないんだ。もう一つ聞かせてくれ。あんたの気持ちは昨日と変わらんかね――その、夫を愛してはいなかったということなんだが」

「私、向こうへ行っています」モリーは立ち上がった。

「駄目、いてちょうだい」ベルが叫んだ。向き直りモリーに左手を差し出すと、モリーはその手を取った。一人は緑、一人はグレーの出で立ちで、夕まぐれの庭の様々な階調の暗色を背景に、一方は坐り一方は立っていた。

「あたしがしゃべることは何でも、いいえ、考えていることもよ、屋根の上から大声で叫んだって構わないわ。だから行かないでちょうだい」

「わかったわ、ベル」

「あの人に対する愛情について」ベルは私に向かって話し始めた。「昨日言ったことは今も変わらないし、むしろはっきりしたわ。あの人が死んだのはもちろんかわいそうだけど、愛しているかどうかは……ほら、悲しくて枕を嚙んで泣きわめくとかいうけど、あたしはそんな気持ちには……」ベルはモリーを見た。「誰からも優しい女性だと言われるあなたにはわからないでしょうけど」

「そうね、わからないかも」認めながらもモリーの目はベルを通り越してあらぬ方を見ていた。

「先生、そんなこと気にしなくていいわよ」ベルはしっかりした口調で言った。「この娘はね、喪服なんて着ないわよ。勇気にあふれ、自由気まま、何たってまだ二十八なんだから」

私はほっとため息をついた。

「あんたの夫の本名はジェイコブ・マクナット。今週ゴールウェイに寄港する定期船ワシントン号に乗ってミセス・ウェインライトと駆け落ちするつもりだった」

「その船は知ってるわ！」目が徐々に見開かれ、しばらく口を閉ざしたのちにベルは叫び、右手で膝を叩いた。「あたし、あの人には自殺する勇気なんかないって言ったでしょ」またしばらく黙る。「ミセス・ジェイコブ・マクナットかあ。参っちゃうなあ」そして笑い出した。

「あんたは彼のパスポートも外国人登録証も見たことがないんだろうな。旅行をしなければ、見なくて当然だからな」

「ちょっと待って！」

「何だね、ミセス・サリヴァン」

ベルは片手を上げて額にかざした。

「思い出したわ。あたしたち船の話をしたことがあるの。バリーが言ったのよ。『ねえ、ベル。君をアメリカに連れていってやりたいんだが、先立つものがなくてね』って。そのあばずれはお金持ちなんでしょ？　どうしてその船に乗ろうなんて気になったの？　イギリス人で、あの人と結婚してもいないのに」

「身分を偽ってパスポートを手に入れたんだよ。しかるべき職業に就いている誰かが推薦状を書いたんだ」

「あのスーツケース！」モリーが低く叫んだ。有無を言わさぬその響きに、ベルと私はさっと彼女を見た。

「ルーク先生がおっしゃったことに驚いたんじゃありません」モリーが言う。「さっき、先生にお話しすることがあると言いましたよね。もう村中の人が知っていますが、今朝漁師の網に重いものがかかったんです。引き上げてみたら灰色の革のスーツケースで、女物の服が入っていたそうです。私は見ていませんが、それが誰のものか今わかった気がします」

（なくなった荷物の一部だろう。その知らせが一刻も早くクラフト警視に届くことを私は強く願った。しかし警視は自説に凝り固まっているから、考え直させるのはひと苦労だろう）

「どこで見つかったんだね、モリー」

「正確な場所は聞いていませんが、ウェインライトさんの家から半マイルは離れた場所のようです」

「半マイル……か」

「ちょっと待って！」ベルが再び口を挟む。インド寺院の踊り子のような複雑な身振りをして、モリーの手からそっと自分の手を離した。「あたしにはまだあばずれの行動がわからないんだけど。出生証明書は要らないの？」

「彼女はカナダで発行された出生証明書の写しを使ったんだ。未婚だと申し立ててね。しかし、特定の職業の人に書いてもらう推薦状はそうはいかない。調べられる可能性があるからね」

「誰が推薦状を書いたの？」

ついに一番難しいところに来た。

「うん、警察はわしが書いたと言っているんだ」

二人の若い女性は目を丸くして私を見た。

「込み入った事情でな。あんたの言う『ブタ箱』でウィリー・ジョンソンとわしは友達になれそうだ。次に放り込まれるのはわしだろう」

「ルーク先生、笑っている場合じゃありませんよ！」モリーが叫ぶ。「私はそんなこと絶対に信じません！」

「これは小説家が『皮肉な笑い』と呼ぶやつでな。今夜奇蹟が起こらない限り、明日の検死審問でひと騒動持ち上がる。だからあんたたちに前もって言っておこうと思ったんだ」

「騒動って、どんなですか？」

「ヘンリ・メリヴェール卿とわしは、あの二人が駆け落ち寸前に殺されたと考えているんだが、わしらには有効な手札が一枚もない。

それに引きかえクラフトの切り札は選《よ》り取り見取り。彼の主張は二人が駆け落ち寸前で気が変わったというもので、唯一あの二人が金の代わりに使えたダイヤモンドが手つかずで残っているという否定しようのない裏づけまである。そして——今のところ打ち消しがたい証拠に基づいて——二人は自殺したと断定している。ほかにも、わしが現場から銃を持ち去り車を始末して、ロマンティックにも彼が『心中の恥辱』と呼ぶものを消そうとした、と言うんだ」

「ルーク先生、そんなことはしなかったんでしょう？　それとも……」

「あんたまでわしを疑うのか、モリー。もちろんわしはやっとらんよ」私は二人にその日あったことを説明した。

「ねえ」ベルはせっかちに煙草に火を点け、大げさな手つきで煙草を口から離すと、「まさか警察は、日曜の夜にあたしを流砂に沈めかけたのは先生だなんて言ってないでしょうね」

「実はそう言っているんだ」

「そんな馬鹿馬鹿しい話、生まれてこのかた聞いたこともないわ！」我らがポケット・ヴィーナスは叫んだ。「あの男は身も世もないというように泣いていたのよ。心が張り裂けそうなくらい泣いていたの。あたしはこの耳で聞いたんだから」

「ミセス・サリヴァン、あいにくわしぐらいの年齢になると、血も水っぽくなるし感情がうまく制御できないんだ。今日、連中にさんざん言われて、わしは腹が立って腹が立って涙まで込み上げてきた。それで……」

ベルは怒って唇をきつく結んだ。

「先生、その証言台とかいうふざけたやつにあたしを立たせてちょうだい」彼女は言い放った。証言台に——あまり聞かない話だが——けがらわしい習性があると言わんばかりだ。「あたしが意見して、その人たちをびびらせてやるから」

「うん、わしはそれを恐れているんだ。いいか、言っておくぞ。検死官の前では言葉遣いは慎重にな。あの男は長老派教会のスコットランド人で、モリーのお父さんの友人でもある。お前さんは悲しみに打ちひしがれた未亡人なんだから、無用な面倒は起こしちゃいかんぞ」

モリーが顔を赤らめた。

「どうなさるんです、ルーク先生」

「本当のことを言うよ。それが気に食わないと連中が言うんなら、その時こそミセス・サリヴァンが彼らに採るべき道を教えてくれるさ」

「ルーク先生、そんなことしちゃいけません！　あの人たちは先生を偽証罪で捕まえる気よ。もう事件のことなんかどうでもいいじゃありませんか。今さら殺人にしなくても、心中ってだけで十分恐ろしいのよ。クラフト警視が期待する通りに話すのがどうしていけないんです？」

モリーが振り向く。「あなたもそう思うでしょう、ベル」

「そうね、ちょっと悔しいけど、嘘をつくことには全然反対しないわ」ベルは何のためらいもなく断言した。「嘘だったら山ほどついてやるわ、しかも喜んで。でも駄目よ。あたしが我慢できないのはね、クロックスリー先生みたいないい人に、女が流砂に沈むのを見ても助けるために指一本動かしませんでした、なんて証言をさせることなのよ」

前にも書いたが、モリーは父親の実際家らしい性質を多分に受け継いでいる。

「でもね」モリーは両手を握り締めながら言い張った。「先生は車を沈めたと言わなくてもいいのよ。それを言うのは確かに賢明じゃないわ。あの車は高いから――私はそう聞いたわ――となれば先生は弁償しないといけなくなるでしょう？　警察は先生が車を沈めたことの証明はできないけど、銃を持ち去れたのは先生だけだという証明はできるわ。だったら先生はそれだけ認めればいいの。心中の評決が出て、クラフト警視も満足するわ」

ベルには車に関する部分がかなり効いたらしい。

「ええ、それなら」彼女は考え込みながら猛烈な勢いで煙草を吹かし、やがて言葉を継いだ。

「いいこと考えた！」

「どんな？」

「車を沈めた男を見たけどクロックスリー先生じゃなかった、と証言するのはどう？」

モリーは考え込む。

「誰だったと言うの？」

「例えば、山高帽をかぶった小柄な男だったなんてどう？　じゃなかったら、頬ひげがあったとか何とでも言えるわよ。特にはっきり言わなくても、クロックスリー先生じゃなかったとわかればいいんだから。あたしは悲しみに打ちひしがれた未亡人なんでしょ？　あたしの言うことならみんな信じるわよ」

「そうね」モリーは考え深げにうなずく。「うまくいくかもしれないわ」

誰もがそうだとは言わないが、真実が意に沿わない場合に女性が真実を口にしなくなるのを間近で見たのは、決してこれが初めてではない。悪気があるわけではない、彼女たちにとってはどうでもいいことだからなのだ。真実は相対的かつ流動的で、必要に応じて変化するものである。だが、そこまで行ったらアドルフ・ヒトラーと変わらなくなる。

「ご厚意には感謝するよ。でも、それは駄目だ。わからんかね？」

「わからないわ」とベル。

「リタ・ウェインライトは殺されたんだ。意図的に、そしてむごたらしく。わしは犯人を見つけ出して相応の罰を受けさせる。たとえわしが残りの人生を、そこで送らねばならないとしても……つまり……」

「ブタ箱で？」

「ブタ箱だろうとムショだろうとね。あんたは夫のことでそんな気持ちにはならないかね？」

その言葉にベルはいくらかたじろいだ。

「犯人を捕まえてほしい、それは確かよ。でも誤解しないで！　あたしの夫は安っぽい、嘘だらけの――」ベルは先を続けられなくなった。悔し涙を湛えている。「でも、それを言ったら、あの二人はどっちもどっち、一緒にいるのをありがたいと思える立派な人間じゃなかったわ。先生が自分のことはほったらかしであばずれ女の味方をするのを見ているのがつらいの、それだけよ」

「それにルーク先生、あなたが分別をわきまえているとは思えません」今度はモリーが、柔らかく相手を包み込むような微笑を浮かべながら言った。「私たちは先生に不正直なことをしてくださいと頼んでいるんじゃありません。うちの父とお話しになりません？　ちょうどこちらに参りましたから」

私は気分が悪く意気も揚がらなかったので、振り返る気にもならなかった。

これ見よがしにならない程度に伊達《だて》な青いダブルのスーツに身を包み、相変わらず頭の天辺から爪先まで一分の隙もないスティーヴ・グレインジが、我々のいるリンゴの木の下にやってきた。女性への礼儀は心得ていると言わんばかりに、彼はしかつめらしく帽子に手をかけてベルに挨拶した。ベルはすぐに――少々やりすぎと思えるほど――はにかんだ様子になった。スティーヴはいかにも仲睦まじそうに話しかける。

「モリー、もう暗くなるのにこんなところにいたら風邪を引くぞ。お母さんが呼んでいる、急いで帰ったほうがいい」

「でも、お父さんにはルーク先生と話をしてもらわなきゃ」

「ルーク先生と話を？　なぜだね？」

「先生は明日の検死審問で、リタ・ウェインライトは殺されたんだとおっしゃるつもりなの。誰も信じてくれないわ。それが本当だとしても、今さらどうでもよくはないかしら」

　スティーヴは私を見た。

「私たちは常に真実を話すべきなんだ、モリー」娘に対する口調は真剣だが、空々しくもある。「真実こそは唯一の、健全で賢明で穏健な政策だからね。いつもそう言っているだろう？」

「でも……」

「違うかね？」

「言っています。いつもそう言っただろう、って」

スティーヴは咎めるようにモリーを見たが、それ以上踏み込まなかった。彼は細い口ひげを撫でながら、素っ気なく、しかし取ってつけたような陽気さを見せて話しかけてきた。

「だが我々は、何が真実であるかを知らねばならない。何を真実だと考えるかではなく。何を気に病んでいるのかな、ルーク先生？」

「スティーヴ」私は両手を握り締め、裏返し、医者の手にしては扱いづらい大きさになってしまった指の付け根の関節を眺めていた。「わしが明日、当局と揉め事を起こすようなら――どうやらそうなりそうだ――今のうちに情報を集めておいたほうがいいと思うんだ」

スティーヴはいぶかしげな目になった。

「当局と揉め事を起こすとか、どうしてそんなつまらないことを言うんだね？」

「話せば長くなる。あとでモリーから聞いてくれ。リタ・ウェインライトに関する情報なら何でも仕入れておきたいんだ。あんたにぜひ訊きたいことがある」

「いいだろう、守秘義務に抵触しなければだが」

モリーは籐椅子に坐り直した。スティーヴは、夜気に当たらないという信条を犠牲にして、その椅子の肘掛けに極めて用心深く腰を下ろし、背筋を伸ばして私の話に耳を傾ける態勢になった。私はなおも自分の手を眺めていた。膨れ上がった指の付け根の関節と太い指を。その間も、朝が来るまでに自分の前の閉ざされたドアを開ける鍵を見つけようと必死に考えていた。

「なあ」私は身を屈め、懸命に知恵をひねり出そうとしていた。「ずっと前にあんたとリタが口論をした時の原因を教えてくれないか？　彼女が道理に外れたことをあんたに頼んだ時のことなんだが」

17

スティーヴは声を上げて笑った。気取りのない快い音が宵の静寂《しじま》に響く。

「ルーク、勘弁してくれ！　まさかそれが今度の一件に関係してると言うんじゃなかろうな」

「そうは言わない。しかし――例えば、パスポートの推薦状を書いてくれと頼まれたことはあるかね？」

スティーヴが目を丸くしたのは無理もない。

「いや。だが、それのどこが道理に外れたことなんだね？」

「結婚前の名前にするからだよ。つまり、ミス・マルガリータ・デュレーンとしてだ」

モリーが横合いから口を出した。

「そんなはずはありませんよ、ルーク先生。覚えていらっしゃいません？　リタが父と口論したのはバリー・サリヴァンと知り合う前です。あの日のことはよく覚えていますよ、ちょうど開戦の放送があった日ですから。バリーと私はこの家の前であなたとウェインライト夫妻に会ったんです……」

不意に記憶がよみがえった。

「私はバリーをウェインライト夫妻に紹介したものか迷いました。リタと父が仲違《たが》いしたことを知っていたからです。リタがその前にパスポートを必要としていたはずはありませんよ」

　私は大間抜けだ。モリーの言う通りで、この手記にあの日のことも記してある。しかし私は、それがどこへ飛んでいこうと、風に運ばれる藁《わら》にもすがりたい気持ちだった。私が事の次第を説明するとスティーヴは面白そうに聞いていたが、終わりがたには不興を覚えたらしい。彼が口ひげを撫でやつれた頰をさすり続けるうちにも、庭はどんどん暗くなった。

「私は断固反対だよ」彼は一語一語はっきり注意深く話した。「昔からの友人にそんな証言をさせるのはね。いいかい、昨日も警告したはずだ」

「わしはどうなろうと構わん。スティーヴ、かわいそうなリタに報いてやろうという者はいないのか？」

　スティーヴは左の掌を指で叩きながら言う。

「今の話が全部事実だとして――いいかね、事実と仮定してだ――彼女は自分にふさわしい報いを受けたのだと思う。モリー、よく聞いておくんだよ。彼女は自分の意志で夫を棄てようとしていた。家庭と家族生活の礎《いしずえ》を引っくり返そうとしていたんだ。神がどんな罰を与えようと、自ら招いたことだ」

「スティーヴ、わしらはもういい年だ。たとえ子供たちのためになるとしても、くだらない話はやめよう。人間の本性を説教で正すことはできっこない。できるというなら、千年も前に坊主たちが世の中をすっかりきれいにしているはずだよ」

「それでも」彼はなおも言う。「彼女が責任を放棄し、家庭を崩壊させたという事実は動かしようがない。ジョンソンも認めているが――」

「そういえば、ジョンソンはどうなりました？」モリーが口を挟んだ。

話の腰を折られたことに苛立ったようだが、スティーヴは娘を怒鳴りつけはしなかった。

「ジョンソンは酔いが醒めて後悔しきりだよ。今なら誰のどんな行いも許すと言っている」スティーヴは鼻で笑った。どうやらジョンソン自身は何も許されないらしい。「ウェインライト教授に盗まれた庭園用の地ならしローラーの件でも教授を許すそうだ。明日の朝、治安判事の許に出頭して十シリングの科料を払うらしい。私がしてやれることは何もないよ」

「ジョンソンのことはもういい。あんたは本心からあれは心中だと信じているかね？」

スティーヴは穏やかに言った。「重要なのは証明可能だということだよ。警察はあれが自殺だったと証明できる。法的にね――」

「法律なんかどうでもいい！」

「それを言ってはいかんよ。愚かさの極みだ。議論の要点はこうなる。あの二人はダイヤモンドを持っていかなかった。ゆえに、駆け落ちする気はなかった。これに尽きる」

「漁師が見つけたスーツケースはどうなんだ？　女物の服が入っていたらしいじゃないか」

「リタの服なのか？　それが重要な点だ。と言うよりも、重要な点はそれしかない。リタのものだと証明できなければ、誰のものだろうが関係ない。それに、こういう考え方もできる」スティーヴは夕闇の中で指先を見ようとしていた。「リタが駆け落ちして新しい生活を始めようとしていたのなら、持ち物にＲＷのイニシャルをつけはしないはずだ。そもそもどんな目印もつけないだろう。誰が見ても持ち主がわからない新調の服にするさ。だから、いずれにせよ彼女のものだとは証明できないと思う」

私は両手で頭を抱えた。

「私は『リタ』と言ったが、もちろん『ミセス・ウェインライト』のつもりだよ」とスティーヴは付け加えた。

「あんたたちがなぜ言い争いをしたかは話す気になれないかね？」私は尋ねた。

スティーヴはためらっていた。

「うーん、話したくはないが、まあいいだろう。実は、彼女に代わってダイヤモンドを売ってほしいと頼まれたんだ。私は断り、それで言い争いになった」

「なぜ断ったんだね？」

怒ったようなスティーヴの声が夕闇を通して聞こえた。

「理由その一、私はダイヤのブローカーじゃない。理由その二、売ろうとしているダイヤは法律上は夫婦の共有財産と見なされる。銀行の共同口座と同じだ。ウェインライト教授の指示があれば売却交渉受諾を考えてもいいと私は言った。残念ながら彼女は逆上し、この件は夫に黙っていてくれときつく言った。そんなこんなで……」

スティーヴは仕立てのいい服の肩をそびやかす。

「それは彼女がサリヴァンと出会う前のことなんだな？」

「ずっと前だ。想像だが、ミスター・ウェインライトは彼女が自由に使える金をあまり与えていなかったんだろう」これですべて話したと言わんばかりに両膝をぴしゃりと叩いて立ち上がり、スティーヴはモリーに声をかけた。「さあお嬢さん、そろそろお暇《いとま》しよう。ルーク、最後に一つ言わせてくれ。明日の検死審問で下手なことは言わないようにな」

私たちは、青いデルフィニウムの間の小径を引き返した。道の両側に並んだ大きめの石は、灯火管制の際も見えるように白く塗ってある。裏口へ向かう途中、ベルは私の前を急に駆け出した。モリーとスティーヴは表に回ったが、言いそびれたことを打ち明けるためにモリーが戻ってきた。

灯火管制にはまだ間がある。カーテンを引いていない食器室の窓越しに、夕食の用意をしているミセス・ハーピングが見えた。モリーの顔が窓からの明かりに映えている。青い目はベルの灰色の目と同じようにきらきらと輝き、半ば開いた口許から美しい歯並びが覗いていた。

「ルーク先生、先生は人間の本性について話していましたよね」

「ああ、そうだが?」

「人間の本性があることをするように命じ、一方でそれまでに受けた教育や世の中のしきたりがそれをするなと命じたら、先生はどうなさいます?」

「あとで良心が咎めるようなことかね?」

「いいえ!」

「それなら、わしはすると思う」

「ありがとう。私もそうします」そう言い残して、モリーは走り去った。

気が滅入る夕食だった。翌日の計画についてはトムにひと言も話さず、ベルにも口止めしておいた。聞けばきっと癇癪を起こすからだ。その結果、私はお茶の席にいなかったことでトムから説教される羽目になった。

私はここまでに息子を自慢するようなことを書いただろうか？　普通そんなことは他人に言わないし、書くのも悪趣味に思える。しかし、トムはこのところ五人分どころか十人分の仕事をしていて、明らかに働きすぎの顔色だったので、私は説教のお返しをしてやった。トムは、エルム・ヒルで発生した、死者は出なかったが興味深い炭酸中毒の症例を話すのに夢中で、聞く耳を持たなかったが。彼はベルもその話題に興味があるものと固く信じて症状を事細かに説明し、私はひとり考え事にふけっていた。

「まずしなきゃいけないのは」トムはステーキ・アンド・キドニー・パイに手を伸ばしながら、説明に余念がない。「胃をぬるま湯で洗滌することだ」

「まあ、トム！」

「いや、それでいいんだ。そうすれば、硫酸マグネシウムを分解することができる。何なら糖酸塩に漬け込んだライムを使っても――」

「自分のことで悪いけど、あたしはしょっちゅうシュガーライムを使っているの。でもあんたはあんただから気にしなくていいわよ」

「すると石炭酸が結合して無害の硫酸エーテルになり……おい、失礼な奴だな、知らないだろうと思ってせっかく話してやってるのに」

「まあなんて楽しいお話でしょう！　そこにある塩の入れ物を自分の喉に詰め込んでくれたほうがありがたいわ」

（ベルはトムの相手をしながら、ずっと私を見ていた）

リタとサリヴァンが殺されたことをどう証明すればいいんだ。明朝十時までにどうやったら証明できる？

「ねえ、おやじ殿、何も食べていないじゃないですか！」

「腹が減っていないんだ」

「でも食べなきゃ！　このところ食が細いですよ。食餌制限が必要な病人でも監獄の囚人でも、もう少し食べていますよ」

「ほっといてあげなさいよ、トム」

どうすれば証明できる？　どうやって？　どうやって？

「すまんが、デザートは遠慮して下がらせてもらうよ。失礼」

私は食卓を後にした。食堂のドアを閉める時に二人の様子をちらりと見た。三十年間あの食卓の上に吊ってあるモザイクガラスのドーム状の笠からこぼれる明かりの下、大柄でそばかすの目立つトムはうつろな眼をしていて、ベルの波打つ髪は光り真っ赤なマニキュアが鮮やかだった。

さっそくミセス・ハーピングが食堂から出てきて小言を浴びせ、私はいらいらと応じたように思う。居間に入ってラジオを点けたが、憂鬱な戦時ニュースが流れてきたのでスイッチを切った。その拍子に〈清閑荘《モン・ルポ》〉で寝ているアレックを思い出した。

ホールの明かりを消し、玄関のドアを開けて外を見た。真っ暗な村の上空から明るい月が家家の窓を照らしていた。道路の向こうから〈トテ馬車亭〉で浮かれ騒ぐ音がかすかに聞こえた。闇にコツコツと靴音を響かせ『虹の彼方に』を口笛で吹きながら、誰かが通りを歩いている。我々はあの夏、いつでもどこでも口笛で『虹の彼方に』を吹いていた。おそらくこの国の歴史で一番悲劇的な夏に。

私は車を道端に駐めたことを思い出したが、車庫に入れる気にはならなかった。人に会いたくなかったし、会うのはたまらなかった。二階の寝室に上がってドアを閉め、明かりを点けた。

部屋に入ればなじみのものが迎えてくれる。モリス式安楽椅子、ベッドの上に掛かっているトムの母親ローラの写真。階下《した》ではトムとベルがラジオを聞いている。いまいましいことに、BBCは選《よ》りに選って『君が世界でたった一人の女性だったら』を流していた。

本棚には何度も読み返した本が並んでいるが、今夜は手を触れないことにしてナイトシャツに着替え、スリッパを履きガウンを着た。

「ルーク・クロックスリー」頭の中で声がする。「こんな状態は馬鹿げている。とても耐えられない、何とかしよう」

「何とかって、どうすりゃいいんだ?」

「目の前の証拠から始めるんだ」声は言う。「二人がどうやって崖の上から石鹸の泡のように消えたか、そしてどうやって殺されたかについて」

「わしにそんなことができるかね？　ヘンリ・メリヴェール卿だってお手上げなのに」

「できるかどうかは問題じゃない。やらなくてはならないのだ。まず事実だとされていることから始めようか……」

私はモリス式安楽椅子に腰を落ち着け、一日に一服だけ吸うことにしている煙草をパイプに詰めてくゆらせる。吸い終わると、もう一度詰めて火を点けた。後ろめたくはあったものの、軛《くびき》から解放され遠慮なく逸楽にふけっているという高揚感も得られた。

十一時過ぎにトムが重い足取りで寝室に上がってきた。私は煙を咎められはしまいかと気が気でなかったが、彼はドア越しにお休みなさいとだけ言って引き揚げた。数分後、ベルがドアをそっと叩き、湯気の立つカップを皿に載せて入ってきた。

「いいこと、先生。熱いオーヴァルティーン（麦芽飲料の一種）を作ってあげたわよ。ベッドに入る前に飲むって約束する？」

「ああ、どうしてもと言うなら」

「よろしい」言い足りないのか畳みかける。「冷めないうちに飲むって約束する？　飲むというのは口先だけ？」

「約束するよ」

彼女は安楽椅子の近くの小さなテーブルにカップを置いた。

「先生」深紅の口許が歪んだ。「あたし、今日の午後は闘志満々だったのに、もう駄目みたい。手札が悪すぎるわよ。諦めて、あの人たちが言ってほしいことを言ってあげなさいよ」

「もう寝なさい」

「少しでも見込みがあるんなら、あたしだって――」

「もう寝なさいと言ったぞ」

「わかったわよ、頑固爺さん。ところで、モリー・グレインジのことだけど」

「モリーがどうかしたか？」

「先生も気づいてると思うけど、あの人ポール・フェラーズにかなりのお熱よ」

「何となくわかっとるよ。いいから、もう寝なさい」

ベルは私を不思議そうに見た。「彼女にはあたしみたいじゃなく、いい人を見つけて幸せになってほしいのよ。じゃあ、お休みなさい」

私は手を振って送り出した。ベルはもっと何か言いたげに出ていった。彼女こそ慰めを必要とする立場なのに、私は情けないほど我がことにかまけて、年寄りの耳障りな小言よりましなことは言えなかった。彼女がいなくなるとすぐに後悔したが後の祭りだ。

ご想像通り、オーヴァルティーンはすっかり冷めてしまった。私はまたパイプに煙草を詰めて火を点け、銀幕に映し出すように証拠を思い出してみた。時計は深まりゆく静寂の中で時を打ち続けた。

ウェインライト家、そして〈恋人たちの身投げ岬《ラヴァーズ・リープ》〉へと続くぼんやり光る小径に始まり、私の思考はこの土地の数多くの道、谷、崖、海、洞窟を越え、エクスムーアの荒野へ、そしてベイカーズ・ブリッジ道路へとさまよい、ウェインライト家の地所に残された証拠とあの場にいた人々へ戻っていく。私は謎めいた足跡について考えた。目を閉じて、最初に雨の晩に見た時のこと、今日の午後の日差しの下で見た時のことを思い出してみた。アレック、リタ、サリヴァン、フェラーズ、モリー、スティーヴ、ジョンソン、ベルのことを考えた……土曜の夜に〈清閑荘《モン・ルポ》〉で起こったことの多くに説明がついたが、H・Mによる事件の再構成で言及されなかったことがいくつかある。それらは困惑の材料であるばかりか、意味さえわからないままだ。

例えば、電話線が切断されたことや車のガソリンが抜かれたことだ。犯人はなぜそうしたのか？

ジョンソンの仕業でないとすると、あれは計画の一部に違いない。H・Mもそのことを強調していた。あれで何かが証明されたわけではない。何かが得られたわけでもない。犯行の発覚が未然に防げたということも到底ありえない。誰かが忍び込んで電話線を切り、それを箱の中に戻すことにはかなりの危険が伴う。外部との連絡手段を絶つことは、警官の到着を遅らせるくらいの影響しかなかっただろう。しかし、どうせいつかは警察が――

玄関ホールの時計が十二時半を打った。

ガラスの灰皿に慎重にパイプを置いた。パイプを持つ手が震えていたのだ。

私には事件の全貌が見えていた。

18

いったん鍵となる手がかりをつかんだら、あとは驚くほど簡単だった。

煙草の煙が立ちこめる部屋で私は立ち上がった。心臓が早鐘を打つのがわかったが、これは持病の徴候ではない。ちなみに、心臓が重苦しく感じられるのは、たいてい胃が原因だ。どこを捜せばいいか、もうわかっていた。犯人が驚くほど用心深くない限り、私の主張の正しさを証明できるかもしれない。しかし、今夜出かけるのは賢明なことか？　そもそも出かけられるだろうか？

こっそり出ていくところを見つかったら、二週間はトムに説教されるだろう。だが、やってやれないことはない。家を抜け出す際に一番厄介なのは、車のエンジンをかける音だ。幸い、私の車は表の通りに駐めてある。本通り《ハイ・ストリート》の緩い坂をエンジンをかけずに下り、その先で方向転換して戻ってくればいい。

急いで着替えていると、夜中にルーク先生が馬鹿なことをしに出かける光景が目に浮かぶ、と言ったポール・フェラーズの顔が目の前にちらついた。当人よりも他人のほうが、私の性格を知っているようだ。しかし何としてもやらなければ。

靴を履けば身支度は完了する。懐中電灯をポケットに忍ばせた時、テーブルの上で手つかずになっているオーヴァルティーンのカップに気づいた。すっかり冷めていたが、約束は約束だ。私は一気に飲み干し、明かりを消してドアを開けた。

足音を聞かれずに階下《した》へ行くのは簡単ではない。しかし私はどの床板が軋むか一枚残らず知っている。もう何年も前、夜の往診から帰ってローラを起こさず部屋に入るために覚えたのだ。真っ暗なホールでは時計が喘息病みのような音を立てている。私は靴を持ち忍び足で階段を下りた。踏み板が軋んだのは一度きりだ。玄関のドアに行き着いた時、ふと気づいた。

証人が要る。

私が見つけようとしているものを確認してくれる証人が必要だ。でないと、せっかく見つけても、私の言うことは信じてもらえないだろう。私は忍び足で診察室へ行き、そっとドアを開けた。明かりを点ける必要はなかった。診察室の奥行きはぴったり九歩分で、突き当たりに仔牛革を張った医学書の並んだ本棚があり、天辺には頭蓋骨が載っている。その本棚と平行に四歩進む――机がある――そばに椅子――腰を下ろす――受話器に手を伸ばす。

そしてリド・ファームの番号を告げればいい。

眠そうな交換手が先方を呼び出している。エクスムーアの闇の中で、ぞっとするようなベルの音がけたたましく二度鳴るのが聞こえた気がした。ようやく返事があった。

「ううん？　こんな夜中にいったい何の用じゃ？」

「ヘンリ卿ですか？」

しばし沈黙。

「起こして申し訳ありません。緊急の用件で、どうしようもなくて。わかったんですよ」

「わかったとは何がじゃ？」口調が鋭くなった。

「真相です。どうやったか、わかったんです」

再び沈黙があった。

「うん……そうか。そうなるのではと思っておった」

「すると、あなたもわかったんですね？」（おかしい、H・Mは言質《げんち》を与えまいとするようなのらりくらりとした口調だった）「じゃあ、大通りとベイカーズ・ブリッジ道路がぶつかるところで落ち合いましょう」

「今からか？」

「ええ、今すぐです。夜が明けてからでは遅いかもしれない。あなたにお願いするなんて厚かましい話ですが、我々の主張は正しいと証明できるかもしれないんです。ヘンリ卿、殺人がどこで行われたかわかりました」

再び妙な感じがした。あたりは真っ暗で電話機さえ見えないが、どういうわけかこの闇には脱脂綿に似た性質があって、頭を包み込んで受話器からの小さな声をさらに聞き取りにくくしている気がした。

「おい、わしは行けん！」もごもごとした声が、はるか彼方から聞こえた。「こんな足で一日中歩かされたんじゃぞ」

「車で送ってもらえばいいでしょう」

「フェラーズは留守じゃ」

「夜中の十二時半ですよ。どこへ行ったんです?」

「わからん。だが、あいつは出かけたんじゃ。車でな」

「じゃあ車椅子を使えばいいじゃないですか! とにかく来てください! どんな手段を使ってでも!」私は声を落としながらも激しい切迫感を込めて訴えたが、その声は自分の耳にすら遠く聞こえた。脱脂綿の覆いはどんどん厚みを増していくようだ。頭をちくちく刺す感じがし始め、すぐに鼓膜のあたりまで広がった。「正義のためでなければこんなお願いはしません! 来てくれますね?」

「わしはきっと気がふれたんじゃな。よし、承知つかまつった。大通りとベイカーズ・ブリッジ道路の角じゃな。で、時間は?」

「できるだけ早く!」

受話器を置いて椅子から立とうとした時、二つのことが起きた。

正面の壁にうっすらと縦ひと筋の明かりが差し、背後でドアがゆっくり開いて誰かが廊下の電球を点けた。ドアが開くにつれて黄色い明かりは幅を増し、やがて扇状に広がった。ドアとは反対側の壁、頭蓋骨が載った本棚のあたりに誰かの影が現れた。私の頭に妙な考えが浮かんだ――めまいがしていたのでそんな気になっただけかもしれないが――影法師の頭が頭蓋骨に重なり、すっかり覆い隠したように思えたのだ。

ベル・サリヴァンの囁きが聞こえた。

「先生、どういうつもり？　何をしているのよ？」

立ち上がると、めまいがひどくなり、くらくらした。ほんの一瞬だが、足先が床から離れ後ろ向きにひっくり返りそうになった。

「静かにしてくれ！」私は小声で言った。

椅子の背につかまると椅子は軋んだが、その瞬間にめまいは消えた。しかし、脱脂綿が頭を覆っている感じと口がからからに乾いた感じは残っていた。

「どういうつもりなの、先生。どうして服なんか着てるのよ」彼女は青白ストライプの、トムのパジャマを着ていた。手首とズボンの裾を何インチも捲り上げているが、それでも小柄な彼女にはダブダブだ。履いているのは私のスリッパ。逆光で彼女が影絵のように見えたこと、ぼんやりした明かりが床のすりきれた茶色のリノリウムを照らしていたことを私は覚えている。

「出かけるんだよ」小声で答えた。「行かなければならないんだ」

「どうして？」

「穿鑿《せんさく》しないでくれ。頼むから大きな声は出さんでくれよ」

「先生、出かけちゃ駄目よ！」囁き声が叫ぶように訴えていた。「実はね――先生、オーヴァルティーンを飲んだでしょ？」

「ああ」

「あれに薬を入れたの」

なるほど、暗示の効果は馬鹿にできない。そう言われただけで、逆光にほんのりと光るベルの明るい茶色のちぢれ毛がぐるぐる回り出した。

「トムがくれたの。でも、あたしより先生に必要だと思ったのよ。だから、ひと晩ぐっすり眠ってもらおうと思って入れたの。今頃は赤ちゃんみたいに眠っているはずなんだけど」

私は脈を取ってみた。確かに遅くなっている。

「薬は何だ？　量は？」

「名前なんてわからないわよ！　赤いカプセルだったわ」

「一錠か？」

「ええ」

たぶんセコナールだ。私は椅子の背をつかみ、体をしゃんとさせた。

限界はあるが、意志の力で催眠薬と闘うことは可能だ。これは睡眠恐怖症にかかっているヒステリー患者の症例にある。薬を飲んだのはほんの数分前だから、影響が本格的に表れ渦に引き込まれるように頭の働きが鈍くなるのは数十分後だ。しかし、やはり気分はよくない。吐き気がし始めたら、今夜の勝利は遠のいてしまう。

「それでも行かなくちゃならん」

「そんなこと、あたしがさせないわよ！」

ベルがはっと後ずさったところをみると、私は恐ろしい形相だったに違いない。彼女の横を通る時に肩をぽんと叩いて安心させようとした。膝がぐらぐらしているように感じたものの、頭はまだはっきりしていた。玄関で靴を履こうとして下を向いた拍子に激しいめまいに襲われたが、何とか靴を履き外に出た。

　夜気が心地よかった。車に乗り、まず行きたいのと逆方向に自重で坂を下り、我が家から十分離れたところでエンジンをかけた。方向転換して今度は坂を上り、本通り《ハイ・ストリート》の両側に並ぶ黒い家並みが途切れると、もう二度とやりたくないと思うほどの猛スピードで車を走らせた。

　私は犯人が誰かわかっていた。誰もがよく知っていて好意を寄せている人物に、我々がいかにたやすく騙されていたかを考えると胸が悪くなる。

　明るく澄んだ色の丸い月が出ていた。のちに人々が「爆撃の月」（明るい月は爆撃機が目標を狙いやすくする反面、高射砲や戦闘機から攻撃されやすくする）と呼んだ月だ。シャイア・オークの先のカーブで「現実感を失った」感覚が訪れた。時空の狭間を飛んでいる感覚、月と道端の灌木しか存在しない世界にいる感覚だ。私は時速七十マイルで、何となく見覚えのある車を追い抜いた。あの車、今頃こんなところで何を……

　危ない！

　一本の木が目の前に迫っていた。車が大きく傾き、ブレーキの軋む甲高い音がどこか遠くから聞こえるような気がした。車は道に戻り、滑るように走り出した。

　行く手に広がるのは闇ばかり。

　意識が途切れてきた。

　しっかりしろ！

　前方にベイカーズ・ブリッジ道路との交叉点が見えてきた。分岐を右へ行けばベイカーズ・ブリッジだ。私は車を寄せて駐めた。

H・Mはいない。この時間に着いているはずもなかったが、私の頭では思い至らなかった。車を降りる。不思議な力に支えられて宙に浮いているような感覚にとらわれた。頭と指先がうずくことを除けば、気分はすこぶるよかった。

私は酔っ払いのように独り言を呟いていた。頭に浮かぶ考えを片っ端から口に出さなければ気が済まなかった。H・Mはいない。待つことはできない。待ってはいられない。

「構うものか」そう口にしたことを覚えている。目に見えない傍聴人に聞かせるのが焦眉の問題だと思えた。「構うものか！　あとから来ればいい」

あとから来られるはずがないとは考えもしなかった。私が「大通りとベイカーズ・ブリッジ道路がぶつかるところで落ち合いましょう」と言った時、恐怖と苦悩の現場となった古いアトリエに行くものと彼は考えたに違いない。

しかし、私はそこへ向かっているのではない。

大通りから右ではなく左へ曲がり、海への道を進んだ。大通りとそれに並行する崖の間に宏大な荒れ地が広がっている。そこは岩だらけの小高い丘で、まばらに生えた灌木は海からの強い風にねじ伏せられたような姿をさらしていた。丘をよろよろと進みながら、〈海賊の巣窟〉へ通じる岩穴に着く前に黒く渦巻く放水路に意識が呑み込まれないようにと、十七世紀の放浪僧さながら祈りの言葉を口にしたのを覚えている。

このあたりの海岸沿いにある洞窟が密輸業者の根城だったと考える者が多いのだが、そうではない。その手の洞窟を見たければサウス・デヴォンかコーンウォールへ行くことだ。十八、十九世紀に密輸業者がフランスからノース・デヴォンまで来ても、労多くして益は少なかった。洞窟は蜂の巣状に穿《うが》たれた自然の造形物で、〈暗いカンテラの岩屋〉〈地獄穴〉〈風の洞窟〉〈海賊の巣窟〉と、興趣に富む名前が与えられている。

私は〈海賊の巣窟〉と呼ばれる洞窟を目指した。

陸側の入口は岩穴で、だらだらと下る地下道が四十フィートほど続いている。崖側の入口はその下の岩場から三十フィート以上も上方にあり、その開口部はウェインライト家から崖伝いにたっぷり半マイル離れている。

少し振り返っただけで、月明かりに照らされた荒野に動くものは何一つないことが、かすみ始めた目にもわかる。遠くに私の車が見えた。あそこが大通りとベイカーズ・ブリッジ道路との交叉点だ。

下り始めると、最初は悪夢さながらの体験だった。這うように進み丘の中腹と思しき場所に出て、そこからは葛折《つづらお》りが続く。観光客の便宜を図って役所が設けた木の階段を三段下りた。懐中電灯は持っていたが、光が弱くなってきたようだ。

こちら側の入口は崖の縁から百ヤードほど離れたところにあった。木の階段の下には地下に続く岩穴が口を開けていて、中を歩くには屈まなければならない。

ここが最悪の行程だった。ずっと頭を下げているので、頭に黒い波が押し寄せては意識を奪っていく。一度ばったり倒れた。幸い懐中電灯は壊れず、手に負った傷の痛みでかえって意識がはっきりした。地下道の空気は、土臭さを別にすればかなり新鮮だ。地面の傾斜のせいで足許が覚束ない。滑りそうになるたび、片手で湿っぽい岩につかまり転倒を防いだ。

やがて、暗闇から強い潮風が吹いてきて顔に当たった。パシャパシャという水音がかすかに聞こえる気もした。もう一時近くになっているはず――満潮で水位が高い頃合いだ。

さらに十歩進み、〈海賊の巣窟〉に出た。

海側に開いた入口は、月光を受けて青白く輝いている。その向こうに陰鬱な表情を見せる黒い海が迫り、懐中電灯の明かりを反射させていた。ここは寒く、たまらなく湿っぽい。洞窟の内部はおおむね円形で、岩の壁はあちこち船の肋骨材のように突き出たり窪みができていたりして、全面に細かい水滴がついている。直径が十五フィート、一番高いところで十フィートといったところか。壁の岩層が髑髏印(交叉した骨二本と髑髏を組み合わせた印)を思わせるところが名前の由来に違いない。

懐中電灯の光がますます頼りなくなっている。あたりを照らしたが何も見えなかった。何もない。

波が岸壁を洗う音が、洞窟のでこぼこした壁に反射してうつろに谺《こだま》する。物好きが頭文字を落書きした髑髏印の岩層、私が足を滑らせたあたりの岩床にある蠟燭が溶けた痕、その二つを除けば何もなかった。

「でも、何かあるはずだ!」自分が発したとは思えない叫び声がけたたましく響いた。「何かあるはずなんだ!」

あまり長く持ちこたえられそうにない、そう自覚してはいたが、遠くから自分を見るような曖昧な認識でしかなかった。髑髏印がぼんやりしてきた。懐中電灯の光はさらに弱くなった。その時、まともに吹き込む風を避けるように、壁龕《へきがん》めいた場所に使いさしの短い蠟燭が立ててあるのに気づいた。

私は蠟燭に火を点けようと試み、五本目のマッチでようやくうまくいった。目がかすんで炎がいくつにも見え、ぐるぐる回っていた。一方で、岩層の髑髏印は蠟燭の明かりで不気味な陰影が施され、本物の死神のように見える。

「自動拳銃は」再びあの声が頭のすぐ横で聞こえた。「空薬莢を高く、右後方に弾き飛ばす。自動拳銃は薬莢を高く右後方に弾き飛ばす」

懐中電灯をポケットにしまい、あと五分でいいから意識を失わずにいられる力がほしい、と声に出した。そして、目が見えない甲虫《かぶとむし》のように壁を探り始めた。硬い岩角や窪み、裂け目がどこまでも続くように思われた。

百に一つの、本当に頼りない希望だった。私の指は壁のあちこちを這い、窪みを突き刺し、掻き回し、もぞもぞと動いた。三二口径の銃から飛び出して岩壁に埋まっていた小さな金属の物体に私の手が触れた時、それは転がり落ちてしまった。私は半狂乱になって岩の割れ目を手探りし、ようやくその物体をつかんだ。

昆虫を捕まえた時のように両手で囲い、私はつまずきながら壁から後ずさった。頭がくらくらするので片目を閉じ、一方の目だけでそれを見た。

三二口径の真鍮の薬莢だった。

しかし、これで終わりではない。壁を撫でた時の、ほんの一瞬何かが指先に触れたおぼろげな記憶に促され、私の足は再び壁へ向かう。やがて私は二つのものを引っ張り出した――雑草をむしる時と同じでなかなか抜けなかった。見つけたいと切望しつつも見つかるだろうとは期待していなかったもの――それは岩の裂け目に深く押し込んであった。その深さは罪の意識の深さを物語っている。薬莢はチョッキのポケットに収め、新しい収穫物を両手に一つずつ持って、よろめく足で壁から離れた。

二着の水着だった。

より正確に言うなら、一つは紺の男性用水泳パンツで白いベルトと金属のバックルが付いている。もう一つはライトグリーンの女性用で、リンクーム住民の半数は、持ち主が誰かを知っている。二つとも黒ずみ、まだ湿っていた。

「やりましたよ、H・M」私は声に出した。「もう殺人鬼を逃がしはしない」

その時、背後の地下道の陰から誰かが銃を撃った。

咄嗟に銃声だとはわからなかった。しかし、弾が岩に撥ね返って跳ぶヒュンという音――鉄の鞭を振るったりピアノの弦を弾いたりした時のような金属音――は、敵弾の下を掻いくぐった経験のある者なら間違いっこない。

洞窟に銃声が轟いた時、壁に刻まれた髑髏印の顔の一部が欠け、白っぽい部分が覗いた。二発目が撃たれ、蠟燭が消えた。

私はそのことに感謝すべきかもしれない。しかしその時、何かを考えていたか、いや感じていたかさえ覚えていない。私は水着を抱え、二、三歩進んでばったり倒れた。

海側の入口から月の光がわずかに差し込むだけで、あたりは暗い。ゴボゴボ、パシャパシャと音を立てる真っ黒な海の水は、月光を受けて波頭を灰色に輝かせ、入口の下、二フィートもないところまで迫っていた。

知覚を呑み込む渦がついに私を捕えようとしていた。私は全力で意識を保とうと努めた。仰向けになろうにも岩床は濡れて滑る。頭を黒い雲が覆い尽くしかけた時、私は必死で神経を集中させ、かろうじて体を横に向けてチョッキのポケットから懐中電灯を出した。大量に失血した者のように全く力が入らなかったが、残った力を振り絞って懐中電灯のスイッチを入れた。その光は自動車のヘッドライトのようにまばゆく私の目を射た。あちこちをでたらめに照らしてから、私はやっと地下道へ続く入口に明かりを向けることができた。

何者かが立っていた。

19

最初に目に飛び込んできたのは、古いモリス式安楽椅子と日の当たるレースのカーテンの裾だった。

しばらくは、なじみの安楽椅子にも、そこが裏庭を見下ろす自分の寝室であることにも気づかなかった。気分は晴れやかで、すっかり落ち着き安らぎさえ感じていた。体を支えるベッドに白鳥の羽毛が詰まっていると言われたら信じたかもしれない。ヘンリ・メリヴェール卿が私を見下ろしていた。

「おはようさん、先生」彼はごく当たり前の挨拶のようにそう言った。私が片肘をついて体を起こす間に、ベッドに椅子を引き寄せて坐り、顔をしかめ、鼻をくんくんさせた。

「よく眠ったもんじゃ。それがよかったな。ベル・サリヴァンもお手柄じゃった。おそらく自分では気づいていないだろうがな。オーヴァルティーンにセコナールを入れたことじゃよ」

記憶がよみがえり、頭を殴られたような衝撃を受ける。

「これ、起き上がっちゃいかん！」H・Mが注意した。「食事が来るまで、安気《あんき》に構えてもたれていなさい」

「私はどうやってここへ帰ってきたんでしょう？」

「わしが運んできたんじゃ」

「もう朝ですね？　検死審問がある！　何時からです？」

「ああ、そのことか」Ｈ・Ｍは陰気な声になった。「検死審問は何時間も前に終わっておる」

寝室の窓は開いていた。ここには何の秘密も心配もないというように。隣家の鶏小屋で雌鶏がコッコッと鳴いている。私は片肘をついたまま、神様がほんの少しだけ憐れんで、私が何をやってもつらい目に遭うようにする試みを土壇場で思いとどまってくれたのかと考えていた。

「クラフトの奴、具合が悪くてあんたが証言できなくてよかったと抜かしおった。まあ、証言していたら確かにただでは済まんかったろうな。それはあんたも先刻承知だろうが」

「検死審問の評決はどうでした？」

「精神の均衡を失ったことによる心中じゃ」

私は枕を背中に置いて支えにし、上半身を起こした。

「ヘンリ卿、私がゆうべ着ていた服はどこです？」

彼は、私から目を離さずに大きな頭を向けて示した。

「そこの椅子に掛かっておる。どうしたいんじゃ？」

「チョッキの右下のポケットを見てください。理由がわかります」

「ポケットは全部見たが、何も入っておらんかったよ、先生」

そっとドアをノックする音がして、モリー・グレインジが顔を見せた。エプロン姿で晴れ晴れとした表情だ。その後ろからベル・サリヴァンが心配そうな顔で覗いている。

「先生に朝ご飯をお持ちしてもよろしいですか？」モリーが尋ねた。

「うん、そうしてやるといい」とH・M。

モリーは両手を腰に当てて、しばらく黙って私を見ていた。それから口を開く。

「先生にはこれまでもいろいろ驚かされましたが、ゆうべほどびっくりしたことはありませんよ。でも、お説教はあとの楽しみに取っておきます」

そう言うと彼女はドアをしっかり閉めて出ていった。こうなると、無力で、打ちのめされ、何をするにも睨みを利かされている身の私は、事態を静かに見守ることしかできない。

「クラフトの思惑通りということですな」私は言った。「お望みの評決が出て、我々が何をしようとも彼が苦労することはない。だが、慚愧《ざんき》に堪えませんよ。私は真相を知っていて、それはクラフトが考えているのとは別物ですから」

H・Mはケースから葉巻を出し、くるりと回した。

「どうやって犯行がなされたか知っておると自信を持って言えるかね？」

「ゆうべの一時にはそれを証明することもできたんですが、今となっては……」

「たいていの事件では最後に」H・Mはズボンの尻でさっとマッチをすり、得体の知れない葉巻に火を点けて低い唸り声で言った。「この老いぼれが腰を据えて、かぼちゃ頭連中に説明してやるんじゃが、その役回りを引っくり返してみるか？」

「引っくり返すというのは？」

「あんたがわしに話すんじゃ。犯人が誰かも知っておるんじゃな？」

「ええ」

「ふむ……そうか。これが、頭に血の上ったマスターズがわしに食ってかかってきたとかいうのなら、わしが犯人を突き止めてそいつの鼻を明かしてやるところじゃが。今回は情報交換といこうか。それはこれまでに嫌疑のかかった人物かな？」

ある人物の顔が私の目の前に浮かんだ。

「すぐさま疑いのかかる人物ではありませんが、それでも殺人鬼には違いありません。納得できないのは、顔見知りでみんなに好かれてもいる人物に手もなく騙されていたことです」

再びノックの音がして、今度はポール・フェラーズが入ってきた。

「顔色がよさそうで安心しましたよ、ルーク先生」彼がネクタイを締めているのを初めて見た。「あなたが目を覚ましたとモリーから聞いたんです。体に障らなければ、ゆうべ何があったのか話してください。みんな聞きたくてうずうずしていますよ」

H・Mは目を瞬《しばたた》いて振り向いた。

「坐るんじゃな」抑揚のない口調でフェラーズに言う。「これからクロックスリー先生が、犯人が誰でどうやって殺人を実行したか話してくれる」

ほんの一瞬、フェラーズはネクタイに手をやったまま凍りついたようになった。額に皺を寄せ、疑わしげにH・Mを見る。葉巻を持った手でH・Mに坐れと促され、フェラーズは私のモリス式安楽椅子をこちらへ向けて腰を下ろした。彼のそばにオーヴァルティーンの入っていたカップがある。私のパイプもだ。フェラーズはきれいに剃った顔に微笑を浮かべ、話している間、私から視線を逸らさなかった。

「わしはゆうべこの部屋に坐って証拠をじっくり検討した。証拠は、法廷で証拠物がずらりと並んでいるように、目の前にある。しかし、どうにも嚙み合わない。その時、電話線が切られたことと車のガソリンが抜かれたことを思い出した。あれは誰が何のためにやったのか？」

Ｈ・Ｍは葉巻を口から離した。

「それで？」

私は目を閉じてあの時の情景をはっきり思い浮かべ、話を続けた。

「土曜の晩に雨が降り出した。バリー・サリヴァンはビーチチェアを取り込むと言って、リタとわしを家に入らせ自分はあとに残った。しかし彼は取り込んでいない。昨日〈清閑荘《モン・ルポ》〉へ行ったら、ビーチチェアは芝生の上にあった。でも、彼は何かをしたはずなんだ。あのあとハンカチで手を拭きながら家に入ってきたんだから。彼が一人になった時に車のガソリンを抜いたことはほぼ間違いないと思う」

フェラーズは上半身を起こし、問い質すように、

「サリヴァンがやった？」

「うん、電話線の切断も彼とリタの仕業だよ――では、なぜそんなことをしたのか？　それは、アレック・ウェインライトにしろわしにしろ、警察に連絡するにはリンクームまで歩くほかないようにするためだ。

アレックもわしもゆっくりとしか歩けない。わしの場合は言うまでもなく心臓のせいだが、

アレックも関節がこわばっていて思うように動けなかった。二人ともリンクームまでの四マイルを二時間以内で歩くことはできない。警察に電話できるのはリンクームに着いてからだし、そのあと警察は招集をかけて〈清閑荘《モン・ルポ》〉に到着、となる。何だかんだで——倒れたアレックをわしが二階へ運んだことも含めて——警察は午前一時まで現場に到着できなかった」

H・Mは無表情で葉巻を吹かしている。

フェラーズは当惑して額に皺を寄せ、

「それでも前からの疑問に対する答えにはなっていませんよ。お二人を引き留めても警察の到着は阻止できないんですから」

「ああ」私は声を張り上げる。「しかし、潮が満ちるまで警察の到着を遅らせることはできたんだよ」

モリー・グレインジが部屋に入ってきたことに私は気づかなかった。話すのに熱中して注意がおろそかになっていたのだ。ふと見ると、朝食のトレーを手にモリーが私のそばに立っていた。目に驚きの色を浮かべている。その後ろにベルがいた。私は機械的にトレーを受け取り膝の上に置いたが、食欲はさっぱり湧かない。

二人とも、聞くつもりもなく私の話を聞いてしまったのだ。二人は部屋にとどまり、何も言わずに立っていた。

「土曜の午後九時半、わしが〈恋人たちの身投げ岬《ラヴァーズ・リープ》〉へ行って二人が飛び降りたと思われる痕跡を発見した時には、潮位が上がってきていた。アレックが崖の下を調べられないかと訊いた時、わしはそのことを指摘した。ところで、満潮時に潮位はどのあたりまで上がるだろうか」私はH・Mを見た。「あなたはご存じでしょう、ヘンリ卿。月曜日、アトリエに向かう車の中でクラフトが話すのを聞いておられた」今度はベルを見る。「あんたも知っているな。ボートに乗って洞窟見物をする話の折にモリーが話した。満潮になると海面は崖下から三十フィートの位置まで上がる。

あの絶壁は高さが七十フィートあるが、満潮かそれに近い頃なら、泳ぎや飛び込みが得意な者が飛び降りるのはそんなに難しいことじゃない――リタ・ウェインライトとバリー・サリヴァンは泳ぎが達者だった」

部屋には物音一つしない。

フェラーズは何か言いかけたが黙っていた。H・Mは相変わらず葉巻を吹かしている。ベルは窓の外を見ていた。ベッドの裾に腰掛けていたモリーは、重苦しい沈黙の中でぽつんとひと言漏らした。「でも……」

「あの晩の九時半に話を戻そう。二人が飛び降りたと思ってわしはひどいショックを受けた。アレックでもわしでも、あれを見たら大いにうろたえるのは間違いない。だから我々二人が目撃者に選ばれたんだ。

ヘンリ卿には話したが、あの時わしは気が動転してどんなことも目に入らなかった。わしが見たのは足跡だけ、しかも暗い夜に覆いをした懐中電灯だけが頼りだった。犯罪捜査の専門家というわけでもない。ただし、そのわしでも咄嗟に気づいたのは」――現にこの手記に注意深く記録してある——「一方はしっかりとした足取りで、もう一方はその後をのろのろと短い歩幅でついていったように見えた、ということだ。

しかし昨日の昼間に足跡を見た時、ヘンリ卿はいくつかの点を指摘した。早歩きか小走りをしたように爪先が深くめり込んでいる二組の足跡は、均一の歩調で一歩ごとに歩幅が揃い、二つ並んでいる、と。

その言葉で、眠っていた記憶が呼び覚まされた。

全体が、一つの目的を達成するために計画されていたんだ。それは、九時半にわしが見た足跡と、一時に警察が捜査した足跡が同じものだと思わせることだった」

再び部屋を沈黙が支配した。

モリー・グレインジは、私の膝の上にあるトーストやコーヒー、ベーコンが冷めると咎めもしなかった。ベッドの裾に腰掛け、片手を胸に当て目を見開いている。タイミングを計っているようにも思えた。

「あのクイズの本だわ！」彼女は叫んだ。

部屋にいる誰もが驚いた顔で彼女を見たので、モリーは説明を始めた。

「うちにあるクイズの本が役に立つかもしれないとルーク先生に申し上げたことがあるんです。その本に、二人が崖から飛び降りたように見せかけるトリックが載っていました。一人が自分の靴を履いて崖際まで歩き、もう一人の靴に履き替えて後ろ向きに戻るだけなんですが。リタとバリー・サリヴァンも同じことができたはずです。崖の上にある小さな草むらで靴を履き替えられるから。でもヘンリ卿が、それは駄目だとおっしゃって……」

彼女はH・Mを見ていたが、彼は表情を変えずに葉巻の煙を吹き上げている。

「うん」と私は言った。「そうやって二人は最初の足跡をつけた。その足跡でわしだけ騙せればよかったんだ。あの二人だって、本職の目はごまかせないと知っていたからね」

フェラーズは背筋をぴんと伸ばして安楽椅子に坐っていたが、視力検査をするように片手の甲を目の前におずおずと持っていった。喉仏が動くのがわかる。

「最初の足跡はそれで説明がつきますが、二度目の足跡はどうやったんです？」

リタのしたことを許そうとするたび、二度目の足跡をつけた状況を考えて複雑な気持ちになる。しかし、何度でも言うが彼女はみんなによかれと思ってやったのだ。

「おそらく二人は近くに隠れて、わしが足跡を見つけるのを待っていたんだ。彼らは裏口のドアを開け放し、誰かが気づいて出てくるように仕組んだ。当然わしが行くと考えただろう。アレックはその頃には酔いが回って正体をなくしているだろうし、警察が信用する素面《しらふ》の証人が必要だった。

わしは足跡を見つけ、額面通りに受け止めた。そしてアレックのところへ戻った——ひどく落ち込んでね。まあ、それはどうでもいい」

「先生はそれでもあの女をかばうの？」ベル・サリヴァンが叫ぶように言った。

モリーはショックを受けたらしい。私は手振りで二人を黙らせた。

「リタとバリーは荒れ地を歩いて〈海賊の巣窟〉へ行った。その洞窟に、スーツケースが置いてあった。すっかり用意はできていたんだ。そこで水着に着替え、屋敷へ引き返した。ウェインライト宅の周囲四マイルに人は住んでいない。大通りを避けて移動すれば見咎められる気遣いもない。もちろん二人は靴を履いていた。

二人は潮が満ちて海面が十分高くなるまで待った。あの裏庭はいつだって砂地のように軟らかいが、あの晩は雨のせいでいつにもまして湿っぽかった。あとは〈恋人たちの身投げ岬《ラヴァーズ・リープ》〉へ歩いていくだけだ。ただし今度は二人の前に……そこまで言わないといけないかね？　二人が何を押していったかまで」

モリー・グレインジは両手を額に当てて呟いた。「庭園用の地ならしローラー」

また重苦しい沈黙が続いた。真昼の日差しが容赦なく照りつけ、キルトのベッドカバーの下はたまらなく暑かった。

「ウィリー・ジョンソンがウェインライトさんに盗まれたと言ったローラーね」とモリーが念を押す。

私はうなずいた。

「ヘンリ卿は昨日、あそこの地面一帯が真っ平らであることに気づいた。それはローラーをかけたからだ。鈍いわしはそのことに思い至らなかった。

あの二人は小径を歩いていった。優に四百ポンドある鉄のローラーなら、最初の足跡を消すことなどわけはない。彼らはそのあとを歩いて、ごまかす必要のない足跡を残せばいいんだ。足跡の爪先がめり込んでいた理由もこれでわかる――走っていたのではなく、重いものを押していたからだ。二人の足跡がぴったり同じ歩幅だったのも当然で——そうならざるを得ない。ローラーの跡は残らない。なぜかといえば、小径の両側に小石が並べてあるからだ。ローラーは幅四フィートだが、それについて思い出したことがある。月曜にベイカーズ・ブリッジ道路で会った、ビールでぐでんぐでんのジョンソンが発した言葉だよ。彼は『幅』と言うべきところを『長さ』と言ってしまったが。〈恋人たちの身投げ岬《ラヴァーズ・リープ》〉に続く小径も、知っての通り幅は四フィートだ。だから二人は、ローラーを小石の列の内側にぴったりつけてローラーがはみ出さないようにすれば、小石に乗り上げて地面に埋め込むこともない」

「でも、そのとき二人に見えたでしょうか?」喉をまだ引きつらせているフェラーズが尋ねた。

「もう真っ暗でしたよ」

「見えたはずだ。月曜にモリーには言ったんだが、あの時分は雨が上がって空は晴れていたし、覚えているだろう、小石は真っ白に塗ってある——灯火管制が厳しくなっても目印になるようにみんな白を使っているよ。クラフトもおどけて、暗闇でも見えると指摘していた」

ベルはまだ窓の外を眺めていたが、いつの間にか煙草に火を点けていた。日差しに目がくらんで何も見えずにいたはずだが。彼女は毒を含んだ口調で訊いた。

「その芸当は誰が考えたの? バリー、それともあばずれ?」

モリーは咎めるように身振りで制した。

「それから?」彼女はベルに構わず先を促した。

さあ、一番嫌なところに来てしまった。

「からくりは簡単だ。二人は〈恋人たちの身投げ岬《ラヴァーズ・リープ》〉の端まで行って、ローラーを崖から落とした。クラフト自身認めていたが、崖下は調べなかったらしい。

頭から飛び込んだか足からかはわからないが、二人は海に潜った。海面に頭を出したら、崖沿いに泳いで〈海賊の巣窟〉に続く崖の入口を目指す。満潮時には入口の近くまで潮が差している。早く着いたとしても、あらかじめロープを垂らしておくなど準備はできた。

場所がわかりにくくても対処は簡単だ。蠟燭に火を点けて、風の当たらない窪みにでも置いておけば、海面に明かりが映り、かといって遠くまで光が届くこともない——ゆうべあそこへ行ったら、実際にそんな蠟燭があったよ。

二人は水から上がって〈海賊の巣窟〉に入り、水着から洋服に着替えた。すべてが驚くほど簡単で、魔法のように鮮やかに運んだ。疑う者などおるまい。あと数分で二人はスーツケースを持って古いアトリエに向かい、サリヴァンの車に乗り込む。だが、二人の目算は最後の最後で外れた。それが殺人者の出現だった」

今、眼前の光景はごくごく平凡である——明るくのどかな水曜日、隣家の鶏小屋からはひよこの声が聞こえていた——と同時に、奇怪なほど非日常的でもあった。モリー、ベル、そしてフェラーズの顔が私に向けられていた。私はぬるくなったコーヒーを一口すすったが、手が震えるのでやむなくカップを置いた。

土曜の真夜中、〈海賊の巣窟〉での情景を私は思い浮かべていた。壁龕《へきがん》に蠟燭がともり、リタとサリヴァンは罪の意識に急かされながら着替えている。たった一つの家を後にしたリタは泣きながら。その時、真っ青な顔を憎悪に歪めた何者かが陸側の地下道を通って忍び寄る。手を上げて防ぐ暇《いとま》も与えず、至近距離から二人を撃った。

「ねえ、先生」ベルがしわがれた声で言った。洗面台の石鹼皿で煙草を揉み消し、煙を吐き出すとベッドをそっと回り込んできた。

後始末は——私はぼんやりと情景の続きを想像していた——簡単だったろう。二人の遺体を転がして海に落とし、スーツケースも放り込む。検死をした医師の証言にあったが、遺体の損傷が軽微だったのは、崖から転落した時には死亡し脱力していたからではなく、そもそも高いところから落ちていないからだ。その後、潮の流れが遺体を岩に打ちつけ、識別を困難にするほどの傷を負わせた。

私は両手で目を覆った。

「先生は誰がバリーとあばずれを殺したか知っているのね?」ベルがやっと続きを言った。

「そう思っている」

モリー・グレインジの息が口笛を吹いているように聞こえる。喉が詰まって息をするのもままならないのか。彼女はベッドに片膝立ちになっていた。

「まさか——私たちが知っている人じゃありませんよね?」モリーは訊いた。

「知っている人以外の誰がやるんだね?」

「でも——ここにいる人じゃないですよね?」

喉から心臓が飛び出しそうなほど動悸が激しくなった。

「モリー、それは『ここ』がどんな意味かによるな」

「ということは」フェラーズが言う。「いよいよ山場ですね。みんな聞いていますよ。誰が殺したんです?」

私は目を覆っていた手を離した。

「すまんがミスター・フェラーズ、わしは君がやったと考えている」

沈黙。

この男を憎む気持ちは抑えようがなかった。人を欺くほどの演技がそれなりに素晴らしい見せ場を作り出すこともある。しかし、この事件ではもうたくさんだ。

その顔つきからは、驚きのあまり口も利けなくなっているとしか思えない。フェラーズはゆっくりとモリス式安楽椅子から立ち上がった。金髪の前髪がひと房、額に垂れている。ドイツの総統張りに。

「僕が?」甲高い声で叫び、ごたいそうな身振りで自分の胸を指した。「この僕が?」溜めていた息を一気に吐き出す。「いったい、なぜ僕なんです?」

ぶざまなことに私はコーヒーカップを倒し、ベルにトレーを下げてもらう羽目になった。

「なぜです?」フェラーズは叫び続けている。

「君はリタと親しくしていた」私は話した。「たぶんサリヴァンを除けば誰も知らない表情を浮かべた肖像画を描けるくらいに。わしが何を言っているかわかるかね?」

フェラーズはゴクリと唾を呑み込んだ。燃えるような目で一瞬モリーを見たが、彼女は射すくめられたように身動き一つしない。

「はい。——僕は見た通りの彼女を描いただけです。蠱惑《こわく》的で……まあ、そういったことですが。でも、深い意味はありませんよ」

「ミスター・フェラーズ、君は女性に興味のない堅物ではないし、エクスムーアの近くに住んでいて、どこに車を沈めたらいいかも心得ている。日曜に、君が沈めた車からミセス・サリヴァンが飛び降りて気を失った時の優しい扱いも加えるべきだな。君はミセス・サリヴァンと知り合いで好意を寄せていた。しかし、それだけではない」

「あんまりだ」フェラーズは叫ぶと片手で額をさっと撫でた。「よりによってそんな話を、たったひとり気になっている女性の前で……」

「ミセス・サリヴァンをアトリエから助け出した月曜の夕方遅く、君は彼女を見て『ベル・レンフルーじゃないか!』と叫んだな。君がしたことはそれだけじゃない、掌で車の横をバンと叩いたんだ」

「そうですか。それがどうしたんです?」

「ちょうどあの時ミセス・サリヴァンは、苦悶する殺人者が——その男が前夜、彼女を連れて流砂に車を運んだんだが——車で出かける前にアトリエを行ったり来たりしながらパッカードを叩いていたと話してくれていた。ミスター・フェラーズ、それが君を目にした途端、彼女が回れ右して一目散にアトリエに向かって走り出した理由だとわしは考えている。あの時、君のことをその男だと頭では認識できなかったとしてもだ。今だって気づいていないだろうな」

ベルの目が、犯人と名指しされた男にゆっくりと向けられた。

フェラーズは手を上げたが、どこを撫でるでもなく、その手をじっと見ただけで脇に下ろした。

「何をされても平気ですが」彼は懇願するように言った。「お願いですから心理分析はやめてください。僕はそれには我慢できないんです。それにしても、これは冗談では済みませんよ。この馬鹿げた告発に証拠はあるんですか」

「残念だが、ない。君が始末したからね」

「僕が始末した？　どうやってです？」

「ゆうべ〈海賊の巣窟〉で見つけた空薬莢と二枚の水着があれば、クラフト警視に嫌と言うほど見せつけてやれたんだが、見せるものがなくなってしまった。だが、わしを撃ち殺さなかったことには礼を言わねばならんだろうな。ただし、リタ・ウェインライトを殺した男にわしが感謝すると思ったら大間違いだ。ゆうべ銃を構えていたのは君だった、違うかね？」

フェラーズは一歩前に出た。

「ちょっと待ってください」鋭い口調だ。「ゆうべとおっしゃいましたね。何時頃です？」

「正確に言えば真夜中の一時だ。君はゆうべ、十二時半には車で外出して留守だったよ。覚えているかね？」

ベッドで片膝立ちになっていたモリーがすっくと立ち上がった。それまで彼女の表情には巧みに抑えた怒り、不信、困惑、ひょっとしたら嫉妬さえ窺えたが、ほんの数秒で私がついぞ見たことのない表情に変わっていた。その時には私はすべてを話し終えていた。

「午前一時にポールが〈海賊の巣窟〉にいたはずがありません！」モリーは叫んだ。「だってこの人は……」

「ちょっと待ってくれんか」静かな声がそれを遮る。

信じてもらえるだろうか、我々はヘンリ・メリヴェール卿の存在をすっかり忘れていた。この騒ぎの間、彼はひと言もしゃべらなかった。大きな両手を組んで杖の頭に乗せ、私のベッドの数フィート先に坐っていたというのに。葉巻は口から四分の一インチのところまで燃え尽きていた。彼は目をすがめて葉巻に火が点いているか確かめ、消えているとわかると口から離して灰皿に放り込んだ。

鼻をグスンといわせて立ち上がる。

「なあ、先生。おめでとうと言わねばならんな」

「ありがとう」

「見事な事件の再構成だった。いや、全くじゃ！　簡潔にしてほころびもない。よく考えられておる。二度つけた足跡、地ならしローラー、奇蹟ではなかった奇蹟。気に入ったよ。惜しむらくは――」彼は両手で大きな禿げ頭を掻きむしると、眼鏡の上から私を見た。「ほんとのことが一つもないんじゃ」

フェラーズは椅子に腰を下ろした、というより椅子の上にドスンと落ちたというのが正しいだろう。

私はベッドの上にいてそんな災難に見舞われることもなかったが、秩序立った世界がばらばらに砕け散るのはどんな感じかを、戦争で旧来の秩序が崩れるのを見るよりも痛烈に知ることとなった。

「あのなあ」彼は申し訳なさそうに話を続けた。「実はわしも同じことを考えて、ゆうべ引き潮の時に人をたくさん頼んで、ゴム長履きで崖の下を浚《さら》ってもらったんじゃ。だが庭を均《なら》すローラーなんぞ出なかった」

「でも、あるはずです！　ひょっとすると……」

「引き上げたと言うかね？　一人でか？　無茶を言ってはいかん！　四百ポンドの鉄の塊を、岩礁の間からどうやって引き上げるんじゃ？」

H・Mはフェラーズを睨みつけながら鼻の横をこすった。

「それにな、もう一つ言っておく。こういう話をする時は、よっぽど気をつけなきゃいかん。ことに、そこにいるような奴を巻き添えにするんじゃからな。ゆうべの件について、そいつには地ならしローラー顔負けの、鋳鉄《ちゆうてつ》製のアリバイがある」

ベルは必死になってみんなの顔を見渡した。

「あたしたち頭が変になったの？　先生は見事に説明したわよ、あたしは自信を持ってそう言い切れるわ。だって、始めから終わりまで筋が通っていたわ。嚙み合わないところなんて一つもなかったから、疑いたくても疑えないわよ。あれが真相じゃないって言うんなら、事件はどうやって起こったのよ」

Ｈ・Ｍはしばらく彼女をじっと見て、のっぺりとした無表情に戻った。口を開いた時、その声は苦渋に満ち、疲れ果て、老いを感じさせた。

「わしにはわからんよ、嬢ちゃん。初めからやり直さねばならん。うんと腰を据えて考える必要がある」

そう言ってまた鼻をさすった。

「だが、わしも兜を脱がねばならんようだ。耳に入っておるかもしれんが、ロンドンではわしはもう役に立たんと言われておる。時代遅れの老いぼれで、物の道理もわかっておらんとな。どうやら当たっておるようじゃ。とにかく、もうお暇《いとま》しよう。これから〈トテ馬車亭〉へ行ってビールを一パイントほどやっつけるつもりじゃ」

「それはおかしい！」私は彼の後ろ姿に向かって叫んだ。「あなたが私を見つけたとおっしゃるが、私があの洞窟にいることをどうやって知ったんです？」

彼は戸口でためらう素振りを見せたが、引き返さず返事もせず、杖にすがってドタドタと二階のホールへ歩いていった。あとでミセス・ハーピングが言っていたが、そばを通った彼が悪鬼のようなしかめ面だったので、彼女は思わず手にした布巾を落とし、もう少しで叫び声を上げるところだったそうだ。私があてどもなく考えていると、彼があちこちぶつかりながらゆっくりと階段を下り、玄関に向かう足音が聞こえた。

王立美術院会員ポール・フェラーズによる追記及びエピローグ

ルーク・クロックスリー医師によって書かれた手記はここで終わっている。著者の意図した終わり方ではないが、一個の独立した記録として一読に堪えるものである。

クロックスリー医師は、一九四〇年十一月二十五日、ブリストルの最初の大空襲の夜に亡くなった。いかにも彼らしい最期だった。キャッスル・ストリートの外れからワイン・ストリートの先まで呑み込んだ地獄の真っただなかで七時間奮闘したあげく、自分の命は顧みず、燃えさかる建物で緊急手術を行いながら死んだのだ。

かの殺人譚の皮肉についてあれこれ論じたくはないが、触れずにおくこともできない。この手記は、彼が最後まで主張したように、リタ・ウェインライトとバリー・サリヴァンが心中したのではなく殺されたことを立証しようとして書かれたものである。

それゆえ、二人を殺害した犯人、彼が確固たる決意の下《もと》、実に忍耐強く追い求めた殺人犯が実子トムであったことを知らずに死んだのは幸いである。

20

一九四一年二月初めの凍りつきそうな霧深い夜、エクスムーアの外れにあるリド・ファームの我がアトリエで、事件は結末を迎えたと言ってもいいだろう。

モリーと僕は——モリーは昨年七月以来ミセス・ポール・フェラーズとなっている——くり石を積んで作った暖炉に、盛大に火を焚いていた。暖炉はすこぶる大きく、小さな自動車なら通り抜けられるかもしれない。燃えさかる薪は、茶色の垂木や灯火管制の暗幕で覆われたガラス屋根に赤と黄色の光を投げかけていた。

モリーは暖炉の前に置いた明るい色のナバホラグ（ナバホ族特有の精緻な図柄の羊毛製敷物）の上であぐらをかいている。僕は彼女に向き合って、我が国の素晴らしき伝統に従ってパイプでブレンド煙草を吹かしていた。暖炉の正面のソファにＨ・Ｍが坐っている。真相を告げるために、老巨匠は週末を利用してわざわざロンドンから来てくれた。

話を聞いた驚きはなかなか冷めない。

「トムだったの！」モリーは叫んだ。「トムなの！　トムだったのね！」

「それじゃあ、ルーク先生の説明はやっぱり正しかったんですね。殺人の方法については。ただ……」

Ｈ・Ｍはルーク先生の原稿を膝に載せ、ぱらぱらとめくる。その手記には、あなた方が活字で読み終えたばかりの内容が、先生の達筆で克明に書かれていた。

「いいかな」Ｈ・Ｍは原稿をソファに置いて話を続けた。「みんなこれに書いてある。先生自身が、まさか自分に撥ね返るとは知らずに、近すぎるとかえって見えないことがある、と書いていたんじゃ。それがアレック・ウェインライトに当てはまるのなら、自分の息子を語るにおいてはなおさら当てはまるのが道理じゃ。

興味深いのは、息子のことを書く際の調子じゃ。気をつけて読んでみるがいい。トムは至るところに顔を出す。トムがこう言った、ああしたと聞かされる。だから我々は、トムの人となりを自分なりに理解することができる。だがな、老先生は我々にそんなことをさせようとは思っておらんかった。

ルーク先生はな、トムのことを話の登場人物としてさえ考えていなかった。彼にとってトムはただそこにあるだけの存在、お気に入りの家具みたいなもので、手記には些細なことまで書くべきだから触れておく、そんな扱いでしかなかった。彼はトムのことを見ようとしない。理解しようとも、そもそも理解することが必要だとも考えていなかった。

最初にトムが手記に登場した時、彼は診療鞄をぴしゃっと閉め、軽率にも情事が取り沙汰される羽目になった愚か者たちを乱暴にこき下ろしていた。最後に登場した時には、食堂のドーム状の笠からこぼれる明かりの下で『うつろな眼をして』、精根尽きた感じだった。老先生はそれを働きすぎのせいだと考え、説教までした。

先生は、抑圧の高じた粗暴な男と一つ屋根の下に暮らしているとは夢にも思わなかった。ましてや、その男がリタ・ウェインライトに夢中で、彼女が恋人と駆け落ちするつもりだと知るや、逆上して二人を殺してしまうほど思い詰めていたとはな。気をつけて見ていれば、事態が避けようのない悲劇に突き進んでいったことがわかったはずじゃ」

H・Mは原稿を軽く叩いた。

「しかしだな」彼は言い訳するように付け加えた。「これは当然のことでもあるんじゃ。お前さんでもわしでもいいが、自分の家族を描写するとなれば、先生と同じような書き方になるだろうからな」

盛んに燃えている薪は、勢いよく撥ねたり火花を飛ばしたりしていた。それにもかかわらず、モリーは身震いをした。

「トムを怪しいと思ったきっかけは何ですか？」彼女は尋ねた。

「嬢ちゃんも火曜の午後にはわかっておったはずじゃ。犯人はトム・クロックスリー以外にありえんとな。あれが最後の、そして決定的なポイントだった」H・Mは僕を見た。「お前さんはわかっていたろう？」

「いや、全くわかりませんでしたよ！」

「私がお訊きしたのは」モリーは食い下がる。「そもそもどうしてトムが怪しいと思ったのかということですけど」

「それはだな」H・Mは眼鏡越しに彼女を見た。「嬢ちゃんがそうさせたんじゃ」

「私が？」

「ふむ。月曜のことじゃが、クラフト警視とルーク先生とわしがあんたがた親子の話を聞いたあと、わしらは大通りを飛ばしておった。その時にクラフトがあんたをどう思うかと訊いてきたので、わしは、あんたが別嬪で……」

「ありがとうございます」

「まだ先がある。だが、男に興味がないとうそぶく娘は信用できん、たいていは興味がしこたまあるくせに隠しているだけだ、と答えたんじゃ」

「まあ、ひどい！」

モリーの顔はナバホラグの一部と同じくらい真っ赤になった。僕は控えめににこりとした。ルーク先生は手記でこれを猫のような笑いと評していて、僕は今もそれが気になって仕方ない。モリーはH・Mの言葉をものともせず、僕のところに来て膝にちょこんと坐った。僕は彼女にキスをした。ミセス・フェラーズにとっては、他人の目がある場所でのキスはすこぶる礼儀に欠ける行為だ。

「いちゃいちゃするのはやめんか！」H・Mがひと声吼えると、勢いで暖炉から流れてきた煙が戻っていった。「いちゃいちゃするのを見せつけられたせいで、あの哀れな男はどんどん追い込まれていったんじゃぞ」

「ごめんなさい。先を話してください」モリーが言った。

「おっほん！　わしは足を治療してくれた若者について考えた。トム・クロックスリー、誰の前でも自分は女になんか用はないと吹聴する変わり者で、ともするとトラピストの修道士だと言い出しそうな勢いじゃ。女は男を食う捕食動物だ、女はどうだこうだ、自分は根っからの独身主義者だからそれを忘れてもらっては困る、とかな。わしは、どうもこの男はそんなことばかりしゃべりすぎるなと感じた。

考えてみると、この男はリタ・ウェインライトのかかりつけじゃ。ルーク先生が駄目なら、ほかの誰かにパスポートの推薦状を書いてもらわねばならん。五月二十二日の夜、リタが慌だしく会いに来て、睡眠薬がほしい——その実、お目当ては推薦状だったが——とルーク先生に頼んだ時、彼女が取り乱していたのを覚えておるか？　あれはなぜじゃ？　ルーク先生がなぜトムに頼まないのかと訊くと、はかばかしい答えは返ってこなかった。それは、ルーク先生が推薦状を引き受けてくれなかったら結局はトムに頼むしかないとわかっていたからではないか？　そうなると……

おや、これは驚いた！

わしの頭の中である絵柄が浮かび上がってきた。殺人があった晩にルーク先生とアレック・ウェインライトが交わした会話の一部が、わしにはどうもしっくりこなかった。

ルーク先生の診察室で、リタはそれまで夫を裏切る真似は一度もしていない、と断言した。嘘は言っていません、信じてくださいと殊勝な態度でな。土曜の晩に先生がアレック・ウェインライトにその話をすると、アレックは笑って『なぜ本当のことを話さなかったのか私にはわかる』と言った。あの晩いろんなことに気を取られていた先生には何のことかわからなかった。

しかし、わしのように疑り深い男にとっては、極めて意味深長な言葉じゃ。トムとリタが恋人同士だったとしたらどうだ？

そして火曜の朝、最初からわしを悩ませていたことの答えに、偶然行き当たったんじゃ」

そこでH・Mは急に黙った。

思いを巡らせるような、ぼんやりした表情が浮かんでいる。独り言を呟いているらしい。もごもごと詫びの言葉と思しきものを述べると、上着の内ポケットから封筒を出し、短くなった鉛筆で何やら書き始めた。

再び口を開くと、漏れ出した言葉の響きを確かめるかのように、その声はうつろで不気味に響いた。

「ロスベリー。ロウファント」自分が書いたものを見て首を傾《かし》げる。「ふーむ、ロクスバラ？ロイストン？　ルージリー？　毒殺魔のパーマーはルージリーに住んどったな。ふむ」

僕たちは彼を見つめるしかない。

遠慮がちなモリーは口を出せず、僕は面食らって言葉が出なかった。H・Mは慎重に封筒をポケットに戻して鼻をグスンといわせた。

「最初からわしを悩ませていたのはこういうことじゃ」H・Mは子供なら泣き出しそうな渋面だ。「殺人犯は――それが誰でどんな方法を用いたにせよ――ほぼ完全犯罪と呼べそうな手際を見せた。第一に、十中八九遺体は沖に流されてまず発見されそうになかった。第二に、たとえ遺体が発見されても、犯行に使った銃でも見つからない限り、捜査方針が大きく変わることはなかった。

それならなぜ、犯人は三二口径の自動拳銃を大通りに捨てたのか。この問題にわしは猛烈に頭を痛めた。どう考えても理屈に合わん。ただ一つ筋が通りそうな説明は、捨てるつもりがなかったのに捨ててしまった、つまり落としたということじゃった。

ベルがクロックスリー先生の家で最初の夜を過ごした翌火曜の朝、クラフトとわしは彼女に会いに行った。バリー・サリヴァンの写真について尋ねたかったからじゃ。その時、全くの偶然から仰天するようなことを耳にした。トム・クロックスリーの上着のポケットの裏地に穴が空いていて、ベルが直してやろうとした、とな」

膝に乗っていたモリーがいきなり坐り直したので、彼女の頰がもう少しで僕のパイプの火皿に触れてやけどしそうになった。

「やはり手記にある。老先生は、何も知らないまま前夜の二人の会話を忠実に記しておるよ。それを聞いて、わしは興奮のあまりわけのわからんことを口走った。恋に目がくらみ、怒りに我を忘れ、あげく殺人まで犯しながら、自分が殺した男の車のそばで赤ん坊みたいに泣いていた哀れな男に当てはまる証拠が、ここにもあったんじゃ。その少しあとに、あの男の犯行を決定づける事実に出くわした。

このやりきれん事件についてのわしの考えは、リタとバリーがアレック・ウェインライトのダイヤを持ってアメリカへ駆け落ちするという仮説に立脚しておる。いわば、ダイヤで出来上がり、ダイヤのために組み立てられているわけじゃ。それでわしらは寝室へ上がって象牙の宝石箱を開けた。するとどうじゃ、紛れもない本物のダイヤモンドが目もくらむ輝きを放っておった。潔く認めるが、ほんの一瞬、わしは完敗じゃと観念しそうになった」

「僕は今でもダイヤモンドについては納得がいきません。あれで検死審問の流れは大きく変わってしまいました。このあたりの人たちは、二人が心中したと固く信じています。ダイヤがあそこにあったとすると……」

「おい、しっかりせんか！　宝石箱にダイヤがあったのは、誰かがそこへ戻したからに決まっておる」

そう言ってH・Mは身を乗り出した。

「ところでアレック・ウェインライトはどうしておる？　何か言っておらなんだか」

モリーは目を伏せた。「ウェインライトさんは引っ越していきました。あの方は結局何も言いませんでした。お友達はルーク先生一人でしたから。あの方は――あの方は今回の悲劇には持ちこたえました。でも、戦争にはどうでしょうか」

「ことのほか有名になった土曜の晩のことじゃが、ルーク先生が足跡を見つけた直後、アレックはリタの服とダイヤモンドがあるか二階へ見に行った。ここまではいいな？」H・Mは額に深い皺を寄せた。「服はあったが、象牙の箱のダイヤはなくなっていた。それで彼は鍵だけ持って下りてきたんじゃ。ではその鍵がたどった数奇な、そしてすこぶる重要な運命をたどってみようか。

ウェインライトが倒れた時、ルーク先生はうっかり鍵をポケットに入れて持ち帰った。翌朝、鍵のことを思い出した先生は——さて、どうしたか覚えておるか？　先生はその鍵を……」

「トムに渡した」モリーが後を続けた。「ルーク先生がそうおっしゃいました」

「そうじゃ。鍵をアレックに返してくれとトムに頼み、トムは言われた通りにした。アレックの手に鍵があるのをわしらは見ておる。だが、鍵を返しに行った事実が注目に値するとか胡散臭いとか言っておるんではないんじゃ。

当時の〈清閑荘《モン・ルボ》〉の状況を覚えておるか？　土曜の夜から日勤と夜勤の看護婦が交替でアレック・ウェインライトの枕許に詰めておった。トム・クロックスリーは日曜の朝までは鍵を返しに行けず、その時にはもう看護婦が付き添いを始めていた。

何者かが——当然、犯人ということになるが——ダイヤを箱に戻したとしたら、それは日曜の朝から火曜の午後遅くまでの間じゃ。それがやれたのは誰だったか。ここで我々は、最初は戸惑いもしたがよく考えると非常に役に立つ看護婦の証言にぶち当たった。看護婦は、昼夜を問わず、誰も、ただの一人も病室には入っていない、と言ったんじゃ。いまいましいが、クラフトとわしは身をもってそれを思い知らされた。看護婦は警察さえ入れようとしなかったんだからな。

しかし、看護婦が『誰も』と言う時、もちろん治療に当たっている医者は勘定に入っておらん。というのは、これもルーク先生に聞いた話じゃが、トム・クロックスリーは一日に二度アレックを往診していたからだ。医者以外に誰も寝室に入れなかったのなら、ダイヤを戻したのは医者しかありえん。

単純な話じゃろう?

実行は極めて簡単。容体が芳《かんば》しくない患者を残して看護婦が部屋を出るとしたら、どんな時かな? それは医者が看護婦に、患者は自分に任せて部屋を出てくれと命じた時じゃ。

トム・クロックスリーは、アレックがもうじき食うにも困るほどになると知っていた。なぜか? 土曜の朝ルーク先生がアレックとばったり会って、その晩の集まりについて決めたあと——何なら手記を読み返してみるとよい——先生がトムに、アレックの身辺事情をすっかり話す機会があったからだ。

トムはアレックが好きだった。アレックに対して後ろめたい気持ちもあった。彼とて色狂いの化け物ではない。気性の激しい三十五の男が、リタ・ウェインライトのことで逆上してしまっただけじゃ。クラフト警視に訊けばよくわかるが、彼は父親同様、金には頓着しなかった。二人を〈海賊の巣窟〉で殺し、二人の荷物から五千ポンドだか六千ポンドだかのダイヤが見つかっても用はなかったんじゃ。

かといって、ほかの荷物と一緒に海に放るわけにはいかん。リタの夫にはそれが必要だと知っていたからな。わしの推測に間違いがなければ、あのダイヤはビロードの小箱ごと持ち去られたのではない。ダイヤだけ持ち出したんだと思う。だからトムは、ダイヤをポケットに入れ、看護婦を部屋から出し、そこにあった鍵で象牙の箱を開けて小箱に戻すだけでよかった。

これで、事件の犯人はトム・クロックスリー以外にはありえんと言ったわけがわかったはずじゃ。ダイヤモンドを戻すことができたのはトムだけだからだ。異議があるか?」

異議などあるはずがない。

モリーは立ち上がり、暖炉の前を通って元の位置に戻りあぐらをかいた。炎はますます勢いを強め、火柱を上げ火の粉を飛ばし、モリーの顔をピンクに染めている。彼女は手をかざして目を保護していた。火明かりは、石造りのアトリエの隅々まで照らしている。

H・Mは、またうつろな声で呟いていた。

「セント・アイヴズ、ソルタッシュ、スカーバラ、サットン゠コールドフィールド……アシュフォードの娘*が溺死したのがあそこだったな……」

彼が何を唱えているにせよ、今度は僕も抗議しないわけにはいかない。

「あの、マエストロ」と切り出したが、彼は先を続けさせてくれなかった。

「この先は手を引いてやらんでもよいな」底意地の悪そうな顔で言われると、黙るしかない。

「細かな点はお前さんたちでも補えるぞ。リタとお忍びでベイカーズ・ブリッジ道路のアトリエに通っていた謎のボーイフレンドはトム・クロックスリーじゃ」

「あれもトムだ」――H・Mはモリーを見て言った――「四月の午後遅く、リタがアトリエから飛び出して車に向かった時、嬢ちゃんがもう少しで姿を拝めそうになった男じゃよ。その直後の彼女の様子を嬢ちゃんはどう述べていたかな?」彼は手記を取り上げページをめくった。

「ふむ。『彼女は……取り乱し、怒り、苦行を強いられているような表情でした。していること

＊一八一七年五月二十七日、二十歳のメアリ・アシュフォードの溺死体が発見された。前夜一緒にいたエイブラハム・ソーントンが逮捕されたが裁判で無罪となった。

がちっとも楽しくないという風に』とあるな。

無理もない。トムは美男にはほど遠かった――ベル・サリヴァンは彼のことを『不細工なおたんこなす先生』と呼んでいたな――だが、リタは彼で結構間に合ってはいたんだ。バリー・サリヴァンが現れるまではな。

大恋愛が始まると、トムに会うのは厭《いと》わしい苦行にしか思えなくなった。一方トムも、彼女がどんどんバリーに惹かれていくのを黙って眺め、身もだえするばかり。彼にはどうしようもなかったんじゃ。そうやってトムが胸が張り裂けそうになるほど苦しんでいるさなか、ついに事態は行き着くところまで行ってしまった。五月二十二日、リタはトムの情けにすがり、サリヴァンと駆け落ちするために必要なパスポートの推薦状を書いてくれと頼んだ。

ひどい話じゃ。

彼女から計画を聞き出すのは、トムにとっては造作もないことだったに違いない。リタ・ウェインライトのような、気まぐれで、ロマンティックで、夢見がちな女性を丸め込むのに打ってつけの方法がわかるか？　トムはこう言えばよかった。『わかったよ。僕は潔く身を引いて、君にふさわしい男に譲ろう。どうか幸せになってくれ』これこそリタがトムに期待していた言葉だったろうからな」

モリーは唇をきっと噛んだ。

「そうでしょうね」

「彼女の夫はいつも彼女をそんな風に扱っていた」H・Mは話を続けた。「最後までな。彼女は目に涙を浮かべ、トムに感謝のキスをして、何て立派な人なの、とか口にしたんじゃろう。だが、おあいにくさま、トムは立派ではなかった。全くな。ただの人間だったんじゃ。しかも少々頭に血が上っておった。

トムは地ならしローラーを使う計画を聞き出し、決行の日時も場所も知った。簡単なことじゃ。何しろ二人の献身的な友人という立場に身を置いたからな。このあたりでは、トムが夜中に外出しても疑いを招くことはまずない。田舎の開業医はしょっちゅう夜中に呼ばれて出かけるものと相場が決まっておる。

土曜の夜――はっきりした時間はわからんが、午前一時より前であるのは間違いない――彼はベイカーズ・ブリッジ道路へ行って車を駐め、〈海賊の巣窟〉に続く地下道の入口まで歩いた。銃を隠し持ってな。彼は二人にお別れを言いに行くことになっていたんじゃ。

到着すると、二人は海から上がって着替えを終えたばかりだった。二人にしてみれば、トムがいても怪しむ理由はない。新しい生活への希望に心を奪われ息もできないくらいだ。トムは銃の逆発に備えて手袋をはめていた。顔が少し青ざめていたかもしれんが、蠟燭の明かりじゃ気づきっこない。彼はつかつかとリタに近づいて、銃口を体に押し当てるようにして心臓を撃ち抜いた。サリヴァンはおそらく驚きのあまり身動きもできなかったろうが、最期に銃口が自分の胸にも突きつけられるのを感じたんじゃ」

H・Mはここで間を置いた。

僕の頭の中で、二発の銃声が洞窟に谺する音が聞こえていた。

「トムは二人の遺体を転がして海へ落とし、ダイヤモンドとパスポートを抜き取った上でスーツケースも放り込んだ。目印のない衣類から足がつくことはないが、パスポートは危険すぎる。だからパスポートは持っていくことにした。しかし水着の始末は忘れてしまった。殺された二人が脱いだ水着を岩壁の裂け目に押し込んでいたからじゃな。それにトムは空薬莢の一つを、こちらは捜したが見つけられなかった。仕方なく銃をポケットに突っ込んで車に戻った」

僕は思わず口を挟んだ。

「どうして銃を持って帰ったんです？　海に放り込めばよかったじゃないですか」

Ｈ・Ｍは眼鏡越しに僕を見た。

「何を言うか！　もし遺体が見つかったら、二人は身投げではなく銃で自殺したことになる。じゃが、場所は〈恋人《ラヴァーズ》たちの身投《リープ》げ岬〉の突端に変わりはない。これはいいな？」

「ええ」

「銃には水に浮かないという厄介な性質がある。銃を海に投げ入れるなら、〈恋人《ラヴァーズ》たちの身投《リ》げ岬《ープ》〉から半マイルも離れた場所ではなく、岬のすぐ近くにしなければならん。ところが、ここで思いも寄らぬ不運に見舞われた。トムを破滅に導く、命取りの不運じゃった。その夜、たぶん殺人を終えて車に乗り込もうとした時だろうが、銃がポケットの破れ目から滑り落ちたんじゃ。トムは自分がしでかしたことの恐ろしさに震え、気が動転していて気づかなかった」

Ｈ・Ｍは葉巻を一本取り、くるりと回した。

「ふむ……次に、トムはサリヴァンの車を始末しなければならん。しかし、その夜のうちにやる気にはなれなかった。やがて通りを警官がうろうろし始めるだろうし、彼とてあまりに長く留守にするわけにはいかんからな。

リタとサリヴァンがアトリエのドアを開け放し、車が人目にさらされていたとは、トムは知るよしもなかった。そのせいで次の日の午後、ベル・サリヴァンがタクシーで通った時に車を見つけてアトリエに入り込んでしまった。その夜トムが車を取りに行って——トムは良心の呵責で分別を失いかけていた——流砂事件が持ち上がったわけじゃ。

トムは流砂の近くに自分の車を駐め、アトリエまで歩いてサリヴァンの車を取りに行った。沈めた車から若い娘が悲鳴を上げながら飛び出すのを見た時には、唖然としただろうな。

ところで、お前さんたちは、エクスムーアの地理に明るく車を始末するのに持ってこいの場所を知っているのは誰か、とやり合っておったな。クラフトはルーク先生だと言い、ルーク先生は、覚えておるな、お前さんを指弾した。だが、父親が職業柄エクスムーアの地理に精通しているのなら、跡を継いだ息子もエクスムーアに不案内ではいられない、そのことは誰の頭にも思い浮かばなかったとみえる。

さて、ベル・サリヴァンは車から飛び降りて気絶した。トムは対処に困った。さんざん良心に責め立てられ錯乱寸前、これ以上厄介事は背負いたくない。何もかも暗がりでのことだから、もう一度会うことになっても自分には気づかないだろう、と考えた。

だが、この女性をどうしたらいい？　彼女を『偶然見つけた』とはまさかに言えん。どんな経緯《いきさつ》で人の通わぬそんな場所へ行ったか説明しなければならず、悪くするとそこにいた理由について勘ぐられるからな。トムはベルを自分の車に押し込んでアトリエに連れ帰り、二階の部屋に入れた——以前リタとの逢い引きに使っていたので鍵は持っていた——そこなら少なくとも彼女はベッドで横になれる。彼は部屋の外から鍵を掛けた。彼女が目を覚ましたら、鍵穴に差さった鍵を中から押して落とし、ドアと床との隙間から引き寄せるくらいの知恵は働くだろうと思ってな。

ところが彼女はそうしなかった。彼女もまた動転していたんじゃ。

その娘が翌日自分の家の客となって現れた時には、トムは再び愕然としたに違いない。ルーク先生はその時のことを、何も知らぬまま興味深く記しておる。『トムは彼女が気に入って、いつも以上にくどくど説教し、鼻持ちならないほど威張っていた』となくどくど説教した？　威張っていた？　いいや、彼は怯えていたんじゃ。彼の声の調子に表れておる。びくびくしているのがよくわかるはずじゃ。バタ付きパンを頬張りながら検死の様子を事細かに話してみせるこの男が、バリーとリタの遺体が負った傷のことをベルが話し始めると、たちまち喉がからからになってしまった。

トムはもう一度〈海賊の巣窟〉に出向いて、空薬莢を回収しなければならん。この頃までには、良心の呵責に苦しめられた局面を何とか乗り越えて、今度は我が身の心配で気もそぞろになっていた。

第一に、二人の遺体が発見された。第二に、銃が発見された。第三に、何かからくりがあるのではと警察が疑い始めていた。この上あの洞窟に何か残っていたら、そこから足がつくかもしれん。

しかし月曜の夜には行けなかった。なぜか？　家に客が来たからだ。ベル・サリヴァンじゃな。お蔭で夜遅くまで付き合わねばならなかった。睡眠薬でようやく寝かしつけたと思ったら、今度は老先生が寝つけずに一晩中輾転反側《てんてんはんそく》していた。トムは出かけられん。それで火曜の夜、検死審問の前の晩になった。

トムがどこから二挺目の銃を調達したのかはわからんが、敢えて推測すれば、あの大仕事のためにあらかじめ何挺か用意していたんだと思う。嬢ちゃんの父親が言ったように、昨今は銃なんてものはゴロゴロしておるしな。火曜の夜、彼は目を血走らせ、まなじりを決して〈海賊の巣窟〉に出かけた」

モリーはスカートを引っ張って直すと、食ってかかるように言った。

「まさか自分の父親を撃つつもりじゃありませんでしたよね？」

「ふふ」Ｈ・Ｍは小さい子供なら逃げ出しそうな、薄気味の悪いほくそ笑みを漏らした。「彼は相手が父親だなんて夢にも思っていなかったんじゃよ。

父親が息子のことをよく知らなかったように、息子も父親を理解していなかった。立派な家庭には往々にしてそんなことがある。トム先生にとっては、ルーク先生は息を切らしながら日向ぼっこするぐらいしか能のない老人で、ポリッジを食べないからと息子の小言を頂戴するのがお似合いの老いぼれでしかなかった」Ｈ・Ｍはいよいよ悪鬼じみた形相になった。「トムにしてみれば、夜中の一時、場所もあろうに崖沿いの洞窟で、人もあろうに自分の父親に出くわすとは夢にも思っていない。洞窟の奥にぼんやりした蠟燭の明かりでトムが見たものは、両手に水着を持って屈んでいる男の後ろ姿だった。洞窟に誰かいるという、彼の推測は当たったわけじゃ。道路に駐まっている車は見たが、近づいてナンバープレートを確かめはしなかった」

「それで？」

「頭に血が上ったトムは狙いもつけずに二発撃ったが、何にも当たらなかった。しかし相手の男は、海側の入口から差し込む月明かりを背にして倒れ込んでしまった。――さていよいよ」ことさら勿体をつける。「わしの話に戻るぞ」

しばらく前からひねり回していた葉巻をこれ見よがしにくわえたところから判断して、Ｈ・Ｍは火をご所望のようだ。僕は暖炉から――かなり大きい――火の点いた薪を取って、うやうやしくＨ・Ｍに差し出した。ただし、顔のあたりに向ければいいのだろうとぞんざいに。

これは上策ではなかった。彼は癇癪玉を破裂させ、お前はライオンの調教でもしとるつもりかと怒鳴り、言うに事欠いて、お前の家では台所の火種に焼夷弾を使っておるのか、と露骨な当てこすりを始めた。モリーがなだめ役に回ってとりなす。

「火曜の午後、ダイヤモンドが戻されているとわかって」僕たちの説得に応じてＨ・Ｍは話を続けた。「トム・クロックスリーが犯人だとはっきりした。もう疑問の余地はなかった。

それまではわしも確信が持てなかった。その時もなお、リタとサリヴァンの空中浮遊のトリックは見当がつかなかった。だが、あの日の夕方、わしが出向いてウィリー・ジョンソンの科料を先払いしてやった時――まあ、威厳に満ちた風采ゆえにわしを皇帝ネロと勘違いしたからといって、あの男を責めるのも酷な話だな――わしはあの男から庭園用地ならしローラーのことを聞いたんじゃ。それで謎はすっかり解けたというわけじゃ。

だが、わしは恐ろしくなった。冗談を言っているのではない。

わしが『この世の出来事のとんでもない行き違い』と呼んでいるものが、またわしの首にたかりおったんじゃ。ルーク先生は、やり方は人それぞれというものの、今までお目にかかったこともないほど立派で正直一途の老人じゃった。その男が真相解明に血道を上げている。しかるに、解明すれば犯人は自分の息子、話すたびに誇らしくて胸のボタンが弾けそうな自慢の息子トムだとわかってしまうんじゃ。

だからといって、わしがありきたりの同情心から行動したなどとは考えてくれるなよ。そんなもの、わしは持ち合わせておらん」H・Mは身を乗り出し、僕たちの目を覗き込んだ。「だが、漁師を買収して崖下からずっと離れたところまで地ならしローラーを移動させ、口止めしたことは、我ながら見事な思いつきだったな。一生あの漁師たちにゆすられても構わんと思っておるくらいじゃ。

わしは先生があれに気づかねばいいが、と思っていた。つまり、あのからくりにじゃな。しかし気づいてしまった。先生が夜中に電話をかけてきた時、わしはそれを覚った。

困ったのは、お前さんたちが車でいちゃつきに行って三時まで帰らなかったことじゃ……」

モリーがにこりとした。

「マエストロ。僕はそこの娘に何か月も、つまらない父親やつまらない信条は棄てちまえって言い続けていたんですよ。そして、毎晩真夜中まで起きている向こう見ずのボヘミアンと運命を共にしてくれってね。で、何がうんと言わせたと思います？」

「ふんだ」とモリー。

「ベル・サリヴァンと彼女の哲学ですよ。そこの娘も初めてくつろいだ顔をして、そんなこと構やしないわと言ってくれたんですよ。風の便りじゃ、ベルも最近ボーイフレンドができたらしいです。ベルにはうんと幸せになってもらわなくちゃ」

モリーは再びにこりとする。

「好きなだけおっしゃい。それは、私がルーク先生にどうでしょうか、とお伺いを立て、先生が大丈夫だと言ってくれたお蔭よ。それで私は前へ進めたの。父はとても怒っていました。でも」モリーは付け加えた。「そんなこと構やしないわ。もしルーク先生がいらっしゃらなかったら……」

H・Mが静かな口調で話し出す。

「嬢ちゃん、この事件は悲劇だと言ったろう。それ以外にはなりようがなかったんじゃ。だが、トム・クロックスリーが洞窟で狙いもつけずに撃った弾丸《たま》が自分の父親に当たっていたら、やりきれんことになっていたかもしれん。

あの時わしはお前さんのお楽しみのせいでここを動けずにいた。だから先生が洞窟を調べるのをやめさせられなかった。先生がどこへ向かったか、もちろん見当はついていた。お前さんとクラフトと先生には言ったが、お前さんはわしがここに滞在し始めてから洞窟巡りをしていたからな。話に聞いた〈海賊の巣窟〉なら、条件にぴったり合う。

車椅子は、お前さんたちがわしを乗せたまま崖から落とそうとしてエンジンを壊した時から役に立たん。で、わしは歩いて洞窟へ向かった。怪我した爪先で懸命に歩いた。着いてみると……

何があったかはわかっておるな？　トムは父親に先んじて家を抜け出した。ところが親父は、睡眠薬が効き始めないうちに〈海賊の巣窟〉に着こうとして車をぶっ飛ばし、息子と気づかぬまま追い抜いた。息子のほうでも親父が抜いていったのがわからなかったんじゃ。

さて、トムが銃を撃つと、前方の人影、その『何者か』は倒れた。ルーク先生は何とか懐中電灯をポケットから出した。その光はあたりをふらふら動き、やがて先生の顔をまともに照らした。そのあと薬が効いてきて先生は意識を失った。

かなり時間が経ってからじゃが、わしが着いた時、トムは気も狂わんばかりになって地下道の入口に坐っていた。月明かりに照らされ、両手で頭を抱えておった。父親を殺したと思い込んでいたんじゃ」

H・Mは何度か葉巻を吹かしたが、うまそうではなかった。咳払いをして話に戻る。

「わしらは洞窟に入った。セコナールが効いて眠っているだけで、ルーク先生はかすり傷一つ負っていなかった。トムとはろくに話さなかった。わしは何もかも知っているとは言わなかったが、トムはわしが知っているのをわかっていた。わしはトムに手伝わせてルーク先生を車に乗せた。トムには、自分の車で帰って気づかれないように家に入れ、今晩家にいなかったことは誰にも言うなと釘を刺した」

「トムは空薬莢と二人の水着を始末しに行ったんでしょう?」とモリーが話を戻した。

H・Mは鼻をグスンといわせる。

「うん、いや」彼は白状した。「実はわしが処分したんじゃ。水着は海に放り込んだ――デヴォンの石頭連中は、流れ着いた水着を見たらさぞかしたまげるじゃろうな――空薬莢は先生のチョッキのポケットに入っとったから、わしが預かった。

先生はわしが家まで連れていった。その後のことは知っておるな。彼は銃を持った男を見たが、薬が回っておったからそれが誰かまではわからなかった。そしてありがたいことに、そのあとではもう、あの二人が殺されたことは証明できなかった」

長く気詰まりな沈黙が続いた。誰しも同じことを考えていながら、口に出せずにいた。

「お聞き及びでしょうが……」モリーが話し出す。

「ルーク先生は亡くなりました」と僕。

「ブリストルで……」

「ふむ」H・Mは床を睨んでいた。靴の中で指を動かしているようだ。「ちょっとばかり切ない気持ちじゃ」

「先生はあの日たまたま居合わせたんです」モリーがことさらはっきりと言った。「お友達を訪ねて。あそこにとどまる必要はなかったんです。とどまる義務なんかなかったんです」

僕は二人の顔を見ていられなかった。

「トムは先生が亡くなった一週間後に入隊しました。もちろん僕たちは知りませんでした、彼が……。トムは今、リビアにいます」

H・Mは頭《かぶり》を振った。

「いや、そうではない。わしは〈ガゼット〉（英政府官報 三四頁参照）を見た。だからここへ来たんじゃ。トマス・L・クロックスリーは死後ヴィクトリア十字勲章を授けられた。勇敢な武勲に対する最高の勲章じゃ」しばし黙ってから付け加える。「殺人者を出しはしたが、立派な家じゃった」

長い沈黙ののち、モリーが口を開いた。「ポールも来月行くんです」

「うん？　ほう、部門は何じゃ？」

「野戦砲です、マエストロ。画家の服装ともおさらばですよ。それに、モリーも。熟練のタイピストですから……」

「みんなどこかへ行くんですね」モリーが言う。「どこへ行くのかはわからないでしょうけど。ひょっとしたらよく知っているのかもしれませんが。でも行くんです。あなたはどこへいらっしゃいますの、ヘンリ卿？」

H・Mは葉巻を火の中に放り込んだ。ふんぞり返り、太鼓腹の上で組んだ両手の親指をくるくる回しながら口をへの字に結ぶ。

「わしか？」つまらなそうに言う。「わしなら貴族院に行くだけじゃよ」

次の瞬間には瞑想するような口調に変わっていた。

「トーントン、ティックルベリー、トゥイード、タッタソール、スロットルボトム、トゥイスト」

「マエストロ！　貴族院議員になるんですね？　おめでとうございます」

「めでたい？」Ｈ・Ｍは吼えた。「連中はわしを現役から締め出そうと何年も前から画策しとった。今回けしからん裏切り者が出て、連中の思惑が実現してしまった。次の叙爵でわしを貴族院に押し込むつもりじゃ（貴族院に議席を持てるのは男爵より上の貴族。准男爵は世襲貴族だが貴族院に議席を持てない）」

「――さっきから立派そうな名前を連呼していらっしゃるのは何です？」

Ｈ・Ｍはやれやれというように頭を動かす。

「肩書きを考えねばならん」剣呑な口調である。「どんな肩書きがほしいかと訊いてきよった……ほしいかじゃと！　ふん！……勅許状に書くのに必要だと抜かしおった。いいのがあったかな？」

「ティックルベリー卿」モリーが口にしてみた。「駄目ね。あまり好きになれません」

「わしもじゃ。どれ、あまり耳障りでないやつを考えるとしようか。蝋燭をくれんかな。そろそろ部屋へ引き揚げるとしよう」

僕は燃えている薪よりはずっと穏やかなやり方で火を点けた蝋燭を渡した。その明かりが彼の顔を照らし出す。彼は僕たちには理解できないある奇妙な感情にとらわれ、いっとき身動きできずにいるようだった。

「だが、見とれよ！」出し抜けに怒鳴ると、底意地悪そうに僕を指す。「わしはまだまだこの国にとって必要だというところを見せてやる。とっくり目を開けて見とれよ！」

彼は咳払いをすると胡散臭げに僕たちを見て、蠟燭を顔から遠ざけた。ドタドタとホールから部屋へ遠ざかりながらも、いろいろな名前を呟く声がしていた。

結カー問答

山口雅也

「終電が――ああ、なくなっちまいました……」

「うむ、まあ、いいじゃないか、今夜は泊まっていきなさいよ」

「そいつはありがたいんですが……ってことは、おおっ、まさか、席亭、あたしを相手に夜っぴて例のミステリ談義をやろうって魂胆なんじゃ？」

「そうね。ここのところの長患いの徒然《つれづれ》に、子供の頃読んで楽しかったミステリを大量に読み返したものでね」

「ほう、すると、そこには当然、席亭のお好きな――例えば、ジョン・ディクスン・カー（カーター・ディクスン）の諸作も含まれていたと――」

「お察しの通り」

「つまり、あのカー問答を、あたし相手にやろうってご趣向で？　こちらカー亭では、一代目席亭江戸川乱歩の『カー問答』（一九五〇年）に、二代目席亭松田道弘の『新カー問答』（七九年）と、今まで二つの問答が知られていますが……」
「両方とも、日本のカー啓蒙問答として必須にして不朽のメルクマールだね。私もこれらを読んでカー熱に取り憑かれたクチだよ」
「それでもまだ言い足りないことがあるんですかい？」
「まあ、先々代、先代の懇切な問答で、カーの魅力については語り尽くされていると言っていいと思うんだが、世紀も改まったことだし、自分なりに新たに気づいた事どもを少し語りたくなったんだ」
「ほう、三代目席亭による問答完結編――『結《けつ》カー問答』というわけですか……いいスよ、付き合いましょう。……でも、最近記憶がアレなもんで……」
「じゃ、まず過去のカー問答を、ざっとおさらいしておくか」
「先々代、先代ともに、カーのマイベストと特徴を挙げていたと記憶してますが」
「うむ。一代目席亭江戸川乱歩は、カーの第一位グループの傑作として、次の作品を挙げていた。
『帽子収集狂事件』（三三年）
『黒死荘の殺人』（三四年）
『皇帝のかぎ煙草入れ』（四二年）
『死者はよみがえる』（三八年）
『ユダの窓』（三八年）

『赤後家の殺人』（三五年）
――という六編だ」
「他にもまだ作品が挙がっていたような……」
「そう、カー熱にうかされていた乱歩は、カー作品を好みの一位から四位までのグループに振り分け、二十九編も挙げている。――ちなみに、乱歩は『ちょっと見劣りがする』カーの『中級』作品として、次の次の第三位グループに十編を選んでいる。あとの私自身のカー問答とも関係しているので、ここに掲げておくよ。
『孔雀の羽根』（三七年）
『弓弦城殺人事件』（三三年）
『一角獣の殺人』（三五年）
『殺人者と恐喝者』（四一年）
『猫と鼠の殺人（嘲るものの座）』（四二年）
『死が二人をわかつまで（毒殺魔）』（四四年）
『仮面荘の怪事件』（四二年）
『絞首台の謎』（三一年）
『蠟人形館の殺人』（三二年）
『盲目の理髪師』（三四年）
――だね」

「カーB級選抜かぁ。――先々代はカー・ミステリの特徴についても語っていましたね」

「うむ。おおよそ次の三点――
①空想派的作風（チェスタトンからの影響）
②密室・不可能犯罪のトリックメイカー
③怪奇（オカルト）趣味
――に要約されるだろう」
「カー理解の基本中の基本ですね」
「この初代のカー問答から約三十年後、二代目席亭松田道弘が『新カー問答』を世に問うて、怪奇や密室の固定観念から脱したカー論を展開している」
「やはり先代もベストを選んでいるんでしたね」
「乱歩と同じように次のマイベストを挙げている――
『火刑法廷』（三七年）
『緑のカプセルの謎』（三九年）
『貴婦人として死す』（四三年）
『爬虫類館の殺人』（四四年）
『ビロードの悪魔』（五一年）
『喉切り隊長』（五五年）
――の六編だな」

「おお、本書も入っているじゃないですか。それに時代物も選んでる……」

「『貴婦人として死す』については、私のカー問答でも随時触れていくつもりだよ。先代は、密室怪奇を脱した中期から後期にかけての作を中心に選んでいるのがミソかな」

「そうした作品を推した先代のココロは？」

「先代は、カーの特徴について次の三点に言及していた――

①ロマンス（伝奇騎士物語）好み

②奇術愛好癖による趣向だて

③職人作家としてのサービス精神」

「ロマンスという特徴は一連の時代物に色濃いですよね」

「先代は、カーのストーリイテラーとしての腕を称揚したかったと思われる」

「過去のおさらいは、これくらいにしといて……で、三代目席亭のマイベストは、どんなもんです？」

「うむ、先々代、先代のベストについては、ほとんど異論はないから、それら以外にもまだありますよ、いいのが――という前提で推挙してみたいのが――

『猫と鼠の殺人（嘲るものの座）』（四二年）

『孔雀の羽根』（三七年）

『パンチとジュディ』（三六年）

『四つの兇器』（三七年）

『五つの箱の死』（三八年）

『殺人者と恐喝者』（四一年）

――の六編なり」

「おお、見事にヒネクレ――いや、独特なマイベストになってますね」

「そうかい？　別に受け狙いしたわけじゃないよ。初めてカーに接してから何十年も経った今再読しても改めて感激した、これは面白作だと思うものを、虚心坦懐に選んだだけだ」

「キャリア中期（三〇年代末～四〇年代）の作品が多いですね」

「密室とオカルティズムの派手な装飾・演出を離れた作品に、却ってカーの腕のよさが明白になっているものが多々あるんだ」

「乱歩が『ちょっと見劣りがする』と評した三位グループの作品――一般にもカーのB級作と見られているものも、いくつも入ってますね」

「私としては、『猫と鼠の殺人』と『孔雀の羽根』は、一位グループに入れても『見劣りしない』傑作だと思っている。これら二作は厚木淳訳で、創元推理文庫に入ってるんだが、訳者あとがきを読むと、他ではあまり評判を聞かない作だが自分はいいと思ったから訳したとか書いていて、彼が実は、すごい目利きのカー・ファンだったことがわかる。本当なら、三代目カー問答は、存命中に厚木淳に書いてもらったらよかったかもとさえ思うよ」

「あたしにとっても、厚木淳はクリスティの訳者という印象が強かったから、気づかなかったなぁ。――で、個々の作品については？」

「途方もなく複雑怪奇な現象としての事件を描き切ってシュールな域とすら思える『孔雀の羽根』、こちらもいい評判は聞かないが、『パンチとジュディ』なんてヘンリ・メリヴェール卿の解決場面における他をいいように翻弄する演出の素晴らしさで、もう完成度九十九パーセントの傑作だと……解決といえば『猫と鼠の殺人』の解決場面で犯人と対決するフェル博士も、こりゃ神憑《かみがか》りかと感嘆することしきりの荘厳名演の極みであって——」

「ちょ、ちょっと待ってくださいよ。やっぱり、いきなり個々のコメントじゃついていけないかも。ここはひとつ、先達のように、三代目が考えるカーの魅力を、整理しながら語ってくれませんか」

「すまん、ちょっと興奮してきたものでな……おほん、では改めて、私の今現在考えるカーの魅力は、まず——
①フーダニット（誰がやったか？＝犯人隠蔽）の名手——ということ」
「ん？　密室とか不可能興味のハウダニット（いかにやったか？＝犯行方法）の作家じゃなかったんですか？」

「うん、ハウダニットに執着した作家であることは確かなんだが、密室や怪奇趣味などの演出を排した中期頃の作品群を読んでみると、カーは実は《意外な犯人》——フーダニットに心を砕いた作家だったということが、如実にわかるんだ」

「それは例えば？」

「マイベストで言えば——『猫と鼠の殺人』は玄人好みのツボを押してくるフーダニット……

すれっからしのマニアの予想をすれすれで覆す、見事な《意外な犯人》の離れ業が見られるし、『殺人者と恐喝者』は、素晴らしく狡賢くて大胆なミスリードで犯人を隠している。定評ある名作は言わずもがな、名作の狭間にあって殆ど顧みられることのない『剣の八』(三四年)のような作品でも、犯人隠蔽の点ではちゃんと手が打ってある。とにかく、あの手この手でミスリード、どんな手を使ってでも犯人を隠蔽する(私は肯定するが『五つの箱の死』は反則だと言う読者もいるだろう)という鬼気迫る感じがカーにはある。今般、私が解説を依頼されている四三年の佳作『貴婦人として死す』にしても、断崖絶壁における足跡のない殺人――という不可能興味の謎にまず惹き付けられるが、読み終えてみると、実は、その不可能トリックよりも、意外な犯人を隠蔽する詐術の巧みさのほうに感心させられるんだね。本作でカーは、フーダニットとしては、犯人を隠す詐術を異なる位相で二重に仕掛けている。いや、べら棒にうまいよ。そう思って初期の作品を読み返してみれば、以前は派手な密室犯罪やオカルティズムのほうに目を奪われていたが、いや、どうして、意外な犯人のオンパレード――カーは実はフーダニットの名手でもあったことがよくわかる」

「ははは、どんな手を使ってでも――ってとこは、思い返せば、クイーンにしてもクリスティにしても、良識ある(?)読者が怒るようなことを平気でやっていて……こりゃ、本格ミステリの巨匠たちに共通する心象のようなものですもんね」

「人を騙してナンボの商売なんだから、それくらい人非人なところがないと、な」

「そ、そんなこと言っちゃっていいんですかい？　まあ、作家のみなさん、とにかく人をびっくりさせたい、そのためなら何でもやるってとこは確かにありますがね……で、お次は？」

「②は――神のごとき視点の高さかな。神なんて大袈裟な言葉は使いたくないんだが、ともかく、小説中の事件を描くとき、遙か高みから見下ろしている感じが、カーにはあるんだ。カーの描く事件はどれも、よくもこんな複雑怪奇な話を考えるなと思うものばかりだが、そうなったのは、実は《偶然》に拠ってというケースが多い。マイベストで言えば『孔雀の羽根』とか『猫と鼠の殺人』とか『四つの兇器』とか、《偶然》の織り込み方はまさに神の領域で――」

「おっと、また暴走気味ですね。――ちょっと待ってくださいよ。《偶然》ってのは、ミステリの作法ではタブーだったのでは？」

「そこのところを混同している向きもあるが、それは、作法としては、偶然に拠って解決しちゃいましたってのは、いかにも安直でマズいですよってことだろ？ カー自身も、そのあたりはちゃんと自覚があって、作中でも何度か探偵役に《偶然》の（フェアな）扱いは心得ているというようなことを明言させている」

「《偶然》事象というのは、よく考えてみれば、まったく起こらないこと――というわけではありませんよねえ？」

「――そうね、言葉を換えて言えば、《偶然》とは、非常に生起確率の低い事象ということになるわけだからね。顧みれば、我々が生きている自然界には、実際に《偶然》なんてごろごろしているじゃないか。だから、小説中の《事件》でも、人間が認識する自然現象の範疇にある限り、ミステリ作家がその作劇に効果的な構成要素として《偶然》を利用するのは構わないのだと思う」

「何だか話がムズカシくなってきましたが……要するに、ミステリ作家が、神様みたいな高い視点から事件を見下ろして、《偶然》現象も織り込み済みで描くと面白い本格ミステリになることがある――という理解でOKですか？」

「うむ。本格に限らず、対立軸のように見えるハードボイルドのハメットとか、SFのレムとか、ミステリを超えた域の夢野久作とか、いや、ジャンル小説に限らず、ヘミングウェイでもドストエフスキーでもいいんだが、およそ私がグレイトと思う作品を残している作家は、みんな高みから見下ろすような小説を書いておった」

「……どうも、またまた話の柄が大きくなってきたね」

「長年に亘る私の読書経験を振り返ってみると、なにか……そんな気がしてならないんだなぁ……ああ、ついでに、本格ミステリの書き手としてのカーについてさらに敷衍《ふえん》すれば、先ほどフーダニットの名手と言ったが、現象としての事件を俯瞰《ふかん》して複雑な物語を構成する手法は、スリーダニットを統合した、ホワットダニット（いったい何が起こったのか？＝事不思議）だったのでは、とも考えておる」

「スリーダニットと言えば、フー、ハウときて、あと一つ――ホワイダニット（なぜやったのか？＝動機）というのもありましたね？」

「そうくると思った。その点でもカーは自覚的であり万全だったよ。端的に言って、カーが創出する不可能犯罪などのハウダニットの謎は、多くの場合、なぜ犯人はそんな不可解なことをやったのか——というホワイダニットの興味も兼ね備えていたからね」

「うーん、そう言われりゃ、そんな感じでしたねえ……スリーダニット万全カーかぁ。凄いミステリ作家だね、どうも」

「カー、カーと鴉《からす》のように言うとるな。まあ、こちらも少し肩に力が入り過ぎたようだから、次は軽くて楽しいお話を——カーの魅力その③は、ユーモア——取り分けスラプスティック・コメディに長けているということ」

「スラプス……要するにドタバタ喜劇のことですね」

「そう。カーの笑いは当初シェイクスピア以来のファース（笑劇）と言われていたが、もっと直截的に、本格ミステリの黄金時代（おおよそ二十世紀の前半）ともその隆盛期が重なっているアメリカのサイレント時代のコメディ映画の影響が色濃いと感じているんだ」

「おお、バスター・キートンとかキーストン警官《コップ》（サイレント映画で活躍したコメディ集団）とかの暴走上等のスピーディーなドタバタ喜劇……」

「そう。そうしたスラプスティック・コメディ映画が全盛だった頃はカーの刷り込みの時期に当たっているし、この手の笑いは若き日のカーの好みのど真ん中だったようで、作中でも何度か言及している。カー名義の探偵フェル博士より、ディクスン名義のH・M卿のほうがドタバタを演じることが多くて、本書『貴婦人として死す』でも、ローマの元老院議員に扮したH・M卿が電動車椅子で村中を暴走しまくるという、まさにキーストン警官《コップ》さながらの最高におバカな迷シーンが楽しめるだろう?」

「でも、『貴婦人として死す』をベストに選んでいる先代松田席亭にして、あの車椅子のドタバタ・シーンについては、『カーの最大の欠点は、彼の音階の狂った悪趣味なユーモア感覚と、場ちがいのサービス精神だと思う』――なんて、バッサリ斬り捨てていましたよ、確か」

「うーん、先代の論については概ね心から敬服しているのだが、ただ一点、ここのところだけは承服しかねるな」

「ドタバタ喜劇を悪趣味と思うかどうかは、所詮好みの問題じゃないかと？」

「うん、そうとも言えるんだが、もっと突っ込んで、頭を叩いたり、滑って転んだり――というスラプスティックのドライな笑いは、煎じ詰めれば、人間がただの物体と化して尊厳が剝げ落ちるのを笑っているわけだから、そのセンスというのは、やはり人間をチェスの駒のように――つまりただの物体として操る側面のある本格ミステリに通底するものだったのだと思うんだよ」

「ふむ……またまた話がムズカシい方向に暴走してませんか？」

「じゃ、少し別の角度から話をすれば、カーのドタバタ喜劇は、『音階が狂って』いるのでも、『場ちがいのサービス』でもないと言いたい。敢えて個々の作例は挙げないが、カーの演出する一見おバカな笑いの中に、冷徹なミスリードや巧妙な伏線が仕掛けられていたりすることがあるんだ。つまり、スラプスティック・コメディは、先代の言う『カーの最大の欠点』ではなくて、実はミステリ作家としての『カー最強の武器』だったのではないか、と」

「スラプスティックが飛び道具《とびどうぐ》かぁ……なんか連射速度の速いシカゴ・タイプライター*を撃ち

まくっているみたいなもんですかね?」

「おっ、おうよ……次、行ってみるかい?」

「へい」

「私の今現在考えているカー・ミステリの魅力——その④は、世界大戦の影——」

「むう、そうきますか。第一次と第二次がありますが……」

「取り敢えず両方。二十世紀の前半は二つの大戦を含む人類史上最悪の惨禍の時代だったが、一方で、本格ミステリが隆盛を極めた所謂《いわゆる》《黄金時代》ともおおよそ重なっているだろう?」

「ドイルやチェスタトンから本格ミステリの四大巨匠(クリスティ、クロフツ、クイーン、カー)が活躍した時代ですね」

「そうだね。——ところが特に第二次世界大戦の頃になると、ナチス・ドイツはミステリを焚書の対象とし、わが日本では検閲により探偵小説の出版は禁止、英米ミステリの輸入翻訳などもっての外《ほか》——という憂き目を見ることになる」

「四〇年代は日本ミステリ史の空白の時代というわけですね」

「だが、英米では戦時下でも盛んにミステリが書かれていた。子供の頃は気が回らなかったが、大戦中のミステリが翻訳紹介されるようになって、そうした戦時下の作品を改めて読んでみると、すこぶる興味深いんだよ」

「——どういうところが?」

「うむ、概観から言うと、毎日大量殺戮が生じている戦時下の狂気の渦中で、ある個人の死を理性的に分析しようという、ミステリの文学としての立ち位置——声高な反戦文学ではなく——が面白い」

「はあ、人類未曾有の悲劇を前にしても立ち位置が変わらない文学というのは、ある意味すごいことですね。作品で言うとどんなものがあります？」

「先日読んだばかりのヘレン・マクロイの『逃げる幻』（四五年）なんか、典型的な例だろう」

「おお、マクロイ好きですよ。あの作品はどうでした？」

「いや、びっくりした。第二次大戦終結直後のスコットランドが舞台なんだが、とびきり意外な犯人の設定に、もう、びっくり仰天さ」

「わが辞書に意外性なし——の席亭にしては珍しいことですね」

「久々にやられたよ。乱歩がリアルタイムで読んでいたら、あの『類別トリック集成』の一項に加えていたかもしれん。だがこれは、戦争による空白期がある日本のミステリ者《もの》には、ちょっと考えつかんようなトリックだな。第二次大戦下のヨーロッパを経験しているのでなければ——」

「マクロイって、アメリカの作家でしたよね？」

「うむ、だが、彼女は大戦間にソルボンヌ大学に留学、その後パリやロンドンで批評記事も書

＊本格ミステリの黄金時代に世界的に流通した米トンプソン社製の機関銃。アメリカのギャング、アル・カポネなどが愛用した。一方、彼らと対決するＦＢＩ御用達の銃でもあった。また、Ｈ・Ｍ卿のモデルでもある英首相ウィンストン・チャーチル卿が当時称賛したことでも知られる名器。

いているくらいだから、当時のヨーロッパの文物には精通しているはずだし、格別の関心を抱いて取材もしているだろう。スコットランドの濃密な描写なんて、英国人のドロシー・L・セイヤーズより上を行っているくらいの立派なものだった」

「――で、肝心のカーの場合はどうなんです？」

「カーは戦時下のイギリスに留まっていて、ドイツ軍空爆の際に、書斎を爆撃でふっとばされても、まだ原稿を書いていたというくらいの豪胆な作家だから、当然のごとく戦時下でも多くのミステリ作品を残している」

「当然、大戦の影も窺えると？」

「マイベストの中では、『パンチとジュディ』なんか、英独開戦前夜の不穏な情勢を描いてスパイ・スリラーさながらの展開がスリル満点だし……ああ、そう、本書がいい例じゃないか。『貴婦人として死す』は、ドイツ軍によるイギリス本土空爆が始まった一九四〇年に本格的に話の幕が上がるのだが、当然のごとくヒトラーの名前が頻出するし、灯火管制やらラジオの戦局放送に執着してノイローゼ気味になっている登場人物も出てきて、戦時下イギリスの田舎の異様なムードがよく描かれている」

「でも、この時期は、まだ割とノンビリした感じですね」

「そうだねえ。カーはやっぱり豪胆且《か》つ陽性な人なんだねえ。山田風太郎の戦時下日記もそうだったけれど、こうした戦争の受け止め方をした人がいたことも、やはり真実なのだろう。だがしかし、最後まで読むと、『貴婦人として死す』の幕切れは、緩いムードから一転して――」

「――ええ、戦争が影を落とす苦い余韻が漂っていましたねえ」

「そうね、やはり陽性だが決して軽薄な作家ではなかったのだな、カーは。――それはさて措《お》き、さっき①の項目のところで、優れたミステリ作家は、どんな手を使ってでも人をびっくりさせたいものだ、というようなことを言ったが――」

「ああ、その先の席亭の考え、わかりますよ……少し言葉を換えて、ミステリ作家は、どんなことでもミステリに利用してしまう――たとえ人類最悪の惨禍であっても――ってことですかい？」

「ご明察。カーには、『かくして殺人へ』（四〇年）、『九人と死で十人だ』（四〇年）、『爬虫類館の殺人』（四四年）など、いくつも戦時下ミステリがあるが、単に時代風俗を描くだけではなくて、実は大戦の影をも、しっかりミステリの仕掛けに取り込んでしまっていたりするんだよ」

「おお、天晴れなる哉《かな》、ディクスン・カー！　ミステリ作家の鑑《かがみ》だねっ、どうも」


（結）

訳者紹介　1957年茨城県生まれ。東京大学、同大学院人文研究科に学ぶ。英米文学翻訳家。共訳書にディクスン「黒死荘の殺人」、訳書に同「殺人者と恐喝者」「ユダの窓」がある。

貴婦人として死す

2016年2月29日　初版
2025年6月6日　3版

著　者　カーター・ディクスン
訳　者　高《たか》　沢《さわ》　治《おさむ》

発行所　(株)　東京創元社
代表者　渋谷健太郎

162-0814 東京都新宿区新小川町1-5
電　話　03・3268・8231-営業部
　　　　03・3268・8201-代　表
URL　https://www.tsogen.co.jp
組　版　晩　印　刷
印刷・製本　大日本印刷

乱丁・落丁本は、ご面倒ですが小社までご送付ください。送料小社負担にてお取替えいたします。

©高沢治　2016　Printed in Japan

ISBN978-4-488-11840-2　C0197

H·M卿、敗色濃厚の裁判に挑む

THE JUDAS WINDOW◆Carter Dickson

ユダの窓

カーター・ディクスン
高沢 治 訳 創元推理文庫

◆

ジェームズ・アンズウェルは結婚の許しを乞うため
恋人メアリの父親を訪ね、書斎に通された。
話の途中で気を失ったアンズウェルが目を覚ましたとき、
密室内にいたのは胸に矢を突き立てられて事切れた
未来の義父と自分だけだった——。
殺人の被疑者となったアンズウェルは
中央刑事裁判所で裁かれることとなり、
ヘンリ・メリヴェール卿が弁護に当たる。
被告人の立場は圧倒的に不利、十数年ぶりの
法廷に立つＨ・Ｍ卿に勝算はあるのか。
不可能状況と巧みなストーリー展開、
法廷ものとして謎解きとして
間然するところのない本格ミステリの絶品。